€ 4,– mal

( ) 51 (1

D1926081

ro
ro
ro

Tatjana Ustinowa, geboren 1968, studierte Aerodynamik am renommierten Moskauer Physikalisch-Technischen Institut. Bevor sie zu schreiben begann, arbeitete sie beim Fernsehen. Inzwischen hat sie in Russland 14 Kriminalromane veröffentlicht – mit Millionenauflagen.

Im Wunderlich Verlag erscheint der Kriminalroman «Blind ist die Nacht». Weitere Titel bei Wunderlich und im Rowohlt Taschenbuch Verlag werden folgen.

Tatjana Ustinowa

DASS DU NICHT MEHR LEBST

Kriminalroman

Deutsch von Judith Elze

Rowohlt Taschenbuch Verlag

Die Originalausgabe erschien 2003 unter dem Titel
Perwoje prawilo korolewy bei Eksmo, Moskau.

Deutsche Erstausgabe
Veröffentlicht im Rowohlt Taschenbuch Verlag,
Reinbek bei Hamburg, November 2004

Redaktion Ilja Braun
Umschlaggestaltung
anyway, Barbara Hanke/Cordula Schmidt
(Foto: zefa/T. Kruesselmann)
Satz Aldus PostScript
Pinkuin Satz und Datentechnik, Berlin
Druck und Bindung
Druckerei C.H.Beck, Nördlingen
Printed in Germany
ISBN 3 499 23794 6

Ljudmila Seliwanowa gewidmet

Frauen wie sie gibt es selten. Sie tauchen wie der Halleysche Komet nur einmal in hundert Jahren bei uns auf.

Der Feind ist an allen Fronten geschlagen.

Aus den Meldungen von M. I. Kutusow an Alexander I.

1

«HABE ICH IHRE FRAGE BEANTWORTET?»

Die Augen des Moderators glitzerten boshaft.

«Jaja», antwortete er heftig, fuhr dann aber plötzlich vertraulich fort: «Es heißt außerdem ... es heißt, Sie wechseln jeden Tag Ihre Pelzmäntel. Stimmt das?»

Inna lächelte.

«O ja», gab sie mit der Schärfe eines Bumerangs zurück, «natürlich stimmt das, Garik!»

Sie beugte sich über den blau glänzenden Tisch und fügte fast flüsternd hinzu – dabei war es natürlich sowohl in den Kopfhörern der gesamten Aufnahmecrew als auch auf der anderen Seite des Bildschirms, wo sich das so genannte «Publikum» befand, wunderbar zu hören:

«Garik», flüsterte sie, «Ihnen will ich es gestehen. Ich wechsele jeden Tag die Pelzmäntel, die Brillanten und die Männer! Aber sagen Sie es nicht weiter!»

Das hatte der Moderator nun wirklich nicht erwartet, und schon gar nicht in aller Öffentlichkeit. Seine Augen schauten verwirrt hinter den runden Gelehrtenbrillengläsern hervor.

Inna schwieg. Garik hielt es für das Beste, zu lachen – es klang etwas unsicher. Sie kam ihm nicht zu Hilfe.

«Und», setzte er neu an, «Sie geben das so einfach zu?»

«Was denn, Garik?», fragte sie langsam, und er begriff, dass er geradewegs in die Falle getappt war.

Jetzt hätte er die Sache mit den «Pelzmänteln, Brillanten und Männern» wiederholen müssen, aber das war natürlich undenkbar. Er musste zusehen, dass er sich an der Gefahrenstelle vorbeimogelte.

«Äh, äh», stotterte Garik beklommen und ging wie ein Trampeltier direkt zum nächsten Thema über: «Inna, haben Sie ein gutes Verhältnis zum Gouverneur von Bjelojarsk?»

«Garik, haben Sie ein gutes Verhältnis zum Minister für das Pressewesen?»

Dieses Miststück wollte ihm doch wirklich den Garaus machen!

«Zum Minister für das Pressewesen?», wiederholte er klagend. «Warum bitte … Ja, nein, ich habe gar kein Verhältnis zu ihm, weder ein gutes noch ein schlechtes!»

«Und ich habe weder ein gutes noch ein schlechtes Verhältnis zum Gouverneur von Bjelojarsk.»

«Verzeihen Sie, aber Sie arbeiten doch … in der Administration der Bjelojarsker Region, an deren Spitze der Gouverneur steht.»

«Und Sie arbeiten für das Fernsehen, an dessen Spitze der Minister steht.»

«Aber er übt keinen direkten Einfluss auf uns aus!» – Es hatte ihm noch gefehlt, dass sie jetzt ein Gespräch über die Freiheit des Wortes anfing, jetzt, wo nur noch dreißig Sekunden bis zum Ende der Sendung blieben!

«Der Gouverneur von Bjelojarsk übt auch keinen … direkten Einfluss auf mich aus, Garik!»

Das war alles zweideutig, voller Fallen, und dann noch solchen, mit denen er nicht umgehen konnte!

Durch den Kopfhörer erhielt er den Hinweis, dass es Zeit war, sich zu verabschieden. Erfreut und erleichtert sagte er also, während er in das schwarze Loch der Kamera starrte:

«Heute war Inna Wassiljewna Seliwerstowa bei uns zu Gast, die Ressortchefin der Presse- und Informationsabteilung in der Administration der Region Bjelojarsk. Ich hoffe, Sie morgen wieder begrüßen zu dürfen bei unserer Sendung ‹Der einzige Held›. Mein Name ist Garik Brjuster, auf Wiedersehen.»

Dann saßen sie noch eine Weile unbewegt und mit einem gläsernen Lächeln auf den Lippen da.

Auf dem Monitor fing die Reklame an, und eine Stimme aus dem Nirgendwo sagte ziemlich säuerlich ins Studio hinein:

«Großartig. Vielen Dank an alle.»

Auch ohne die säuerliche Stimme war klar, dass die Sendung schlecht gelaufen war.

«Vielen Dank, Inna Wassiljewna», sagte Garik verärgert.

«Nichts zu danken, Garik», erwiderte sie.

Ihr Lächeln war eisig und süß zugleich. Garik fröstelte, als liefen ihm das Eis und die Süße direkt in den Kragen.

Ein paar tatkräftige junge Leute sprangen herbei und klemmten Inna und den gescheiterten Garik geschickt von den Mikrophonen los.

Hinter den Kameras erschien im Halbdunkel die Producerin, eine Frau mittleren Alters in Hosen und einem zerknitterten Jackett.

«Innalein, es ist wunderbar gelaufen! Am Ende war es

ein bisschen … unglücklich, aber das macht nichts! Unser Garik ist einfach ein bisschen durcheinander gekommen. Nochmal vielen Dank, dass Sie gekommen sind.»

Garik ist nicht nur «ein bisschen durcheinander gekommen», er wäre fast in Ohnmacht gefallen, berichtigte Inna sie innerlich.

«Wir können Ihnen die Kassette mit der Aufzeichnung zuschicken. Brauchen Sie sie?»

«Das wäre schön.»

Sie musste schauen, wo und welche Fehler sie gemacht hatte, und überhaupt – wie sie gesessen, geschaut, geantwortet hatte, was für einen Eindruck sie gemacht hatte. Sie analysierte ihre Auftritte immer sehr sorgfältig, genau und objektiv, als ob es sich nicht um sie, sondern irgendjemand anderen handelte. Und dieser distanzierte, kritische Blick erlaubte ihr immer, ihre eigenen Versäumnisse zu finden, ihnen Rechnung zu tragen und sie das nächste Mal zu vermeiden.

Sie stand auf und ging auf ihren hohen Pfennigabsätzen ganz sicher bis zum Rand des Podiums, auf dem sich die Dekoration befand. Dort angekommen, streckte sie, ohne hinzuschauen, ihre Hand aus.

Sofort reckte sich ihr eine Männerhand entgegen, die ihr höflich dabei half, auf den Boden des Studios herunterzusteigen.

«Danke», sagte sie zurückhaltend.

«Die Königin von Saba», flüsterte ein Kameramann dem anderen ins Ohr, «angeblich ist sie ein grässliches Miststück – man muss die Finger von ihr lassen.»

«Dafür hat sie umwerfende Beine», antwortete der Kollege, der als Schürzenjäger bekannt war.

Sie folgten ihr mit den Blicken – ihrem geraden Rücken, den kurzen hellblonden Haaren, den kleinen Ohren mit den traubenförmigen Brillanten, dem feinen Duft ausgefeilten Parfüms.

Pelzmäntel, Brillanten und Männer, jeden Tag neu! Das war eine Frau!

Sie verließ das Studio und schaltete als Erstes das Handy ein. Sie wusste, dass man in der einen Stunde, während deren es nicht empfangsbereit gewesen war, wahrscheinlich zehnmal, vielleicht sogar zwanzigmal versucht hatte, sie zu erreichen, aber bevor sie ihre Mailbox abhören konnte, klingelte das Telefon.

«Inna, ich bringe Sie hinaus», hörte sie hinter sich die Stimme der Producerin, aber sie antwortete nur mit einem schnellen Lächeln und drehte ihr wieder den Rücken zu, um nicht gestört zu werden.

Es war der Mann, der vor zwei Monaten ihr Ex geworden war. Oder besser gesagt, die Scheidung hatte erst gestern stattgefunden, zwei Monate vorher hatte er ihr nur endgültig mitgeteilt, dass «alles vorbei» sei.

Vorher hatte er das auch schon mehrfach getan, aber da war er nicht gegangen, vor zwei Monaten dagegen hatte er sie wirklich verlassen.

«Hallo», sagte er besorgt, «wo bist du? In Moskau?»

«Genau.»

«Ach ja!», besann er sich plötzlich. «Ich hab dich ja gerade im Fernsehen gesehen!»

«Und wie hat's dir gefallen?»

«Ich hab's mir nicht angeschaut», bekannte er bereitwillig, und sofort begriff sie, dass er es überhaupt nur deshalb erwähnt hatte, um ihr sagen zu können, dass er es sich «nicht angeschaut» hatte – er hatte auf Fußball umgeschaltet.

«Und wie war das Spiel?»

«Wie?», fragte ihr Exmann etwas verwirrt. «Ach so, ganz in Ordnung. Hör mal, wo ist eigentlich mein Anzug? Weißt du, der mit der Weste? Irgendwie kann ich ihn nicht finden, und Anja, das Aas, hat sich einfach so verdrückt.»

«Anja, das Aas», die Haushälterin, hatte sich durchaus nicht einfach so verdrückt.

«Wenn ich ihn sehe», hatte sie gesagt und dabei die Tränen kaum zurückhalten können, «dann spring ich ihm an die Kehle! Und für Sie wird es dann nur noch schlimmer. Geben Sie mir frei, ja?»

Inna hatte ihr freigegeben, sodass ihr Ex sich seinen Teil des «gemeinsam erworbenen Besitzes» jetzt ganz allein zusammensuchen musste.

Es ist nicht leicht für den Armen, dachte Inna.

Sein Leben lang war er verwöhnt worden – zuerst von der Mutter und der Großmutter, dann von seiner ersten Frau, schließlich von ihr, Inna. Jetzt musste er sich also seine Sachen allein zusammensuchen, dabei hatte er sich nie in seinem Leben darum gekümmert, wo sie eigentlich lagen. Das, zum Teufel, war eine Aufgabe!

Dafür wusste Inna umso genauer Bescheid: über die Anzüge, die Hemden, die Shorts, den Doppelband von Mandelstam, das Rasierzeug, die Schachtel mit den CDs – Jazz natürlich! –, über ein Dutzend Seidenkrawatten und ein halbes Dutzend schwierige, stilbildende Filme von Woody Allen und Peter Greenaway.

Mehr war von ihrem Mann nicht übrig geblieben.

«Lassen Sie mich alles zusammenpacken und vor die Tür stellen», hatte Anja hasserfüllt vorgeschlagen. «Wenn er selber damit anfängt, bringt er nur alles durcheinander!»

Aber Inna wollte ihm sein ohnehin sorgloses Leben nicht noch mehr erleichtern.

«Wenn er was durcheinander bringt, räumen wir es wieder auf», hatte sie der Haushälterin düster geantwortet und war zur Aufnahme gefahren.

«Inna, wo ist der Anzug?»

«Im Kleiderschrank rechts. Hinter deiner Winterjacke», antwortete sie automatisch. Die Producerin hinter ihr sprach mit irgendjemand anderem, ihre Stimme klang unzufrieden.

«Die Jacke hab ich schon eingepackt», verkündete ihr Mann fröhlich, «aber der Anzug ... Warte mal, ich schau gleich nach.»

Und sie wartete. Wie immer. Sie legte nicht auf, sie schaltete das Handy nicht aus, sie schickte ihn nicht zum Teufel.

Ihm gefiel es, dass sie so abhängig war von ihm. Sie war so gehorsam. Sie litt.

In der letzten Zeit hatte er das alles sehr genossen: Sie, die Schöne, die Kluge, die erfolgreiche Inna, sie flehte ihn an, sie nicht zu verlassen, doch noch einmal darüber «nachzudenken», es «noch einmal zu probieren», sie versprach, dass «jetzt alles anders wird», sie weinte, schlief nicht, rauchte und wurde richtig hässlich, so sehr grämte sie sich!

Während er Theater spielte, was das Zeug hielt, und zwar mit Leib und Seele: die Rolle des enttäuschten

Ehemanns, geschlagen durch das Unverständnis seiner Frau, die das «große schöne Gefühl mit den Füßen trat», erniedrigte, beleidigte und eigenhändig zerstörte – und es nicht besser verdiente! Er ging zu einer anderen, die verstand, mit ihm teilte, das richtige «Wertesystem» hatte, mit dieser anderen und ihrem passenden System konnte er nach Herzenslust Jazz hören und von früh bis spät Mandelstam deklamieren – die andere verstand!

Dieser Clark Gable, zum Teufel mit ihm!

«Gefunden», sagte er fröhlich in den Hörer. Er wusste, dass sie noch wartete, und hatte sich nicht getäuscht.

«War das alles, Viktor?», fragte sie kalt.

«Komm her», forderte er sie auf. «Dann können wir uns wenigstens verabschieden wie ordentliche Menschen!»

«Viktor, wir haben es versucht wie ordentliche Menschen und sind daran gescheitert.»

«Du bist gescheitert.» Er lachte boshaft. «Ich hab dir gesagt, du sollst aufhören, an mir zu zerren. Du brauchst mich nicht, und ich brauche dich nicht.»

«Ich brauche dich», sagte sie durch die Zähne.

Himmel, wieso erlaubte sie ihm schon wieder, sie in diese albtraumhafte Diskussion zu verwickeln, die nun schon seit einem halben Jahr immer wieder von vorne anfing!

Ihm gefiel es, sich über sie lustig zu machen, die Schlinge enger zu ziehen und wieder zu lockern, in der ihr Kopf – ihr Kopf! – steckte. Sie konnte genau sagen, wann es ihm gefiel: wenn er erklärte, dass «alles vorbei» war – wie im Kino! – und sie losweinte und ihn anflehte zu bleiben. Und er blieb, gab sich ihren Schwächen gegenüber nachsichtig, freute sich über ihre Erniedrigung, er, der Mann, der Sieger, der sich innerhalb einer Minute die Asche eines zehnjährigen gemeinsamen Lebens von der Hand pustete.

«Komm doch», sagte er in den Hörer, «lass uns einen Kaffee trinken, ich hab einen Beaujolais mitgebracht.»

«Viktor, wenn du nicht weißt, wo deine Sachen sind, wird Anja morgen alles zusammensuchen. Ich komme nicht.»

«Na dann, lass gut sein», sagte er gutmütig, «und mach es dir nicht so schwer. Du bist ja selbst dran schuld. Weißt du noch, wie ich …»

Aber jetzt gab sie nicht nach.

«Tschüs», verabschiedete sie sich entschieden. Ihr Magen fühlte sich kalt und schwer an, als hätte sie Steine aus dem Fluss verschluckt. «Sag unserer jungen Schönen einen Gruß. Sag ihr, dass ich Mitleid mit ihr habe. Vor ihr liegt ein Haufen interessanter und unterhaltsamer Entdeckungen.»

«Du bist ein Miststück», sagte ihr Mann gleichgültig, und das Besetztzeichen ertönte.

Inna hob die Hand von ihrem Rock hoch und sah einen feuchten Abdruck auf dem Stoff.

«Inna Wassiljewna! …»

«Ja.»

«Gehen Sie schon? Der Chef bat mich, Sie sofort zu ihm zu bringen! Er wusste nicht, dass Sie heute hier sind, und bittet um Verzeihung, dass er Sie nicht begrüßt hat …»

«Mein Flugzeug geht bald», log sie, «in einer Stunde.

Ich … bin schon spät dran. Sagen Sie Pascha einen schönen Gruß.»

Pascha – Pawel Alexejewitsch – war der Direktor, und bei dem Gedanken daran, ihn treffen und – Schreck lass nach – mit ihm zu Abend essen, sich unterhalten, zuhören zu müssen … bei diesem Gedanken gerieten die Steine in ihrem Magen in Bewegung und stießen wie wild gegeneinander.

Mein Mann sammelt jetzt in meiner Wohnung seine Sachen zusammen, um mich für immer zu verlassen, dachte sie.

Er war dabei, für immer aus ihrem Leben zu verschwinden, während sie – wie blöd von ihr – gedacht hatte, dass ihr so etwas nie passieren könnte! Sie war sich so sicher gewesen, dass er zu klug war, um sich einfach so mit genau demselben Mandelstam, dem Jazz und dem Beaujolais, mit denen auch ihr «glückliches Leben» begonnen hatte, in eine neue Beziehung zu stürzen.

Der Fahrer wusste Bescheid. Er fuhr sie schon seit sieben Jahren: Zuerst war sie stellvertretende Direktorin eines Fernsehsenders gewesen, dann war sie in den Rang einer Pressesprecherin aufgestiegen, und jetzt war sie zuständig für die Öffentlichkeitsarbeit der riesigen sibirischen Region.

Er wusste alles. Und machte alles auf seine Art.

Inna wusste genau, dass sie ihm nichts gesagt hatte, als sie zum Wagen kam, und er hatte nichts zu ihr gesagt. Sie sagte auch jetzt nichts, als sie sich auf dem Rücksitz zusammenkrümmte und unablässig an die Jacke dachte, die ihr Mann wahrscheinlich inzwischen schon in seinen Rucksack gesteckt hatte, dabei gefiel ihr diese Jacke so sehr, und Viktor gefiel ihr auch. Außerdem dachte sie daran, dass sie morgen nach Bjelojarsk zurückmusste, aber davor war noch ein Treffen mit dem neuen Chef aus der Administration des Präsidenten geplant. Es wäre nicht schlecht, einen Blick auf die Papiere zu werfen, die sie dafür vorbereitet hatte. Und dann musste sie versuchen, auf den Gouverneur Druck auszuüben, der sich nie mit der Presse «abgab» und überhaupt manchmal nicht begriff, wozu sie gut sein sollte, diese Presse – auch daran dachte sie, und an Dutzende anderer wichtiger und nützlicher Dinge. Aber diese Jacke, die er mitnahm, lag wie ein Schleier über allem anderen – das war das Ende, Schluss, aus.

2

SIE SAH AUF, als sie merkte, dass der Wagen stehen geblieben war. Eine bleierne Müdigkeit überkam sie.

«Wo sind wir?» Inna sah aus dem Fenster. «Wo sind wir, Ossip?»

Der Fahrer sah sie durch den Rückspiegel düster an.

«Du solltest dich nicht so quälen, Inna», sagte er traurig. «Du bist jung, schön und reich, und was hast du für eine Karriere gemacht! Dich wegen so einem … pfui! … miesen Kerl so zu geißeln!»

Der Fahrer war ein bewährter Kampfgefährte, der beste Freund, er gehörte zur Familie. Er hatte das Recht, alles zu sagen, was er wollte, und machte nur sehr selten von diesem Recht Gebrauch.

Er hatte das Recht zu sprechen. Sie hatte das Recht, nicht zuzuhören.

«Wo hast du mich hingebracht?»

«In eine Pension hab ich dich gebracht! Als ich hörte, dass heute dein … Julio Iglesias antanzt, rief ich sofort meine Schwester an, sie ist hier die Direktorin. Zu Hause hast du heute nichts zu suchen, du schläfst hier, sie hat schon eine Datscha für dich fertig gemacht! Anja wird morgen früh bei dir zu Hause alles aufräumen, dann kannst du hinfahren, aber heute – warte lieber ab und bleib hier in der Datscha! …»

«Dort gibt es nichts aufzuräumen», sagte sie, «er ist schließlich nicht gestorben!»

«Ja, das ist er leider nicht.»

«Ossip!»

«Ich bring dich nicht nach Moskau zurück! Wenn du willst, kannst du dich selber hinters Steuer setzen und fahren, aber ich bring dich nicht hin! Was willst du dort? Die ganze Nacht Schlafmittel einnehmen?!»

«Ach, Ossip», sagte Inna müde, «von deiner Fürsorge kann man ja verrückt werden.»

Sie stieg aus.

Die kleine Einfahrt war in warmes Licht getaucht, das auch auf die gelben Blätter fiel, die einen dichten Teppich bildeten. Es roch nach Herbst, nach Gras, ein bisschen nach Rauch und nach einem Fluss in der Nähe, wie früher, als sie noch klein gewesen war.

Aus der hellen Wärme kam ihnen eine Frau entgegengelaufen, offenbar die Direktorin und Schwester, die ihrem Bruder überhaupt nicht ähnelte. Sie war schmal, klein und hatte kurze Haare. Kaum war sie bei ihnen angelangt, begann sie lächelnd zu plaudern, führte Inna irgendwo um die Ecke, einen mit weißen Bodenplatten gepflasterten Weg entlang, zu einem märchenhaft aussehenden Gebäude, das dunkel vor einem Wald aufragte. Es war eine Datscha «für eine Person» mit einem Wohnzimmer, einem freundlichen Schlafzimmer und einem Balkon aus Holz. Auch eine Sauna gab es, wie die Gastgeberin stolz betonte, und eine Luxusbadewanne und einen Fernseher auf runden Metallbeinen mit Flachbildschirm – alles, was das Herz begehrte.

«Das Abendessen lasse ich Ihnen hierher bringen, die Sauna ist schon eingeschaltet, da können Sie sich aufwärmen. Ruhen Sie sich aus, und morgen früh fahren Sie weiter. Es wird Ihnen bei uns gefallen! Ein Morgenrock hängt im Kleiderschrank. Sollen Ihre Sachen gebügelt werden?»

Inna lachte:

«Nein, danke. Morgen muss ich ja doch nach Hause.»

Die Frau lächelte zurück, das besorgte Lächeln einer guten Wirtin.

«Was hätten Sie denn gern zum Abendessen – Fleisch, Fisch? Stör, Lachs, Dorsch, Forelle? Kalbfleisch, Schweinefleisch, Schaschlik, Hähnchen?»

Inna war überhaupt nicht nach Essen zumute. Seit einem halben Jahr, seit Viktor ihr verkündet hatte, dass sie alles «kaputtgemacht» und er eine «Entscheidung getroffen» habe, war ihr der Appetit vergangen.

«Fisch», sagte sie, als sie begriff, dass die Frau nicht nachgeben würde.

«Fisch als Vorspeise? Und als Hauptspeise ein bisschen junges Hähnchen? Unser Koch ist Georgier, er kocht so gut, dass die Leute extra herkommen, nur um bei ihm zu essen! Hähnchen, ja?»

Inna seufzte:

«Ja, bitte.»

«Ich muss los … das Abendessen. Machen Sie es sich bequem, ruhen Sie sich aus, mein gutes Täubchen!»

Anscheinend hatte der schwatzhafte Ossip seine ganze Familie eingeweiht. Na, und wennschon.

Sie warf das blaue Kostüm, die Uhr, die Nylonstrümpfe und den Schmuck im Schlafzimmer mitten auf den Teppich und lief in der Unterwäsche ins Bad, öffnete alle Hähne, zog sich ganz aus und schaute sich lange im Spiegel an.

Weiße Haut, schöne Beine, die Brust in bestem Zustand. Sie betrachtete sich so, wie man ein fremdes Bild anschaut, suchte nach Mängeln und Fehlern, aber sie fand nur wenige. Was war ihm nicht gut genug gewesen?

Erbost über sich selbst, dass sie schon wieder daran dachte, zog sie den Morgenrock an und ging ins Wohnzimmer hinüber. Die Nachrichten begannen ungefähr auf allen Kanälen zur gleichen Zeit, irgendwelche, egal welche, musste sie unbedingt sehen. Auf die Kommentare achtete sie nie, sie ärgerten oder belustigten sie nur, je nachdem, wer der Kommentator war – ihr genügte die reine Aufzählung von Fakten.

Inna ließ sich auf das Sofa fallen und streckte die Beine aus, suchte tastend nach der Fernbedienung auf dem niedrigen Tischchen, warf dabei die Zeitungen auf den Boden, bückte sich, um sie wieder aufzuheben, und sah plötzlich, direkt vor ihrer Nase, blitzend saubere Männerschuhe auf dem Perserteppich.

Eine Weile starrte sie sie nur verständnislos an, doch als sie sich plötzlich rührten und bewegten, erschrak sie derart, dass die Hand, auf die sie sich gestützt hatte, umknickte und sie mit der Nase auf den Teppich fiel. Ihr Hintern hob sich, die Beine beschrieben einen Bogen. Ungeschickt rollte sie sich in die Hocke und sprang auf.

«Wer sind Sie?»

«Wer sind SIE?»

«Wie sind Sie hierher gekommen?»

«Und Sie?»

Vor Angst wurden ihr Rücken und ihre Handflächen schweißnass.

Die Hütte stand weit abseits, fast schon am Waldrand.

Wie sollte sie hier jemand hören, wenn sie um Hilfe rief?

«Jetzt hören Sie auf zu zittern», riet ihr der Mann gelassen, «ich bin weder ein Bandit noch ein Killer.»

«Wer … sind Sie?»

«Ein Urlauber.»

«Aber … was machen Sie … in meiner Datscha?»

«Moment mal. Sie sind aus irgendeinem Grund in meiner.»

Inna zog die Schläge ihres Morgenrocks übereinander und kam hinter dem Sofa hervor.

«Ich möchte telefonieren», sagte sie schnell, «damit jemand kommt und Klarheit schafft.»

«Tun Sie das», sagte er zustimmend.

Auf dem polierten Tisch stand ein vorsintflutliches gelbes Telefon mit einem Wappen – irgendeine hohe Etage hatte es wohl einmal ausgemustert –, eine Liste mit den Nummern der Wäsche, des Monteurs, der Verwaltung und der Leitung lag daneben.

Während sie nur mit Mühe den Finger in die runden Öffnungen der Plastikwählscheibe bekam und den Verwalter bestellte, schielte sie zu dem Mann hinüber, der derweil die Wände anstarrte, als wären sie mit Fresken von Michelangelo bemalt.

«Er kommt gleich», erklärte Inna vorsichtig. «Wie sind Sie hierher gekommen?»

«Man hat mir gesagt, ich hätte eine Datscha», er zuckte die Achseln, «und hat mir die Schlüssel gegeben. Außerdem wollte man mir sofort den Koffer bringen. Als ich kam, stand die Tür offen. Ich hatte gerade vor, den Fernseher einzuschalten, als Sie …»

«Wer sind Sie?»

«Jastrebow, Alexander Petrowitsch», stellte er sich vor. «Aber Sie kenne ich. Sie sind Inna Seliwerstowa. Ein großes Tier in Bjelojarsk. Stimmt's?»

«Stimmt», sagte sie.

Er hatte einen dunklen Anzug und ein helles Hemd an, der Knoten der Krawatte war gelockert. Er war stämmig, nicht sehr groß und hatte dunkles Haar.

Nichts Besonderes also. Er sah sie noch einen Moment lang an und starrte dann wieder auf die Wände – als ob es im Raum nichts Interessanteres als diese Wände gäbe!

Der Verwalter kam, der Irrtum wurde aufgeklärt.

«Der verehrte Alexander Petrowitsch hat sich geirrt. Seine Datscha liegt direkt hinter der von Inna Wassiljewna. Wir haben zwei davon. Wir haben Ihnen die Lage wohl nicht deutlich genug erklärt. Verzeihen Sie bitte, Alexander Petrowitsch, und Sie auch, Inna Wassiljewna!»

Dem Verwalter folgte die Direktorin, die dessen Erklärungen wiederholte, Entschuldigungen wurden ausgesprochen und angenommen, und von all dem stupiden Durcheinander bekam Inna plötzlich Kopfschmerzen. Sie klinkte sich aus der allgemeinen Aufregung aus, ging zum Sofa, setzte sich und lehnte den Kopf an die Rückenlehne.

Alexander Petrowitsch Jastrebow sah sie aufmerksam an und hatte im Nu die Direktorin und den Verwalter hinauskomplimentiert. Er selbst blieb.

«Fühlen Sie sich nicht wohl?»

«Ich habe mich gestern von meinem Mann scheiden

lassen», hörte sie sich erstaunt mit stumpfer Stimme antworten, «wir haben zehn Jahre zusammengelebt.»

«Warum haben Sie sich … von ihm getrennt? Sind Sie Ihrer großen Liebe begegnet?»

Sie lächelte dünn und rieb sich die Augen.

«Nicht ich hab mich getrennt. Er hat sich getrennt. Er ist seiner großen Liebe begegnet.»

«Wie konnten Sie das zulassen?»

«Ich habe gearbeitet.» Plötzlich ärgerte sie sich über ihren Gesprächspartner. «Ich hatte keine Zeit. Ich war sicher, dass … mir so etwas nie passieren würde.»

«Natürlich.»

«Was heißt das – natürlich?»

«Sie hatten keine Zeit. Er traf seine große Liebe. Das ist ganz normal.»

«Woher wollen Sie wissen, ob es normal ist oder nicht?!»

«Aus dem gleichen Grund, Inna Wassiljewna, aus dem auch Sie es wissen. Auch ich hatte keine Zeit, und meine Frau ist ihrer großen Liebe begegnet.»

Plötzlich hatte Inna brennendes Interesse. So sehr, dass sogar der Kopfschmerz kurz aufflammte, um dann zu verrauchen.

«Sie sind ebenfalls … geschieden?»

«So ist es.»

«Haben Sie Kinder?»

«Einen Sohn. Er lebt bei mir, Gott sei Dank.»

«Ihre Frau hat ihn Ihnen überlassen?»

«Ja. Sie hatte eine neue Liebe, eine neue Familie. Neue Kinder.»

«Und … sind Sie schon lange geschieden?»

«Sechs Jahre.»

«Ich erst seit gestern», beschwerte sich Inna. «Man sagt, Männern fällt es leichter.»

Er zuckte die Schultern:

«Ich weiß nicht.»

Das Abendessen wurde gebracht: ein ganzer Berg märchenhafter Gerichte, eine Flasche im silbernen Eiskübel, zwei weiße Kerzen und zwei Gläser – die Direktorin war wirklich aufmerksam und zuvorkommend! –, ein kleiner Teller mit Piroggen, eine Schüssel mit Erdbeeren und noch alles Mögliche mehr.

«Da sehen Sie», sagte Inna mutlos, «jetzt müssen Sie auch noch romantisch mit mir essen. Wollen Sie?»

Er sah sie flüchtig an.

«Essen will ich», erklärte er entschieden, «aber nicht romantisch.»

«Das müssen Sie aber. Was sollen wir sonst mit den Kerzen und dem Champagner machen?»

«Sie haben Recht», gab er zu, «es führt wohl kein Weg dran vorbei.»

Er zündete die Kerzen an und freute sich eine Weile daran – in seinen dunklen Pupillen tanzten die goldenen Flammen –, aber plötzlich verzog er das Gesicht und schaute sie an.

«Sollen wir sie nicht doch lieber wieder ausmachen?»

«Nein, jetzt nicht mehr», sagte sie entschieden, «jetzt lassen wir sie an. So, Alexander Petrowitsch, nun reicht's aber mit der Höflichkeit. Ziehen Sie Ihr Jackett aus und lassen Sie uns essen. Es ist schon spät.»

Abgesehen von den Kerzen, dem silbernen Sektkübel und dem schneeweißen leinenen Tischtuch wurde das

Abendessen tatsächlich nicht sonderlich romantisch. Sie aßen schnell und abwesend, jeder in seine eigenen Gedanken versunken.

Ein paar Mal sah sie ihn an – er saß einfach da und aß und kümmerte sich ganz offenkundig nicht darum, was für einen Eindruck er machte. Als sie zum x-ten Mal hinschaute, trafen sich ihre Augen, und sie war verlegen – er hatte ihre Blicke also sehr wohl bemerkt …!

Er trank den Wein wie Wasser und fragte gleichgültig:

«Arbeiten Sie unter Muchins Kommando?»

«Ja.»

«Schon lange?»

«Seit einem Jahr.»

«Und wo haben Sie bis davor gearbeitet?»

«Beim Fernsehen. In Moskau.»

«Bjelojarsk ist eine schwierige Stadt. Ein Aluminiumkombinat allein ist ja schon schwierig genug.»

«Waren Sie schon mal da?»

«Inna Wassiljewna, ich lese Zeitung. Über die Aluminiumkriege weiß doch auch der letzte Hinterdörfler Bescheid.»

Sie lächelte:

«Da haben Sie Recht.»

Neunzig Prozent dessen, was die Presse veröffentlichte, hatte Inna selbst erfunden. Sie schrieb nicht selbst, aber sie erfand. Alles über die Kriege und «die Guten und die Schlechten» und die Fabrikdirektoren und die «Bosse der Stadt».

Sie führte ihren eigenen Krieg, im Taschenformat sozusagen.

Der eine kämpfte mit einer Kalaschnikow in der Hand. Der andere benutzte Worte als Waffe.

«Wie sind Sie von Moskau aus unter Muchins Kommando gekommen?»

«Das ist eine lange Geschichte, Alexander Petrowitsch. Muchin ist ein kluger Mensch und weiß Leute zu schätzen, die ihm treu ergeben sind. Ich habe ihm einmal bei einer Sache geholfen.»

«Sie haben dem Gouverneur der Region geholfen?!»

«So ist es. Und als er mir Arbeit angeboten hat, habe ich zugesagt.»

Da erinnerte sie sich plötzlich an die Badewanne. Erschrocken raffte sie die Enden des langen Morgenrocks hoch, riss fast das Weinglas vom Tisch und rannte ins Badezimmer.

Die Badewanne war schlauer gewesen als Inna: Sie war bis zu einem bestimmten Punkt voll gelaufen, dann hatte sich automatisch das Wasser abgestellt.

Es war schon wieder kalt geworden, zu spät für ein Bad.

Plötzlich tat Inna sich selber Leid, es tat ihr Leid um ihr Leben, das heute zu Ende gegangen war, als Viktor seine Jacke aus dem gemeinsamen Schrank herausgenommen hatte, und um das Wasser, in dem sie nicht mehr baden konnte, um das Abendessen, das sie mit einem Unbekannten hatte teilen müssen, und um diesen Abend, wo sie doch nur heulen und sich am Boden hätte wälzen wollen, anstatt völlig überflüssigen Smalltalk zu betreiben. Sie tat sich so Leid, dass sie sich auf den Badewannenrand setzte und lauthals losheulte.

Sie weinte ziemlich lange, und keiner kam, um sie zu

trösten. Ihr Gast im Wohnzimmer starrte wahrscheinlich schon wieder begeistert die Wände an.

Irgendwann zog sie den goldenen Stöpsel heraus, sodass das Wasser laut gurgelnd aus der Wanne lief. Und genau wie dieses Wasser abfloss – da war sich Inna sicher –, genauso floss ihr auch ihr ganzes Leben davon.

Irgendwann hörte sie auf zu weinen, stand auf, wischte sich, ohne in den Spiegel zu gucken, das Gesicht ab und schleppte sich wieder ins Wohnzimmer, überzeugt, dass Alexander Petrowitsch so einfühlsam gewesen sein würde, ihre Bleibe zu verlassen.

Alexander Petrowitsch, der keineswegs so einfühlsam gewesen war, trat plötzlich von der Seite an sie heran, nahm sie bei der Hand, drehte sie zu sich herum, sah sie aufmerksam und fast ein bisschen böse an, und dann küsste er sie, küsste sie lange und gefühlvoll. Vor Überraschung quietschte sie leise – seit hundert oder zweihundert Jahren hatte sie niemand mehr geküsst –, aber er nahm keine Rücksicht auf ihr Quietschen.

Sehr schnell lagen sie auf dem Sofa im Wohnzimmer, dann im Schlafzimmer auf dem üppigen Bett, dann in der Wanne, in die wieder Wasser einlief, dann wieder auf dem Sofa.

Es geschah fast ohne Worte. Nur unendliches Staunen war da – so unendlich, dass es nirgendwo hineinpasste, es kroch um sie beide herum und glotzte sie an.

Was war das für ein Mann? Wo war er hergekommen? Was tat sie hier mit ihm auf dem Sofa im Wohnzimmer?

Zehn Jahre lang war sie eine treue Gattin gewesen –

und kaum einen Tag nach der Scheidung landete sie mit einem Wildfremden im Bett, von dem sie nichts wusste, außer, dass er Alexander Petrowitsch hieß und sich auch irgendwann einmal hatte scheiden lassen!

Zehn Jahre lang hatte sie sich mit keinem Mann eingelassen außer mit ihrem eigenen, der heute seine Sachen aus ihrem Kleiderschrank mitgenommen hatte, und jetzt machte sie wie verrückt Liebe auf einem Pensionssofa – und wusste überhaupt nicht, mit wem!

Als sie endlich einschliefen, lagen sie quer in dem üppigen Bett – keiner von beiden hatte mehr die Kraft, sich zurechtzurücken.

Von einem Surren im Ohr wachte sie auf, und ihr schien, als hätte sie gar nicht geschlafen, als hätte er sie gerade erst zum letzten Mal losgelassen und noch einmal geküsst. Mühsam öffnete sie die Augen und begriff, dass es schon Morgen war. Ihr Liebhaber schlief fest, sein sonnengebräunter, behaarter Arm hing auf den Teppich hinunter. In ihrer Handtasche klingelte das Handy.

Sie schaffte es irgendwie, aufzustehen, und suchte schwankend nach ihrer Handtasche.

«Hallo.»

Ihre Stimme war heiser und tief – die Stimme einer Frau, die die ganze Nacht hindurch wie verrückt Liebe gemacht hat.

«Inna, bist du's?»

«Ja. Wer ist da?»

«Bist du in Moskau?»

«Ja. Wer ist da?»

«Hier ist Jakuschew.» Der Erste Stellvertreter des

Gouverneurs. «Nimm das nächste Flugzeug, bei uns ist ein Unglück geschehen. Muchin ist umgebracht worden. Heute Nacht.»

3

DIE BEERDIGUNG DES GOUVERNEURS lief wie alle offiziellen Beerdigungen mit falschem Pomp ab und wirkte – ganz wie der in Bjelojarsk einfallende Winter – sehr kalt auf Inna.

In Moskau war dagegen gerade erst der goldene Herbst ausgebrochen – mit blauem Himmel, kalter klarer Luft, Zweigen, die wie mit Tusche rot und gelb getupft waren, und mit von Blättern übersäten Boulevards. Morgens krachte unter den Füßen herzhaft das Eis, tagsüber wärmte sich die Luft so auf, dass der Winter noch ganz weit weg zu sein schien.

Hier in Bjelojarsk war er schon viel näher als in Moskau: Der Wind vom Jenissej blies eisig und wirbelte den Schnee von gestern auf, er kroch in die Pelze und unter die Sonnenbrillen, die man nicht gegen die Sonne, sondern als Schutz gegen die allgegenwärtigen Kameras trug.

Der städtische Friedhof war sogar in seinem privilegierten Teil trostlos und unfreundlich – überall Schnee, Büsche, Granit, dazu noch Marmor, und man hatte keine Ahnung, wer darunter lag – ob Kumpane von der örtlichen Mafia, die sich hier für ein bisschen Geld den letzten Ruheplatz gesichert hatten, Vorgesetzte von hohem Rang, Geistliche oder verbannte Akademiker.

Durch die Sonnenbrille sah der Schnee gelb und der flache Himmel violett aus.

Die Posaunen stöhnten und störten beim Nachdenken. Die Soldaten traten von einem Bein aufs andere, sie froren in ihren abgenutzten Mänteln. Die Moskauer Trauerdelegation, zu der die örtlichen Größen hindrängten, stand mit heuchlerisch gesenkten Köpfen irgendwie zugleich abseits und mitten in der Menge.

Inna wandte sich ab von ihnen. Vielleicht war sie zu «empfindlich», wie der treue Ossip es nannte, aber sie fand, dass Begräbnisse nicht der richtige Ort dafür waren, die eigene Karriere zu schmieden. Zumindest in Anwesenheit der Toten, zumindest für ein Weilchen sollten die Lebenden das tägliche Brot und den einträglichen Posten vergessen. Ob man nun einen einträglichen Posten hat oder nicht – es endet doch alles mit Friedhof und Trauer, Schnee und einer offenen Grube, die Inna aus irgendeinem Grund unanständig vorkam.

«Bist du ganz versunken in deine Trauer, Inna Wassiljewna? Oder frierst du einfach nur?»

Das war Simonenko, der Landwirtschaftsbeauftragte in der Region.

«Ich friere, Wassilij Iwanowitsch.»

«Dein Pelzjäckchen hier ist wirklich schick. Das hast du dir wohl in Europa gekauft?»

Damit gab er zu verstehen, dass er die Sendung «Der einzige Held» gesehen hatte und missbilligte. Zum Teufel mit ihm. Viele missbilligten Inna, aber sie hatte sich schon daran gewöhnt, und meist pfiff sie darauf. Leute, deren Meinung ihr wirklich wichtig war, gab es nur wenige, vor den anderen hatte sie keine Angst, sondern benutzte sie geschickt für ihre eigenen Zwecke.

Keiner wusste, wie schwer das war. Keiner außer ihr allein.

Der Wind fuhr in ihre Pelzjacke hinein. Inna hielt sie mit der Hand zusammen und lächelte mit vor Kälte und «Trauer» erstarrten Lippen.

«Und jetzt, Wassilij Iwanowitsch? Sind schon Wahlen ausgeschrieben?»

«Du weißt doch», brummte er und drehte sich von dem eisigen Wind weg, der wieder vom Jenissej herangebraust kam, «Wlassow hat einen Termin vorgeschlagen, jetzt muss Chrust ihn prüfen und bestätigen.»

Wlassow war Vorsitzender des Wahlkomitees der Region, Chrust Vorsitzender der örtlichen gesetzgebenden Versammlung.

«Das wird ein Ärger», murmelte er vor sich hin. «Wahlen und so weiter ... Da werden sonst was für Leute ankommen und versuchen, das Volk zu verkohlen.»

Sie antwortete nicht, weil jetzt der Sarg herabgelassen und das Grab zugeschaufelt wurde, während die Soldaten hastig und – «zum letzten Geleit» – unkoordiniert Schüsse aus ihren Gewehren abgaben. Erschrocken von dem Lärm flog ein Schwarm Dohlen auf und kreiste nun melancholisch krächzend hoch über dem Friedhof.

«Was wird jetzt aus ihnen?», fragte sich Inna.

«Aus wem?»

«Aus Ljubow Iwanowna und Katja und Mitja.»

Simonenko schwieg eine Weile.

«Es wird alles weitergehen wie bisher. Mitja wird weiter trinken, wie er bisher getrunken hat, und Katja wird nach Petersburg zurückkehren.»

«Zurück nach Petersburg ...», wiederholte Inna.

Die Tochter des verstorbenen Muchin hatte ihre Mutter untergehakt, ihren Gesichtsausdruck konnte man hinter den dunklen Gläsern der Brille nicht erkennen. Ihr Bruder, der eine ungesunde gelbe Gesichtsfarbe hatte und ungewaschen aussah, zitterte, vergrub fröstelnd seine großen roten Hände in den Taschen und richtete sich ab und zu krampfartig auf.

Der Vater hatte alles getan, um sie zu schützen – er hatte ihnen Arbeit besorgt, Geld, hatte seine Beziehungen spielen lassen, seinen Einfluss geltend gemacht, für den Sohn Ärzte, Scharlatane, Magier engagiert, damit er «Schluss machte» und «mit dem Zeug aufhörte», aber alles vergebens.

Jetzt kondolierten die Trauergäste der verwaisten Gouverneursfamilie – zuerst die Moskauer, dann die Ortsansässigen –, sie flüsterten, drückten die Hände, setzten traurige Gesichter auf, einige wischten sich für alle Fälle über die trockenen Augen, aber die Witwe hielt den Kopf die ganze Zeit gesenkt.

«Jetzt sind wir dran», murmelte Simonenko neben ihr, «o mein Gott ...»

Inna hatte sich keine passenden Worte zurechtgelegt. Für sie war der verstorbene Muchin einfach ein Vorgesetzter gewesen – nicht der beste und auch nicht der schlechteste, sie hatte schon schlimmere gehabt in ihrem Leben. Sie drückte der Witwe stumm die Hand und wollte gerade weitergehen, als sie zu ihrer unglaublichen Überraschung eine leise, fast körperlose Stimme hörte:

«Inna ...»

Ljubow Iwanowna hatte sich nicht gerührt, ihre Tochter schaute vor sich hin, um den Mund hatten sich ärgerliche Falten gebildet, als sei sie böse auf ihren Vater, dass er es gewagt hatte, einfach so zu sterben. Der Sohn stand zitternd daneben und zog die vereiste Nase hoch.

Wer hatte sie gerufen?

Von hinten drängte man schon höflich – man wollte so schnell wie möglich sein Beileid ausdrücken, das Ende der Prozedur herbeiführen, um sich endlich ins warme Auto setzen zu können, wo der Fahrer schon gemütlich vor sich hin träumte, und dahin fahren, wo man «nach russischem Brauch» des Toten gedenken würde.

«Inna ...»

Es war doch Ljubow Iwanowna, obwohl sie den Kopf weiter gesenkt hielt und ihre Füße oder das Grab ihres Mannes anstarrte.

«Ljubow Iwanowna?»

«Kommen Sie heute Abend um zehn zu uns.»

Von hinten drängelte und drückte es wie früher, in der noch gar nicht fernen sozialistischen Vergangenheit, wenn man nach Waschpulver Schlange gestanden hatte.

«Wohin soll ich denn kommen, Ljubow Iwanowna?»

«In die Stadtwohnung. Auf der Datscha können wir wohl kaum ... miteinander reden.»

Worüber sollten sie reden? Zu Lebzeiten Muchins hatten sie höchstens ein Dutzend Worte miteinander gewechselt. Inna hatte nie zu den Freunden der Familie gehört, und Ljubow Iwanowna war nach bestem russischem Brauch als Dame der Öffentlichkeit nie in den Vordergrund getreten, hatte an keinen gesellschaftlichen Ereignissen teilgenommen, sich rein kategorisch nicht auf Modeschöpfer und Friseure eingelassen, und wenn ihr Mann sie gebeten hatte, zu irgendeiner wichtigen Protokollveranstaltung zu kommen, hatte sie unweigerlich entgegnet: «Mach du das nur ohne mich, Anatolij Wassiljewitsch. Wie soll ich dir schon beistehen? Ich bin dir doch nur ein Klotz am Bein!»

«Mama!» – Das war die Tochter Katja. Die Stimme klang angespannt.

«Um zehn, Inna. Ich warte auf Sie.»

«Ich werde kommen, Ljubow Iwanowna.»

Ihre Absätze sanken tief in die Erde ein, als sie auf die andere Seite des Grabhügels hinüberlief und nachdenklich ihre Nase in den Pelzkragen steckte.

Die Trauerzeremonie war fast zu Ende, die Leute unterhielten sich schon wieder ganz ungeniert in normaler Lautstärke über die täglichen Geschäfte.

«In zwei Monaten sind die Wahlen. Das heißt also, Ende Dezember.»

«Ausgerechnet zu Neujahr, verflucht nochmal.»

«Die gesetzgebende Versammlung muss den Termin noch bestätigen …»

«Chrust wird ihn bestimmt bestätigen. Es kann nicht in seinem Interesse sein, den Termin hinauszuzögern, er will ja selber kandidieren.»

«Recht hat er. Er ist der zuverlässigste Kandidat.»

«Die Oligarchen müssen ihn unterstützen, aber die sind noch nicht so recht …»

«Stimmt es, dass Admiralow sein Mehrheitspaket für den Kohletrust ‹BjelUgol› verkauft hat?»

«Das wird gemunkelt. Ich selber weiß nichts Näheres.»

«Wer hat denn nun ‹BjelUgol› gekauft? Wenn der bei

uns auftaucht, als neuer Stern am Himmel ... nachher wird er der neue Gouverneur!»

«Bislang wird hier keiner was, wir sind schließlich eine Region und kein Zirkus!»

Inna trat zur Seite in den Schnee, um die aufgeregte und durchgefrorene Gesellschaft an sich vorbeizulassen.

«Inna Wassiljewna! Bist du schon lange zurück aus Moskau?»

«Seit zwei Tagen. Als ich's erfahren habe, bin ich sofort hergeflogen.»

«Wer hat es dir gesagt?»

Das war eine sehr wichtige Frage, die wichtigste überhaupt – wer hatte wen angerufen, wer hatte wen wohin bestellt, wer hatte was von wem erfahren.

Der König ist tot, es lebe der König.

Kaum war der Thron frei geworden, hatte jeder Anwärter eiligst begonnen, die Seinen um sich zu scharen. Die, die ihm halfen, auf den hohen warmen Platz hinaufzuklettern und dort Fuß zu fassen, damit er dann die begehrten einträglichen Posten unter ihnen verteilte – vorausgesetzt, es gelang den Anhängern, ihren Zar von der Verlässlichkeit des eigenen Diensteifers zu überzeugen.

Angerufen hatte sie Jakuschew, der die Pflichten des Zaren übernommen hatte – die am heutigen Tag mächtigste Schachfigur im Spiel. So fand sich Inna in der Mannschaft des ersten Anwärters auf den Thron wieder und gewann damit einen besonderen Status. Offiziell war er ihr allerdings noch nicht zugewiesen, denn sie hatte Jakuschew seit ihrer Rückkehr noch nicht gesehen – er war zu sehr mit dem Tod des Gouverneurs und der daraus entstandenen Situation beschäftigt gewesen.

Über Muchins Tod sprach man nur flüsternd und sah sich dabei misstrauisch in alle Richtungen um. Ein seltsamer Tod.

Der Gouverneur war tot in seinem Arbeitszimmer aufgefunden worden, mit einem schwarzen Loch in der Schläfe. Unterhalb seiner rechten Hand hatte auf dem roten «Kreml»-Teppich eine Pistole gelegen. Der Presse verkauften sie den Tod als «unglücklichen Umstand». Die Moskauer Presse hätte sich vermutlich nicht so leicht abspeisen lassen wie die Bjelojarsker. Hier aber schluckte man die Geschichte von der «unvorsichtigen Handhabung einer Waffe», vermutlich vor allem deshalb, weil man überrumpelt war. Die Moskauer Presse war noch nicht auf den Plan getreten, aber Inna wusste genau, dass der Skandal nicht ausbleiben würde.

Als Inna in Bjelojarsk eintraf, gab es für den internen Gebrauch, also nicht für die Presse, bereits eine neue Version: Es war Selbstmord, daran gab es keinen Zweifel. Dafür sprachen die Haltung, die Pistole und die absolut klassische Zeit – der fließende Übergang zwischen der Nacht und dem Morgen, wenn die Dämonen aus der Finsternis aufsteigen und am schwachen menschlichen Verstand nagen, ihm hässliche Gedanken eingeben und fürchterliche Bilder vorgaukeln, vor denen man sich nur durch den Tod retten zu können meint.

Der Mensch ist schwach. Woran hast du gedacht, Anatolij Wassiljewitsch, als du dir die furchtbare, glatte, kalte Mündung an den Kopf gehalten hast? Wer hat dich dazu gebracht? Wie konntest du nur?

Inna nickte schmerzerfüllt, als könnte sie all das nachvollziehen – und glaubte keinen Augenblick an die Selbstmord-Version.

Sie hatte Muchin nicht gut gekannt, aber das, was sie gekannt hatte, reichte, um nicht daran zu glauben.

Er war genauso ein Kaderfunktionär wie Simonenko, gestählt durch den Parteiapparat und von *jenem* System für die Führung *jenes* Staates auserwählt. Er war fest davon überzeugt, dass alles, was er tat, nur zum Besten des Volkes war. Und selbst wenn es schadete, war es nur zum Besten des Volkes.

Er machte keine großen Geschäfte, mischte sich nicht in kriminelle Machenschaften ein, entmachtete die Oligarchen nicht und stritt sich nicht mit der zentralen Staatsmacht. Er war vollkommen zufrieden mit der Position, die er innehatte, und der Meinung, zu Recht zum Gouverneur gewählt worden zu sein. Sein Geleit bestand aus mindestens vier Autos mit blinkendem Blaulicht. Die Verkehrspolizisten standen stramm, wenn er vorbeifuhr, das Privatflugzeug mit dem rotsamtenen Interieur flog ihn zuverlässig nach Moskau und zurück, die Kolchosbauern und -bäuerinnen präsentierten ihm zur Begrüßung Brotlaibe auf volkstümlichen Tüchern. Im Kreml begegnete man ihm ebenfalls mit Hochachtung, und wenn er ein Interview gab, achtete er auf eine maximale Nähe zum Volk und sagte mit bedeutungsschwerem Zwinkern: «Wenn die Macht des Gouverneurs stark ist und geachtet wird, herrscht Ordnung im Lande!»

Er hatte keine wilde kriminelle Vergangenheit, er war kein Protegé irgendwelcher wirtschaftlicher Interessengruppen, seinen einzigen ernsthaften Kummer bereitete ihm sein Sohn, an dessen Erziehung er gescheitert war.

«Bist du mit dem Auto hier, Inna Wassiljewna, oder soll ich dich mitnehmen?»

«Ich bin mit dem Auto, aber danke.»

Der unermüdliche Ossip hatte in der Zwischenzeit wahrscheinlich sämtliche Zeitungen gelesen und alle Kreuzworträtsel gelöst.

Was hatte Muchin mitten in der Nacht in seinem Arbeitszimmer gemacht? Er, der sich immer damit gebrüstet hatte, dass er «nach neun kein Gouverneur, sondern ein normaler Mann» sei. Für modische Schlagwörter wie «Arbeiten, Arbeiten, Arbeiten» hatte er nicht viel übrig gehabt. Er war sich seiner selbst zu sicher gewesen, als dass er mehr Zeit mit Arbeit vertan hätte, als «es sich gehört».

Woher hatte er die Pistole? Es konnte natürlich sein, dass er sie sich gekauft oder sie geschenkt bekommen hatte, aber das war unwahrscheinlich! In seinem Alter und in der Position, die er schon ziemlich lange innehatte, konnte er absolut kein Interesse an Waffen haben. Warum hatte er sich überhaupt erschossen? Weder hatte der Präsident ihn vorgeladen, noch hatte der Rechnungshof Prüfungen angekündigt. Natürlich trugen die korrupten und kriminellen Kräfte ihre internen Kämpfe aus, aber das war schon immer so gewesen. Die nächsten Wahlen standen erst wieder in zweieinhalb Jahren an. Um davor Angst zu haben, war es noch viel zu früh.

Was also war geschehen? Und warum hatte er es gerade jetzt getan?

Nur eines war klar, weder die Fragen noch die Antworten konnten in irgendeiner Beziehung zu Inna stehen. Weder direkt noch indirekt! Wieso aber hatte Ljubow Iwanowna sie so eindringlich gebeten, um zehn in ihre Stadtwohnung zu kommen?

4

OSSIP SPRANG AUS DEM WAGEN, als er sie sah, und hielt ihr die Tür ins Warme auf. Mit klappernden Zähnen setzte sich Inna auf den Beifahrersitz und drehte die Heizungslüftung in ihre Richtung. Sie schloss die Augen, als die warme Luft ihr kräftig entgegenwehte.

«Wo hat man das schon mal erlebt: drei Stunden auf dem Friedhof! Als hätten sie ihn nicht auf dem letzten Weg begleitet, sondern zur Armee verabschiedet!»

«Schon gut, Ossip.»

«Jetzt sieh dich doch nur an, du bist ja ganz blau im Gesicht! Komm, trink einen Schluck. Auf die Gesundheit.»

Er zog einen Flachmann aus der Tasche und stupste Inna damit in die Seite. Seine finstere Miene drückte Sorge und Ärger zugleich aus.

Der alte Freund und Kampfgefährte, vertraut wie ein Verwandter.

«Gib her, Ossip.»

Ossip drehte flink den Verschluss auf, hielt ihr den Flachmann unter die Nase und begann wieder in seiner Tasche zu wühlen.

Sie ließ sich den warmen Wodka die Kehle hinunterlaufen, ohne sich zu verschlucken, atmete aber durch den Mund aus.

«Hier, iss, iss schnell was!»

Drei dicke Scheiben Wurst und Käse lagen auf einem

Pergamentpapier vor ihr. Inna griff nach einem Stück Käse.

Extra für sie hatte er also Wodka, Wurst und Käse auf den Friedhof mitgenommen, das wusste sie wohl zu schätzen. Ossip selbst trank nie – weder am Steuer, noch wenn er nicht am Steuer saß. In seiner Jugend hatte er sich ausgetobt, und damit war es gut.

Aber auch sie kümmerte sich immer um ihn. In Restaurants bestellte sie immer eine Extraportion, die der Kellner dann verpackt zu ihm hinausbrachte. Sie ließ ihn nie einfach so warten, ließ ihn nie kommen, wenn es nicht nötig war, sie ließ keine Launen an ihm aus und kommandierte ihn nicht herum.

Zu zweit waren sie ein hervorragendes Team, obwohl Ossip ihren Mann nicht hatte leiden können und ihn nie irgendwohin gefahren hatte.

«Bestell ihm ein Taxi, Inna», hatte er irgendwann gesagt, «mein Wagen ist gerade … kaputt.»

Inna hatte nicht nachgehakt, was denn damit passiert sei, wo er sie doch noch am selben Morgen damit zum Sowjet der Föderationen gefahren hatte, und Viktor hatte ein Taxi genommen.

Wenn sie dann aber zwei Stunden später wieder irgendwohin musste, erklärte Ossip munter, er sei bereit.

«Und der Wagen?», fragte sie, um die Sache zu klären, denn Unklarheiten konnte sie partout nicht leiden. «Er war doch kaputt.»

«Jetzt ist er wieder ganz», knurrte Ossip plötzlich finster, «so wie er kaputt war, ist er jetzt wieder ganz.»

Damit war alles klar, und Viktor fuhr ab da nur noch mit dem Taxi – bis er ein eigenes Auto hatte, das Ossip unter den verschiedensten Vorwänden immer vermied anzurühren.

Inna begriff die Spielregeln, auch wenn sie die Anteilnahme des Fahrers an ihrem Privatleben manchmal ermüdete und verärgerte.

Vor den getönten Autoscheiben gingen irgendwelche ihr unbekannten Leute vorüber, die lautlos die Lippen bewegten und die roten Nasen in ihren Schals versteckten. Es folgten Bekannte, dann wieder Fremde. Das Blaulicht oben auf dem Wagen der Verkehrspolizei drehte sich mühsam und mit letzter Kraft, als wäre es von dieser Masse an Führungskräften völlig erschöpft.

Inna und ihrem Wagen stand kein Platz in dem Trauerzug zu, ihr fehlte der entsprechende Status, und fragen, ob sie in einem fremden Auto, das den richtigen Status hatte, mitfahren konnte, wollte sie nicht.

Der König war tot, welchen der Könige man künftig hochleben lassen würde, war noch unklar. Jetzt einen Fehler zu machen, konnte sie sich auf keinen Fall leisten.

Sie wollte ihre Arbeit behalten, nein, sie musste sie behalten! Sie musste eine Wahnsinnskarriere machen, noch wahnsinniger als die, die sie schon gemacht hatte. Ihr Mann sollte davon erfahren, ihm sollte klar werden, was er dadurch verloren hatte, dass er sie, Inna, gegen eine andere eingetauscht hatte! Er sollte sich in die Faust beißen, den Kopf gegen die Wand schlagen, zum Mond jaulen vor Reue! Das genau würde ihre schreckliche Rache sein – mit allen klassischen Auswirkungen auf der

Gegenseite, mit Tränen und Pathos –, anders würde sie nicht fertig damit.

Also musste sie unbedingt fehlerfrei und genau spielen. Noch lag alles im Bereich des Möglichen – Jakuschew hatte sie schließlich angerufen. Er hatte in Moskau angerufen und sie nach Bjelojarsk geordert, obwohl er sie bisher noch nie zu sich gerufen hatte und sie ihre eigenen Karten noch nicht ausspielen konnte, solange sie nicht wusste, was der Erste Stellvertreter mit ihr vorhatte.

«Muchins Fahrer hat gesagt, dass er jetzt Chrust übernimmt. Das ist ein erster Hinweis darauf, dass sie ihn auf den Gouverneursthron heben wollen», teilte ihr Ossip leise mit. «Hörst du, Inna?»

Die Fahrer und Wachposten wussten immer alles, sie waren immer schon, lange bevor etwas offiziell war, über alle Ernennungen auf dem Laufenden.

«Nun warte mal ab, Ossip, jetzt sollen sie erst mal den Termin für die Wahlen festlegen, dann sehen wir weiter.»

«Wohin fahren wir? Nach Sosny?»

Sosny, das war das Dorf vor der Stadt, wo sich die Datschen der Regierungselite befanden und also auch die des verstorbenen Muchin. Hier würde sich der enge Kreis treffen – der große verabschiedete den Gouverneur im städtischen Konzertsaal, den Muchin selbst hatte bauen lassen und auf den er furchtbar stolz gewesen war.

«Ja, Ossip, nach Sosny. Und heute Abend um zehn dann … zurück in die Stadt.»

Der Fahrer fragte nicht nach. In die Stadt? Na schön, dann eben in die Stadt! Er überschritt nie seine Kompetenzen, und wenn er sich einmischte, dann nur im Rahmen seiner Möglichkeiten: indem er ihr Wodka und etwas zu essen gab gegen die Kälte und ihr erzählte, was er wusste und gehört hatte.

Der Wagen fuhr vorsichtig los, bahnte sich seinen Weg zwischen Häuflein von verfrorenen Milizionären hindurch, an einer Reihe langer schwarzer Limousinen vorbei, die mit laufenden Motoren warteten, und fuhr über die freigeräumte Friedhofsallee zum Tor. Inna schaute zum Fenster hinaus. Am Himmel schrien lautlos die Dohlen, sie kreisten über den kahlen, vom Wind durchgeschüttelten Baumkronen. In ihrer Kehle brannte der Wodka, ihre Wangen und Finger wurden heiß.

Das Handy klingelte in der Jackentasche ihres Pelzes, sie hatte Mühe, es herauszuziehen.

Der Verkehrspolizist am Friedhofstor salutierte, sie nickte ihm zu, als könnte er sie durch die verdunkelte Scheibe hindurch sehen.

Das Display zeigte die Nummer von Jakuschew, dem Ersten Stellvertreter.

«Inna Wassiljewna, ich brauche dich. Wieso bist du auf dem Friedhof nicht zu mir gekommen?»

«Sie haben mich nicht gerufen, Sergej Iljitsch», antwortete sie vorsichtig, «es standen … so viele Menschen um Sie herum, dass ich nicht durchkam.»

«Schon gut, schon gut. Wo bist du jetzt? Schon losgefahren?»

«Gerade eben.»

«Dann sehen wir uns in Sosny. Morgen kommst du zu mir. Gleich als Erstes in der Früh.»

Inna sagte erstaunt:

«Natürlich, Sergej Iljitsch.»

Erstaunlich, dass er dafür Zeit hatte. Morgen früh musste er sich doch eigentlich mit aller Kraft um die vor Ort verweilende Moskauer Führung kümmern: Der Premier war da und ein paar von den allerwichtigsten Vizepremiers und noch ein paar von den nicht ganz so wichtigen. Der Premier flog noch heute wieder ab, aber die anderen blieben bis morgen. Dann würde sich zeigen, ob Ossip Recht hatte oder nicht. Wen wollte Moskau: Jakuschew, Chrust oder jemand ganz anderen, den geheimnisvollen Dritten, der von Admiralow das Mehrheitspaket der Aktien von «BjelUgol» gekauft hatte? Oder einen Vierten, von dem überhaupt noch keiner etwas wusste?

Der Fahrer des Verstorbenen würde jetzt den mutmaßlichen künftigen Gouverneur fahren, das war natürlich wichtig, und wie wichtig das war!

«Sag mir doch bitte eins», setzte Jakuschew an. «Wie warst du eigentlich in Moskau, geschäftlich oder privat?»

«Ich bin nur selten privat unterwegs, Sergej Iljitsch», informierte ihn Inna, und Ossip schielte zu ihr hin.

«Dann wirst du bitte Bericht erstatten.»

Inna schwieg eine Sekunde, und der Erste Stellvertreter wusste diese Sekunde zu schätzen.

Innas Abteilung unterstand direkt dem Gouverneur, Jakuschew hatte sie noch nie und über nichts Bericht erstattet. Außerdem hatte Jakuschew absolut gar keine Ahnung von ihren Angelegenheiten, er hatte schon genug mit seinen eigenen zu tun.

Aber jetzt war alles anders – so war der Befehl, Bericht zu erstatten, wohl eigentlich zu verstehen.

«In Ordnung, Sergej Iljitsch. Um wie viel Uhr morgen?»

«Um neun.»

«Ich werde da sein.»

«Dann bis morgen.»

Das Telefon tutete und das Display erlosch.

Nachdenklich sah Inna aus dem Fenster, während sie mit ihrem Daumen über den warmen Kunststoff der Polster strich, eine Bewegung, die sie immer beruhigte. Weiße Zungen aus hartem, erbarmungslosem Schnee lagen quer über dem öden Weg. Sie züngelten im Wind nach vorn und zu den Seiten hin, als wären sie lebendig.

Um neun – das hieß, *vor* den Vizepremiers und all den anderen hohen Tieren aus Moskau.

Der Wagen flog an den schwarzen Bäumen und an den Verkehrspolizisten vorbei, die vor jedem Strauch aufgestellt und bis auf die Knochen durchgefroren waren.

Inna Seliwerstowa hatte eine Regel, die sie strikt befolgte und die ihr zu überleben half: Sie hatte nie und vor nichts *im Vorhinein* Angst. Sie machte sich nicht verrückt mit unbegründeten Vorstellungen, dachte sich keine möglichen Varianten aus, von denen eine schlimmer war als die andere, und trank kein Valocordin zur Nacht. Gemäß dieser Regel galt es immer, zuerst die Gefahr festzustellen und sich erst dann zu fürchten.

Wenn sie sich die mutmaßliche Gefahr dann angeschaut hatte, stellte sie meist fest, dass das Ganze ja doch nicht so schrecklich war, als dass sie nicht dagegen kämpfen – und siegen könnte. Sie kämpfte also und vergaß darüber die Angst.

Auch jetzt würde sie nicht im Vorhinein darüber nachdenken, worüber sie Jakuschew Bericht erstatten sollte. Sie würde auch nicht mehr darüber nachdenken, warum Ljubow Iwanowna sie um zehn zu sich in die Stadtwohnung bestellt hatte.

Zur rechten Zeit würde sich alles klären.

Die Chaussee war vollkommen verlassen – wegen des Staatsbegräbnisses hatte man die Straßen gesperrt –, und im Nu hatten sie Sosny erreicht.

Vor der letzten Kurve salutierte ein letzter Verkehrspolizist ein letztes Mal. Nachdem sie am Schlagbaum gebremst hatten, passierten sie die Schranke.

«Wohin, Inna Wassiljewna?»

«Zuerst nach Hause.»

Sie wollte einen Tee trinken und wenigstens für fünf Minuten die Schuhe mit den Pfennigabsätzen loswerden, in denen die Zehen durchgefroren waren, dann konnte sie wieder weiter.

Sie mochte ihre Dienstbehausung nicht, verbrachte hier aber gezwungenermaßen hundertmal mehr Zeit als in ihrem eigentlichen Zuhause. Dabei gewöhnte sie sich an jede Dienstwohnung, sie wurde vertraut mit dem Knarren der Dielen, mit dem nächtlichen Krachen der Rohre, mit dem Klemmen des Schlosses, wenn man von draußen hereinwollte, und damit, dass nichts klemmte, wenn sie hinausging. Und kaum hatte sie die Tür hinter sich geschlossen, kaum erwartete sie eine neue Dienstwohnung auf ihrem Weg, vergaß sie alles, was die vorherige betroffen hatte.

«Wir leben unser ganzes Leben im Studentenwohnheim», brummte Ossip, wenn er die zahlreichen Koffer in die x-te Wohnung schleppte, «immer zwischen fremden vier Wänden. Bei euch Beamten im Staatsdienst ist alles anders als bei normalen Leuten.»

Im Haus war es kalt, oder kam ihr das nur so vor, weil sie völlig durchgefroren war?

Inna stellte Wasser auf den Herd und schaltete ihn an.

«Ossip! Willst du auch einen Tee?»

Als Antwort erklang ein Rumpeln, so als befände sich irgendwo weit hinten im Haus ein Bär. Dann fiel etwas zu Boden, und es herrschte wieder Stille.

«Ossip, hörst du mich nicht, oder was?»

Keine Antwort.

Der Teekessel fing an zu pfeifen. Der Schneesturm pfiff durch die Fensterritzen und strich die Wände entlang. Sonst war nichts zu hören, und Inna ging vorsichtig, mit den Händen die kalten Wände entlangtastend, durch den Flur.

«He! Wer ist da?»

Es konnte dort niemand sein. Als sie die Vortreppe hinaufgestiegen war, hatte sie – beim zweiten Versuch – die Tür mit ihrem Schlüssel geöffnet, das wusste sie noch sehr genau.

Die Wachposten ringsum waren im Zusammenhang mit Muchins Tod noch um ein Vielfaches verstärkt worden.

Im Erdgeschoss lagen Wohnzimmer, Arbeitszimmer, Badezimmer und die Küche, aus der sie gerade erst herausgekommen war. Im ersten Stock zwei Schlafzimmer, ein weiteres Badezimmer und eine Tür zum Balkon, über der ein unbarmherziger Wind Schneezungen hinwegblies. Bis zum Frühjahr war der Balkon meist bis obenhin mit Schnee zugeweht.

Innas Finger griffen nach dem Schalter, und zu ihrer eigenen Beruhigung schaltete sie das Licht an.

Wieder hörte sie eine Bewegung. Ihr schien, als komme das Geräusch aus dem Arbeitszimmer, durch die doppelflügelige Schiebetür, die jetzt geschlossen war.

Inna blieb erstarrt stehen.

Sie machte die Tür zum Arbeitszimmer *nie* zu – um das Klingeln des Telefons nicht zu überhören, das auf dem Tisch im Wohnzimmer stand.

«Ossip, bist du da?»

Kraftvoll schob sie die Türflügel auseinander.

Ein undeutlicher Schatten bewegte sich vor ihren Augen.

«Wer ist da, zum Teufel?»

«Ich bin Natascha. Ich … mache hier sauber.»

Jetzt sah sie sie: eine schmale junge Frau in Schürze und grauem Arbeitskittel. In den Händen hielt sie ein elektrisches Kabel, das – Inna verfolgte es mit den Augen – zum Staubsauger führte.

«Wer sind Sie? Was wollen Sie hier?»

Sie war so erschrocken, dass sich ihre Stimme überschlug. Auf der Vortreppe stampfte Ossip mit den Füßen, damit der Schnee von den Schuhen abfiel.

«Ich bin das Zimmermädchen», piepste die junge Frau. «Ich … wollte Staub saugen.»

«Wie sind Sie hier hereingekommen? Wo ist Adelaida Petrowna?»

«Sie hat heute … frei. Und ich … bin durch die Tür gekommen, wie immer.»

«Was heißt hier wie immer?», unterbrach sie Inna. «Ich sehe Sie heute zum ersten Mal!»

«Natürlich», stammelte das Mädchen, «ich arbeite ja erst seit einer Woche hier, und heute hat man mich zum ersten Mal zu Ihnen geschickt … Man hat mir die Schlüssel gegeben. Im ersten Stock habe ich schon … hier wollte ich gerade anfangen Staub zu saugen, als Sie kamen und …»

«Und was?»

«Ich wollte mich Ihnen gerade vorstellen, aber … da waren Sie schon vorbeigegangen. Und als Sie eben die Tür aufgemacht haben, habe ich nichts gehört, ich war beim Staubwischen …»

«Inna», rief Ossip aus der Diele, «bist du allein, oder wer ist da noch?»

«Wir haben ein neues Zimmermädchen», rief Inna zurück. «Ich rede gerade mit ihr.»

Irgendetwas kam ihr die ganze Zeit komisch vor, obwohl das Mädchen nett war und sich ganz natürlich rechtfertigte, sodass sie es nur zu gern glauben und sich für ihren scharfen Ton entschuldigen wollte. Am liebsten hätte sie ihr sogar über den Kopf gestrichen.

Das Mädchen blinzelte und schaute Inna mit bittenden und schrecklich ehrlichen Augen an. Die Fäuste mit dem Staubsaugerkabel hielt sie an die Brust gedrückt.

«Entschuldigen Sie», sagte Inna also, «machen Sie doch bitte weiter.»

Sie verließ das Arbeitszimmer, ohne die Tür hinter sich zu schließen.

Ossip machte eine fragende Kopfbewegung von der Diele her, von unten nach oben. Inna zuckte zur Antwort die Schultern.

«Willst du einen Tee, Ossip?», fragte sie unzufrieden.

Er wollte keinen.

«Dann fahr nach Hause, um neun erwarte ich dich. Nein, um halb zehn.»

Ossip brummelte undeutlich etwas vor sich hin: Wieso sie ihn nach Hause schicke, da habe er nichts zu tun, solle er etwa Fernsehen schauen? Und wie wolle Inna zur Datscha des Gouverneurs kommen, wenn er, Ossip, sich zu Hause vor den Fernseher setzte?

«Du weißt doch, dass seine Datscha gleich um die Ecke liegt.»

Ossip, der sich sehr um ihr Ansehen sorgte – und zwar im ganz wörtlichen Sinne um ihre äußere Erscheinungsform –, erklärte, dass sie nicht zu Fuß gehen solle, sondern unbedingt gefahren werden müsse.

«Die zwanzig Meter?»

Ossip schwieg und schnaufte. Er schnaufte immer, wenn er nicht einverstanden war, es aber aus Feingefühl nicht laut sagte.

Inna hörte sein Schnaufen, sagte aber nichts – sie würde ohnehin nicht mit dem Auto fahren, wohin denn auch, – und goss den Tee auf.

Gegen schwarzen Tee hatte sie eine Allergie, sofort fingen ihre Augen an zu jucken, und sie musste immerfort niesen. Grünen hatte sie nie gemocht, aber jetzt musste sie ihn trinken, denn man kann auch nicht vierundzwanzig Stunden lang immer nur Kaffee trinken.

Das sagte jedenfalls der Arzt.

Inna hörte nie auf die Ärzte, außer in diesem Fall, denn der Kaffee hatte bestimmt schon ein Loch in ihren Magen gebrannt, und jetzt tat er weh und zog, beharrlich und beständig.

Die dunklen Teeblätter schwammen in der gelbgrünen, trüben Flüssigkeit umher wie kleine Kaulquappen. Inna trank schlückchenweise und bewegte ihre verfrorenen Zehen.

Sie müsste sich auf dem Basar Pantoffeln kaufen – aus Kunstfell, vorn mit Schnauze und innen aus Filz, bequem und geschmacklos. Dazu einen warmen Pyjama mit einer Rose auf dem Bauch und einen Liebesroman mit Palmen, Yachten und einem saftigen Schönling auf dem Umschlag. Dann würde sie sich aufs Sofa legen, unter die orangefarbene Stehleuchte – direkt in den Pantoffeln mit den Schnauzen! –, sich in eine Decke kuscheln, die Geschichte über den Schönling lesen und an nichts denken: weder an Muchins Tod noch an die umgegrabene Friedhofserde, auch nicht an die Vizepremiers oder an Jakuschew. Und nicht an ihre großartige, schwierige Karriere, die allen Feinden zum Trotz noch großartiger werden musste. Dabei würden die Katzen auf dem Teppich leise um den Platz an ihrer Seite kämpfen!

Sie hatte zwei Katzen, Gina und Tonik.

Als es hinter ihrem Rücken leise raschelte, zwang sich Inna, sich nicht umzuschauen und ihren Tee zu trinken. Erst hörte sie eine Tür, dann die andere, dann war alles still.

Inna horchte: nichts.

«Ossip, wo bist du?»

«Hier, was ist?»

Er erschien auf der Schwelle zur Küche. Sein Blick war fragend, in der Hand hielt er die Bjelojarsker Ausgabe des «Moskowskij Komsomoljez».

Inna seufzte.

Wieso hieß die Zeitung eigentlich «Moskauer», wenn es doch der «Bjelojarsker Komsomoljez» war?

«Wenn du willst, schenk dir Tee ein.»

«Gern», antwortete Ossip und trat schüchtern an den Tisch heran.

«Ist sie weg?»

«Ja.»

«Wo ist die plötzlich hergekommen?», fragte sich Inna nachdenklich.

«Wahrscheinlich gibt es in der Wirtschaftsverwaltung jeden Tag Neue.»

«Jetzt erzähl keinen Mist, Ossip. In der Wirtschaftsverwaltung wechselt die Belegschaft seit dreißig Jahren nicht! Die Angestellten werden gut bezahlt und haben eine Sterbensangst um ihre Arbeitsplätze, und überhaupt ...»

«Ist ja gut», stimmte Ossip nachdenklich zu. «Aber trotzdem brauchst du dich nicht zu beunruhigen, Inna. Was soll's, ein neues Zimmermädchen. Kann dir doch egal sein!»

Er nippte an seinem Tee.

«Wie es stürmt! Morgen werden sie bestimmt den Flughafen schließen, und all die hohen Tiere aus Moskau sitzen hier fest. Die werden einen Lärm schlagen ...»

Inna stand plötzlich entschlossen auf.

Es stürmte, das war richtig. Der Wind draußen zerrte an den Steinen, als wollte er sie mit sich reißen, und die gestärkten Vorhänge am Fenster wölbten sich zitternd durch den Druck von außen.

«Was ist?»

Inna winkte ab.

Sie war aus dem Wagen gestiegen, die Vortreppe hochgelaufen, hatte – beim zweiten Versuch – die Tür geöffnet und war hineingegangen. Sie hatte ihren Pelz auf den Sessel geworfen, ihre Stiefel ausgezogen und war in die Küche gegangen, um Teewasser aufzusetzen. Erst in der Küche hatte sie gehört, dass im Haus noch jemand war – nämlich das Zimmermädchen Natascha hinter den geschlossenen Schiebetüren des Arbeitszimmers, die Inna nie zuzog. Dabei war die Frau ja wohl kaum in Kittel und Schürze gekommen! Sie musste doch einen Pelz oder Mantel haben und Stiefel, ein Tuch oder einen Schal oder sonst etwas zum Überziehen! An der Garderobe hatte aber nichts dergleichen gehangen, als Inna ins Haus gekommen war.

Nichts außer dem alten Schafspelz, in dem sie manchmal zum Abhang am Jenissej lief. Alle anderen Pelzjacken – eine für jeden Tag, wie es sich der arme Garik Brjuster vorstellte – bewahrte sie in ihrem Kleiderschrank im ersten Stock auf.

Inna rannte in die Diele. Ihre Pelzjacke hing in weichem Schwung vom Sessel herunter, Gina hatte es sich darauf mit ausgebreiteten Pfoten bequem gemacht, die Flanken hoben sich gleichmäßig, die Augen waren selig geschlossen.

Tonik saß auf dem Boden, dabei zitterte mal sein Schwanz, mal sein in einem weit zurückliegenden Kampf abgebissenes Ohr. Mit schmalen Augen fixierte er Gina – am liebsten hätte er sie von Innas Pelzjacke verjagt und selbst den ersehnten Platz eingenommen.

Keine Spur von dem Zimmermädchen Natascha oder von ihrer Kleidung.

Inna sah die Katzen an, die mit ihren machtpolitischen Querelen beschäftigt waren.

«Ossip! Hast du zufällig bemerkt, ob an dem Garderobenständer irgendetwas hing?»

«An welchem Garderobenständer? Ist dir was geklaut worden?»

«Aber nein», antwortete Inna ärgerlich, «mir ist nichts geklaut worden! Als du reingekommen bist, hast du da auf den Garderobenständer geachtet? Hing da nichts dran?»

«Dieser Schafspelz von dir hat da gehangen!» Ossip hob einen abgenutzten Ärmel an und hielt ihn Inna vor die Nase. «Und er hängt immer noch da!»

«Himmel, das sehe ich selber! Worin ist das Zimmermädchen gekommen? In Kittel und Schürze?»

Ossip hielt inne, ließ den Ärmel los und sagte langsam:

«Grundgütige Mutter!»

«Genau.»

Inna lief auf Socken – sie hatte nun mal keine Pantoffeln mit Schnauze – auf die Vortreppe hinaus.

«Wo willst du hin?!», rief ihr Ossip streng hinterher, aber sie hörte nicht auf ihn.

Der Wind vom Jenissej, der sich zu einem wahren Sturm ausgewachsen hatte, wirbelte heftige Schneewehen über die Wege.

Im Schnee waren keine Spuren.

Ossip stand in der Tür, ihre Stiefel in den Händen, er hielt sie ihr hin. Dann nahm er sie bei der Hand und versuchte, sie hineinzuziehen, und schließlich ließ sie es zu.

Draußen fror und stürmte es, und sie rannte einfach barfuß hinaus!

«Wenn sie weggegangen ist, dann müsste man doch Spuren sehen.»

«Weiß der Teufel! Aber jetzt sind deine Füße nass, hier, schau, du hinterlässt auf jeden Fall Spuren!»

«Wie ist sie weggegangen? Ohne Pelzmantel und Mütze und ohne irgendein Lebenszeichen zu hinterlassen?»

«Die lässt dich ja gar nicht mehr los! Wie sie gekommen ist, so wird sie auch gegangen sein, was interessiert es dich groß?»

Inna konnte sich selber nicht erklären, was sie daran so aufregte. Ihre Füße waren tatsächlich nass. Sie lief die glatte, gebohnerte Treppe nach oben und holte sich eine neue Strumpfhose aus dem Schrank.

Die Heizung knackte munter, als wollte sie die wunderbare häusliche Wärme dem vor den Fenstern tobenden Schneetreiben entgegensetzen. Ihr Mann – jetzt schon ihr Exmann – war fast nie nach Bjelojarsk gekommen. Ihm hatte es hier, wo Inna einen hohen Posten besetzte, die Leute in der Stadt sie kannten, ihr neugierig hinterhersahen und sie mit ihren Blicken verfolgten, nicht gefallen. Er war hier nur ihr Anhängsel gewesen, und das kränkte ihn.

Inna beschloss, die Pumps anzuziehen, da es ja nicht weit war. Sie ging ins Badezimmer, warf die nasse Strumpfhose in den Korb und betrachtete sich im Spiegel – nur so von der Seite. Sie war ein wenig blass, aber ihre hellblonden Haare waren einwandfrei. Die schwarzen Perlen passten auch. Nicht zu auffallend, sondern würdevoll reserviert. Jackett und Bluse. Absätze, die schon Angst machten, wenn man sie bloß ansah, geschweige denn, wenn man drauf stand. Alles stimmte, alles war, wie es sein sollte.

«Ossip, ich gehe jetzt. Entscheidest du dich nun bitte, ob du hier bleiben oder nach Hause fahren willst?»

«Ich fahre dich.»

«Ja, aber nicht jetzt, sondern erst nach zehn.»

Gina, die das Schlimmste ahnte, öffnete die Augen und stellte die Ohren auf. Tonik grinste schadenfroh, weil seine Konkurrentin gleich von dem schön gewärmten braunen Pelz verjagt werden würde.

«Na los, los», sagte Inna zu Gina, «du weißt doch, dass ich jetzt die Pelzjacke anziehe.»

Ossip kam in die Diele und zog sich verärgert die Stiefel an.

«Ich fahre nach Hause», verkündete er laut. «Soll ich um halb neun wiederkommen?»

«Um halb zehn.»

Inna hob Gina in den Sessel, aber sie sprang zum Zeichen ihres Protests auf den Boden und lief mit unzufrieden zuckendem Rücken davon. Nur Katzen können so, mit ihrem Rücken, ausdrücken, was sie vom Geschehen halten.

Inna blieb noch ein Weilchen vor dem Spiegel stehen. Der englische Kaschmirschal fühlte sich wunderbar weich an. Er bedeckte die Haare und verlieh ihr das Aussehen einer Nonne.

Alles ist gut, sagte sie sich. Du kommst zurecht. Du bist zurechtgekommen, als dein Mann dir sagte, dass er nicht mehr dein Mann ist, dass er auf dich pfeift und er endlich begriffen hat, dass du «der größte Fehler seines Lebens» gewesen bist.

Sie war schon immer zurechtgekommen.

Sie war acht gewesen, als sich die Eltern hinter der dünnen Scheidewand aus Furnierholz gestritten und fast geprügelt hatten und die Mutter kreischte: «Du Missgeburt, du Schuft!», während der Vater nur leise jammerte. Dann hatte Inna etwas zu Boden fallen gehört. Sie hatte aus dem Fenster in den armseligen Hof voller Müll und schwarzer Pfützen geschaut und davon geträumt, das Haus zu verlassen und ein neues Leben anzufangen. Irgendwie hatte sie ganz genau gewusst, dass sie in Moskau leben würde, obwohl sie keine Ahnung hatte, wo Moskau eigentlich war. Sie hatte mit den Beinen gebaumelt, die Füße steckten in Filzstiefeln. Dann war einer der Stiefel heruntergefallen, sie erinnerte sich noch ganz genau. In diesem Moment war ihre Mutter ins Zimmer gestürzt.

Inna sah sich noch immer im Spiegel an.

Sie war zurechtgekommen, obwohl sie erst acht Jahre alt war und sich nicht wehren konnte. Ob sie damals gelernt hatte zu kämpfen?

5

DER WIND VOM JENISSEJ wirbelte ihren eleganten westeuropäischen Pelz auseinander und durchdrang sie mit seiner Kälte bis auf die Knochen. Sie hielt den Schal mit der Hand fest und ging den Weg entlang bis zu dem Zaun, der die Datschen in den «Gouverneursbezirk» und den «Stellvertreterbezirk» teilte. Inna war zwar keine Stellvertreterin, aber nach irgendeiner schlau aufgestellten Hierarchie von Dienstgraden und Titeln wurde bei der Zuteilung der Datscha ihre Stelle als Ressortchefin mit denen der Stellvertreter gleichgestellt.

Hinter dem Zaun döste mitten im Schneegestöber ein Auto vor sich hin. Es war ein Auto wie jedes andere in Sosny, ein dunkles, da die hohen Tiere aus unerfindlichen Gründen dunkle Farben vorzogen. Inna kannte kein einziges hohes Tier, das zum Beispiel einen gelben oder blauen Wagen gefahren hätte.

Während sie der Wind vom Jenissej umtoste, erfasste sie plötzlich dieselbe Unruhe, die sie auch schon im Haus gespürt hatte.

Sie sah einmal hin, dann ein zweites Mal – und beschleunigte ihre Schritte.

Ein unbekanntes Zimmermädchen, wie vom Erdboden verschluckt im Schneesturm, ohne Mantel und Mütze, und jetzt auch noch der Wagen!

Es kann keine Fremden auf diesem Territorium geben, sagte sie streng zu sich selbst und zwang sich, sich nicht umzuschauen. Nicht einmal Hasen würden hier unbemerkt durch die Schranke kommen – bei all den Videokameras, Wachposten, Zäunen.

Als sie direkt vor der Pforte des Gouverneurs stand, hielt sie es doch nicht mehr aus und drehte sich um.

Im Dunst des Schneetreibens war die dunkle Silhouette kaum zu erkennen, aber der Wagen stand noch dort, hinter dem Zaun.

Wem gehörte er? Was machte er vor ihrer Datscha?

Inna öffnete die angefrorene Pforte, ging hindurch und blickte zielstrebig in das dunkle Auge der Kamera hinein, damit der Wachmann sie erkannte und sich keine Sorgen zu machen brauchte. Sie war zwar kein häufiger Gast im «Gouverneursbezirk», aber die Regeln waren ihr bekannt.

Die Allee mit den Blautannen führte direkt zum Eingang, der – sogar im Schneesturm zu erkennen – mit gelben Laternen ein einladendes Licht ausstrahlte. Die Tür war aus Glas, von innen mit dichten grünen Vorhängen verhangen, die an Messingstangen hingen.

Noch aus sowjetischer Zeit – mithin also von bester Qualität. Vom Stil her Ende der sechziger, Anfang der siebziger Jahre.

Jüngere Gouverneure aus der Nachbarschaft – «Frischlinge!», wie Muchin sie immer genannt hatte – lächelten heimlich darüber, wenn sie in die Muchin'schen Gemächer kamen. Ihre eigenen Häuser, Autos und Datschen unterschieden sich von dieser so wie die Kleider Jacqueline Kennedys von Nina Chruschtschows.

Muchin hatte sich wohl gefühlt zwischen diesen dichten grünen Vorhängen, polierten Holzpaneelen, gelben

Telefonen mit Wappen und bunten flauschigen Teppichen, und er hatte nie das Bedürfnis gehabt, irgendetwas daran zu ändern. Sogar die weit verbreitete Liebe zu ausländischen Autos hatte er nicht geteilt und zeitlos einen Wolga gefahren.

Und vor ein paar Tagen hatte er sich in seinem Arbeitszimmer zwischen drei und vier Uhr morgens erschossen.

Inna stieg die glatten Treppenstufen hinauf, zog die Tür auf und trat in das weiträumige Entree, in dessen Mitte ein bunter Teppich auf dunklem Parkett lag.

«Geben Sie mir nur Ihren Pelz», bat sie von hinten in heuchlerischem Flüsterton ein Zimmermädchen mit Schürze und Häubchen – alles in Schwarz anlässlich der Trauer. Inna reichte ihr den Pelz, nahm ihren Schal ab und wischte sich ein paar Tropfen geschmolzenen Schnee von den Augenbrauen, die durch die Feuchtigkeit wie Brillanten glitzerten.

Ein seltsamer Gedanke schoss ihr durch den Kopf. Die Geräusche der Trauerfeier hinter der Saaltür unterschieden sich in keiner Weise von den Geräuschen einer Feier aus fröhlichem Anlass. Die Gläser klirrten genauso, schallende Männerstimmen übertönten einander, Kellnerinnen liefen hin und her, der mächtige alte Kronleuchter verbreitete ein unerträgliches kristallenes Licht, die Gäste aßen Häppchen mit rotem Kaviar und Räucherfisch – ein kulinarischer Höhepunkt der Region.

Als sie in den Saal trat, wo sich die schwarzen Jacketts über den Tod des Gouverneurs grämten, vibrierte in ihrer Jackentasche das Handy. Den Ton hatte Inna vorsichtshalber ausgeschaltet.

«Hallo.»

Aus den Plastikritzen des «Nokia» kam keine Antwort, und sie wiederholte:

«Hallo!»

Innas Assistent Jura Sachartschuk winkte ihr aus einer entfernten Ecke des Saales zu, sie lächelte ihm flüchtig zu. Valentin Chrust sah sie ebenfalls an, auch ihm lächelte sie flüchtig zu. Allerdings tat er so, als bemerkte er es nicht. Es war zwar nicht so, dass sie sich gar nicht leiden konnten, sie gingen aber ausgesprochen vorsichtig miteinander um.

Chrust hielt sie für den «grauen Kardinal» der Region und war überzeugt, dass die gesamte Presse nach ihrer Pfeife tanzte. Inna wusste, dass der Vorsitzende der gesetzgebenden Versammlung diesen bemerkenswerten Posten mit Unterstützung der Bosse der lokalen Unterwelt erlangt hatte.

«Frauen, die sich wie Generäle aufführen, kann ich nicht ausstehen», hatte Chrust einmal in ihrem Beisein jemandem erklärt. «Eine Frau ist eine Frau. Sie sollte Kinder aufziehen und Schtschi kochen, nicht an der Front kommandieren!»

Vielleicht hatte er erwartet, dass Inna Seliwerstowa daraufhin voller Reue zu ihren Kochtöpfen zurückkehren würde. Stattdessen überhörte sie seine Bemerkung geflissentlich, und das beleidigte Chrust. Einige Zeit später beklagte sie in einem kummervollen Tonfall bei einer Journalistin: «Chrust ist zwar ein echter Mann, aber was die Gleichberechtigung der Frau angeht, ist seine Haltung, gelinde gesagt, reichlich merkwürdig.» Die Journalistin, die sowohl über die Ereignisse der lokalen gesetzgebenden Versammlung berichtete, als auch für die Rechte der Frauen kämpfte, posaunte sogleich hinaus, dass Chrust ein Frauenhasser sei, woraufhin Chrust wieder beleidigt war und sich bei verschiedenen Gelegenheiten wenig überzeugend zu rechtfertigen versuchte. Hier im rauen Sibirien, da kämen Männer vielleicht gerade noch zurecht, während die Frauen mit ihren Spatzengehirnen …

Daraufhin verlor er zwanzig Prozent der Stimmen – nämlich genau die der «Frauen mit den Spatzengehirnen» –, wodurch er restlos beleidigt war. Seither hatte er keinerlei Versuche mehr unternommen, sich zu rechtfertigen.

Inna verhielt sich ihm gegenüber seitdem freundlich und liebevoll – so wie die Katze Gina, wenn sie es sich auf der Pelzjacke ihrer Herrin bequem machte –, während Chrust sich wahrscheinlich krampfhaft überlegte, wie er sie am besten und am schmerzhaftesten treffen könnte.

Inna schaute auf das Handy in ihrer Hand, das immer noch schwieg. Eine Nummer wurde auch nicht angezeigt.

Es war wie verhext.

Sie schaltete das Telefon ganz ab, steckte es zurück in die Jackentasche und sah sich um. In dem dichten Gemenge gab es fast keine Frauen, überhaupt sah es aus wie eine Mittagspause während einer langen Versammlung. Neben dem langen Tisch, auf dem Wodka und verschiedene Gerichte standen, trieb sich Muchins Sohn Mitja herum. Danach zu schließen, wie er mit den Armen ruderte, musste er schon ordentlich einen hinter der Binde haben und würde bald erschreckend unzurechnungsfähig sein. Er würde aufdringlich werden, unflätiges Zeug von sich geben oder eine Prügelei vom Zaun brechen. Dann würde er weitertrinken und anfangen zu heulen, sich auf die Knie werfen und irgendwen um Verzeihung bitten, um schließlich vor aller Augen einzuschlafen. Wildfremde Leute würden ihn anstarren, den Kopf schütteln und sich von ihm abwenden.

Der Premier und die allerwichtigsten Vizepremiers waren schon weg. Inna wusste, dass sie immer ganz zu Beginn einer Veranstaltung erschienen und dann gerade lange genug blieben, um ihre Ehrerbietung zu bekunden.

Für Zaren gehört es sich nicht, sich mit ihren Leibeigenen abzugeben, selbst wenn die Leibeigenen auch Zaren – auf etwas niedriger gestellten Thronen – sind.

Jakuschew nickte ihr aus der Ferne fast gleichgültig zu. Ljubow Iwanowna, von allen vergessen und von niemandem gebraucht, saß auf dem Sofa an der am weitesten entfernten Wand des Saals.

Ja, dachte Inna plötzlich. Das stimmt. Keiner braucht dich, und auch in Zukunft wird dich keiner mehr brauchen. Du warst nützlich, solange dein Mann der Zar war und man mit deiner Hilfe näher an ihn herankommen konnte. Da schmeichelten sie sich bei dir ein, gewannen sich deine Zuneigung, hörten auf deine Ratschläge, lachten pflichtschuldig über Witze, schickten dir zum Namenstag Blumen und küssten dir die Hand. Und jetzt? Vorbei!

Vielleicht würde die Tochter Katja sie mit nach Petersburg nehmen. Oder vielleicht auch nicht. Vielleicht wollte die Mama auch ihren Sohn nicht allein zurücklassen, damit er nicht ganz vor die Hunde ginge?

Inna verfolgte ihre eigenen Interessen auf der Trauerfeier, sie hatte ihre eigene Strategie, wie bei einem Kartenspiel. Aber als Erstes musste sie nun doch zu der Witwe gehen. Sie hatte *wirklich* Mitgefühl mit ihr.

Sie ging an der Wand entlang und an der Menge vorbei und fühlte, wie bekannte und unbekannte Herren ihr mit den Blicken folgten, sich gegenseitig die Ellenbogen in die Seite stießen und sich mit den Augenbrauen Zeichen gaben – die schöne Helena, das Krokodil im Rock, die Anakonda! Seht euch die Absätze an, die Perlen, die blonden Haare! Und die Augen, die sie jetzt niedergeschlagen hat! Wenn sie dich anschaut, läuft's dir kalt über den Rücken, wie in der Taiga, wenn die Wölfin dir aus den Büschen auf den Nacken starrt. Sie ist klug und resolut und hat vor nichts Angst.

«Hallo, Inna Wassiljewna.»

«Guten Abend, Oleg Jewgenjewitsch.»

Und die Stimme: Sie ist nicht tief, aber voll und kommt direkt aus der Brust. Sie klingt wie dunkelblauer Samt.

«Inna, drehen Sie sich nicht um.»

Das körperlose Flüstern war direkt hinter ihr, sie blieb stehen und unterdrückte den heftigen Wunsch, sich dem Befehl zu widersetzen.

«Gehen Sie jetzt nicht zu Mama. Und kommen Sie nachher nicht in Papas Wohnung, sondern in die von Mitja.»

Normalerweise fand Inna sich sehr schnell mit jeder Lage zurecht. Diese Situation musste sie hingegen erst einmal einordnen, aber das war in einem Saal voller

Stimmengewirr unmöglich, zudem, wenn sie sich nicht zu der Person umdrehen sollte, die sie angesprochen hatte.

Sie holte ihr Handy aus der Jackentasche. Als wollte sie einen Anruf entgegennehmen, drückte sie auf den Knopf und sagte leise, wie es sich bei einer Trauerfeier gehört, «Hallo …». Dann ging sie zum Fenster, hinter dem es schon Abend geworden war.

Als sie sich schließlich umdrehte, sah sie, wie die Tochter des verstorbenen Gouverneurs sich von dort entfernte, wo sie selbst gerade noch gestanden hatte. Katja bahnte sich einen Weg zur Tür, hinter der die Kellner das Essen vorbereiteten. Durch den Schlitz zwischen den dichten grünen Vorhängen an den Messingstangen konnte man sie dabei beobachten, und dorthin, hinter die Vorhänge, richteten sich immer häufiger die Blicke der «Trauernden», die endlich etwas essen wollten. Katja ging bis zur Tür und drehte sich erst hier um.

Sie nickte unmerklich. Inna sah sie aufmerksam an.

Katja zögerte noch eine Sekunde, dann verschwand sie.

Kurz darauf schwenkten die Türflügel abermals auf, Katja erschien wieder, als hätte sie nur einmal tief Luft holen wollen, lief gezielt zu ihrer Mutter und setzte sich neben sie.

«Ja, ja», sagte Inna zerstreut in den toten Hörer, «ich kann Sie wunderbar hören.»

«Sieh an, Inna Wassiljewna!», dröhnte es plötzlich dicht neben ihr. Die Stimme klang nach Wodka.

Simonenko – das Gesicht rot und ein Glas in der riesigen Bauernpranke.

«Ich hab eine Kollegin von der ‹Sowerschenno sekretno› am Apparat», log Inna, ohne mit der Wimper zu zucken. «Sie wollen Journalisten auf den Fall ansetzen. Sie finden die Umstände des Todes seltsam.»

Simonenko erschrak so, dass er sein Glas auf die Fensterbank stellen musste, und begann, mit den Armen zu rudern. Inna rückte etwas von ihm ab.

«Ja was denn, was denn, Inna Wassiljewna», flüsterte der Landwirtschaftsbeauftragte leidenschaftlich, «was für Journalisten, die haben uns gerade noch gefehlt! Und dann ausgerechnet von ‹Sowerschenno sekretno›! … Das sind doch … das sind Ameisen und keine Journalisten, die kriechen bei uns in jedes Loch rein! Du musst sie stoppen, Inna Wassiljewna, stoppen musst du sie!»

Seine Augen kreisten bereits im Saal umher und suchten nach jemandem, dem er sofort Bericht erstatten konnte, aber er fand keinen – Simonenko war ein Schützling des Gouverneurs gewesen. Er hatte immer nur ihm Bericht erstattet und sich außer mit ihm mit niemandem beraten.

Nachdem er sich dessen bewusst geworden war, griff Simonenko erneut nach dem Glas, kippte sich den Inhalt in seinen mächtigen Hals und schaute Inna vorwurfsvoll an – er war nun tatsächlich ein Waisenkind. Die Tage seiner Karriere waren gezählt, keiner würde ihn mehr brauchen.

«Ich rufe Sie später zurück», versprach Inna erbarmungslos dem Handy.

Schon wieder bohrte sich ihr irgendein Blick in den Rücken, sie fühlte ihn scharf und schneidend. Schnell, aufmerksam und unauffällig sah sie sich im Saal um.

Simonenko trat neben ihr von einem Fuß auf den anderen.

Nichts. Keiner glotzte sie an oder versteckte sich hinter der Schulter seines Nachbarn, aber das Gefühl verließ sie nicht, ein Blick ruhte auf ihr, jemand beobachtete sie.

Sie sah sich nochmals um, schaute allerdings wieder nicht nach oben.

Dort, wo die Treppe mit einem kleinen runden Absatz endete, standen drei Männer: Sie waren nach dem Abschied der hohen Tiere aus Moskau übrig geblieben. Sie hatten irgendetwas zu besprechen, das keinen Aufschub duldete, wollten aber keine Aufmerksamkeit auf sich ziehen. Einer von ihnen war der Vizepremier, der «Allerwichtigste», der Zweite ein Beamter aus dem Stab des Präsidenten mit einer schwer auszusprechenden Dienststellung – im Übrigen kam man gar nicht auf die Idee, sie auszusprechen, man wusste ohnehin, dass er einer der wichtigsten Beamten war. Der Dritte war ein Geschäftsmann von schwer definierbarem Ruf, das heißt einer von denen, die Garik Brjuster seufzend und mit vor Angst verdrehten Augen in seiner Sendung als Oligarchen bezeichnet hatte.

«Wen hast du entdeckt, Alexander Petrowitsch?»

Die breiten, starken Schultern in dem makellosen englischen Jackett bebten und versteinerten wieder.

«Sie ist schön», würdigte sie der Vizepremier leise. «Sehr schön. Verwegen zwar, aber klug.»

«Die Seliwerstowa?», fragte der Beamte lebhaft. «Eine harte Nuss. Ich habe ein paar Mal mit ihr … gesprochen.»

«Ich auch», bestätigte der Vizepremier, «noch als sie beim Fernsehen ein Niemand war.»

«Von wegen ein Niemand», murmelte der Beamte, «sie war stellvertretende Direktorin des russischen Fernsehens! Was meinst du, Alexander Petrowitsch?»

Jetzt bebten die Schultern nicht.

«Nichts meine ich. Ich sehe sie zum ersten Mal.»

Inna kam wenige Sekunden zu spät auf die Idee, zu dem Treppenabsatz hinaufzuschauen.

Dort stand niemand, aber sie wusste mit Bestimmtheit, dass noch bis vor einer Sekunde hier derjenige gestanden hatte, der sie so hartnäckig und durchdringend angestarrt hatte.

6

DER SOHN DES GOUVERNEURS wohnte in einem feinen Haus, einer alten, umgebauten Kaufmannsvilla. Auf der Lenin-Straße gab es noch ein paar solche Häuser – irgendein kluger Kopf war zum Glück weitsichtig genug gewesen, sie nicht abzureißen, sondern zu restaurieren. Dieses hatte drei Stockwerke mit jeweils zwei Wohnungen.

Inna kannte das Haus, alle in Bjelojarsk kannten es. Allerdings wusste Inna nicht, welche Wohnung es war, und nirgends stand ein Name. Sie überlegte, was sie tun sollte.

Sie hatte keine Telefonnummer von Ljubow Iwanowna oder gar von Katja. Die Fenster waren überall erleuchtet – es war noch nicht spät, und alle gaben sich nun nach der Arbeit den üblichen abendlichen Geschäften hin. Natürlich wäre es einfach gewesen, herauszufinden, in welcher Wohnung Mitja Muchin lebte – sie hätte nur an irgendeiner Tür zu klingeln und zu fragen brauchen. Aber die seltsame Geheimnistuerei, mit der Katja ihr den veränderten Treffpunkt angekündigt hatte, hielt sie davon ab.

Wie absurd es ihr auch vorkommen mochte, die Spielregeln hatte nicht Inna aufgestellt, daher wollte sie sich auch nicht darüber hinwegsetzen.

Die kalte Haustür öffnete sich quietschend, Inna rutschte auf der vereisten Treppenstufe aus und ruderte mit den Armen. Hinter ihr im Wagen saß der treue Ossip, jederzeit bereit, ihr zu Hilfe zu eilen. Nach allem, was heute schon geschehen war – das wie vom Erdboden verschluckte Zimmermädchen, der dunkle Wagen, der sonderbare Telefonanruf, schließlich Katjas angespanntes Flüstern –, fühlte sich Inna jetzt unwohl.

Sechs Wohnungen. Welche konnte es sein?

Auf leisen Sohlen stieg Inna bis ins höchste Stockwerk und blieb stehen, um zu horchen. Nichts.

Ein niedriges Fensterchen mit einer großen Fensterbank, dahinter das kalte Licht der Straßenlaterne und der Schneesturm, der eimerweise Schnee gegen die Fenster schleuderte. Inna schaute nach unten und sah im Schein des unwirklichen blauen Lichts ihren Wagen. Der treue Ossip hielt nach wie vor die Stellung. Gott sei Dank.

Ein Stockwerk tiefer quietschte eine Tür, und Inna bekam es plötzlich mit der Angst zu tun – so sehr, dass sich ihre Hände in dem dünnen Handschuh mit kaltem Schweiß bedeckten. Sie trat mit klappernden Absätzen vom Fenster weg und blieb direkt am Geländer stehen. Ein gelbes Licht fiel in einem Dreieck auf den kalten Boden.

Wieder quietschte leise etwas, dann erschien in dem erleuchteten Dreieck ein Schatten. Inna hielt den Atem an.

«Wer ist da?»

Die Stimme erkannte sie nicht.

Sie hörte Schritte, der Lichtstrahl wurde etwas breiter.

«Ist da jemand?»

Inna holte tief Luft und sagte laut, sodass ihre Stimme von der Wand widerhallte:

«Ich … suche die Wohnung der Muchins.»

Der Schatten bewegte sich, eine Silhouette erschien in dem weichen Licht.

«Inna, sind Sie das?»

«Ja.»

«Kommen Sie herunter.»

Ihre Absätze klapperten laut, als sie flink nach unten lief.

«Psst! Sind Sie schon lange hier?»

«Nein.» – Sie stand auf dem Treppenabsatz vor der Tür, die einen Spalt geöffnet war. – «Ich wusste nicht, welche Wohnungsnummer …»

«Kommen Sie schnell herein.»

Ljubow Iwanowna ließ sie in die Wohnung, schloss lautlos die Tür und schob alle Riegel vor.

«Hier entlang.»

Nur in der Diele brannte Licht, weiter hinten war es dunkel, als wollte man Strom sparen.

«Wohin?»

«Geradeaus und dann rechts.»

Die Witwe schlug ihr nicht vor, den Mantel abzulegen. Überhaupt war das alles seltsam, sehr seltsam.

Inna kam in die Küche, die groß und ungemütlich war. Wahrscheinlich war hier mal die Gesindestube oder etwas Ähnliches gewesen, denn das einzige Fenster war klein und bot so gut wie keine Sicht nach draußen.

«Da wären wir. Hier können wir miteinander … reden. Setzen Sie sich.»

Inna begriff nicht gleich, wohin sie sich setzen sollte, aber dann sah sie hinter einem Wandvorsprung einen Tisch und drei Stühle. Inna zog einen hervor.

Ljubow Iwanowna verschwand und klapperte mit Geschirr, etwas fiel hinunter. Ab und zu kam sie in Innas Blickfeld, dann verschwand sie wieder.

«Möchten Sie Tee? Oder Kaffee?»

Inna wollte weder das eine noch das andere, sie wollte so schnell wie möglich wieder fort von hier, so wie man eine Kasematte so schnell wie möglich wieder verlässt, sie wollte zu Ossip und nach Hause, aber sie sagte:

«Kaffee.»

Auch egal. Das Loch im Bauch war ohnehin schon da, eine Tasse Kaffee würde es wohl nicht allzu sehr vergrößern.

«Inna», sagte Ljubow Iwanowna, «Anatolij ... hat sich nicht erschossen. Man hat ihn umgebracht.»

Inna Seliwerstowa nickte. Von Anfang an war sie überzeugt gewesen, dass Muchin sich nicht selbst erschossen hatte, aber jetzt, als seine Witwe das sagte, ließ sie dennoch äußerste Vorsicht walten.

«Ljubow Iwanowna», begann sie. «Für Sie ist es jetzt natürlich schwer. Aber Anatolij Wassiljewitsch ...»

«Anatolij Wassiljewitsch hätte sich niemals ... selbst erschossen. Das ist einfach unmöglich. Ich weiß es.»

Höchstwahrscheinlich war es so. Höchstwahrscheinlich wusste *sie* wirklich, wovon sie sprach.

«Es gibt eine Ermittlung», sagte Inna noch vorsichtiger, «wahrscheinlich wird dabei alles geklärt werden.»

«Was soll dabei schon geklärt werden!» – Ljubow Iwanowna stellte eine Tasse vor sie hin und ließ sich dann schnell auf ihren Stuhl fallen, als wollte sie sich zwingen, stillzusitzen und nicht mehr hin und her zu laufen. In den Händen hielt sie eine Serviette, die sie zu einem Knäuel wrang.

«Trinken Sie!», forderte die Witwe sie ärgerlich auf. «Worauf warten Sie!»

«Und ... wo ist Ihr Sohn?»

«Bei Katja im Hotel. Sie hat ihn von der Datscha mitgenommen. Lieber Gott, was soll jetzt aus uns werden!»

Sie ließ das Knäuel los und hielt sich die Hände vors Gesicht.

«Ich habe ihn noch angefleht, ich habe ihm gesagt, wegen der Kinder! Aber er hat nicht auf mich gehört, niemals! Ich habe ihm gesagt – hör auf, es reicht! Dein ganzes Leben vertust du auf der Arbeit, schau doch, was aus deinem Sohn geworden ist, und stattdessen ...»

Sie weinte nicht los, sie beherrschte sich und hielt sich wieder an ihrem Knäuel fest.

Inna saß stumm dabei und hielt den Atem an. Der böse Wind vom Jenissej trieb den Schnee auf das Haus, ließ das Metalldach donnern, durch das nicht verklebte Fenster zog es heftig.

Warum hat sie mich gerufen? Warum ausgerechnet mich? Und warum hierher?

Ljubow Iwanowna saß nun schweigend da und drehte sorgfältig ihr Knäuel in der Hand. Die Enden gaben nicht nach, sie glitten ihr aus den ungelenken Fingern. Inna sah in ihre Tasse, nur ab und zu blickte sie ihre Gastgeberin von der Seite an.

«Morgen geht mein Flugzeug», verkündete Ljubow Iwanowna plötzlich, «ich muss Ihnen alles heute noch geben.»

Inna war wie vor den Kopf geschlagen.

«Wohin ... fliegen Sie?»

«Wohin, das fragt man nicht», berichtigte sie die Witwe. «Das bringt Unglück. Man fragt, ob es weit ist.»

«Fliegen Sie … weit fort?»

«Mit Katja. Nach Petersburg. Mit dem frühen Flug. Warum trinken Sie nicht? Der Kaffee wird kalt.»

Inna trank schnell. Der Kaffee war dünn und schmeckte nicht.

«Ich muss Ihnen jetzt alles geben.»

Sie verließ schnell die Küche und verschwand in der dunklen Krümmung des Flurs.

Inna holte tief Luft, wischte sich ihre schweißnasse Hand am Rock ab und sah sich um. An der Wand stand eine ganze Batterie leerer Flaschen. In den Regalen waren bunte Gläser aus Plastik sowie aus geschliffenem Glas und große Champagnerflöten, Überbleibsel vergangener Pracht. Der Wasserhahn war mit einem dunklen Lappen umwickelt – wahrscheinlich tropfte er. Die Küchenmöbel waren italienisch, aus Naturholz, eine gute, sorgfältige Arbeit.

Wo war Ljubow Iwanowna bloß abgeblieben!

Inna blieb noch eine Weile sitzen, öffnete den Deckel ihres Handys und klappte ihn wieder zu, trank den letzten Schluck aus ihrer Tasse und rief vorsichtig:

«Ljubow Iwanowna!»

Es war so still in dem alten Kaufmannshaus mit den meterdicken Wänden, dass man hören konnte, wie irgendwo weit weg eine Uhr tickte.

«Ljubow Iwanowna! Wo sind Sie?»

Die Uhr tickte eilig, als wollte sie vor den Sekunden weglaufen. Inna lauschte so angestrengt, dass es ihr schien, als wäre der Ton mal ganz deutlich, dann aber wieder gar nicht zu hören, als liefe jemand vor dieser unsichtbaren Uhr hin und her und dämpfte das Ticken mit seinem Körper.

Inna stand auf und ging vorsichtig, ohne mit den Absätzen zu klappern, zur Tür.

«Ljubow Iwanowna?»

Der dunkle Flur, in den nur wenig Licht aus der Küche fiel, verlor sich in der Finsternis. Was dahinter lag, konnte man nicht erkennen.

In ihrem Rücken und Nacken zog sich etwas zusammen, wurde fest, zementierte sich.

‹Hier stimmt was nicht›, tickte die ferne Uhr. ‹Hier stimmt was nicht. Was nicht. Was nicht.›

Sie musste in den Flur, in das dunkle Loch hinein.

Inna stand auf. Sie war nie feige gewesen, ihre Kindheit, die sie im schlimmsten Gaunerviertel verbracht hatte, hatte sie vieles gelehrt.

Hinter ihr war es hell, und ihr schien, als gäbe es nichts Sichereres und Gemütlicheres auf der Welt als die Küche mit dem Wandvorsprung in der Mitte, den leeren Flaschen an der Wand und der Zugluft.

Sie suchte tastend nach einem Lichtschalter.

«Ljubow Iwanowna, wo sind Sie?»

Ihre Augen gewöhnten sich an die Dunkelheit, in der es, wie sie feststellte, doch ein schwaches Licht gab. Je weniger sie noch von der schwachen Küchenbeleuchtung sah, desto deutlicher sah sie jetzt dieses andere Licht – bläulich, winterlich, nächtlich. Sie drehte sich mehrmals um, als fühlte sie in ihrem vor Anspannung steifen Nacken Wolfsaugen, die ihr aus dem Schneegestöber nachstarrten, während sie diesem bläulichen, winterlichen

Licht entgegenging. Bis sie feststellte, dass das Licht aus dem Treppenhaus kam.

Die Wohnungstür stand offen.

Das konnte doch nicht sein.

Als die Witwe sie eingelassen hatte, hatte sie die Tür verschlossen. Inna erinnerte sich genau an das Rasseln der Riegel.

Hatte sie die Tür wieder aufgemacht? Und sie einen Spalt offen gelassen, durch den jetzt die Kälte hereinkam? Aber wozu?

Geh weg, wisperte eine innere Stimme ihr zu. Geh, solange die offene Tür so nah ist und du es noch kannst.

Hier stimmt was nicht. Was nicht. Was nicht.

Inna brach der Schweiß aus. Sie spreizte nervös die Finger.

Hau ab von hier, sagte sie sich selbst, hau ab. Geh runter und ruf Ossip. Er kommt, macht überall das Licht an, stampft mit den Füßen auf, und gleich ist es nicht mehr so unheimlich.

Hau ab von hier.

«Ljubow Iwanowna?»

Der Flur endete an einer großen doppelflügeligen Tür, hinter der die Finsternis weniger dicht schien.

Inna machte vorsichtig einen Schritt nach dem anderen und tastete dabei mit der rechten Hand die Wand weiter nach einem Lichtschalter ab. Dieses vorsichtige Tasten war kaum auszuhalten, mit dem scheinbar endlosen dunklen Flur im Rücken.

Plötzlich spürte sie Kunststoff unter den Fingerspitzen. Ein Schalter. Licht stach ihr in die Augen.

Sie stand in einem riesigen quadratischen Zimmer

mit nacktem Fußboden, einem Fenster und einem gelben Tisch auf wackeligen Holzbeinen wie in der Stadtbibliothek. Auf dem Tisch standen eine Lampe ohne Lampenschirm und verstaubte Flaschen, Zeitungen lagen herum. Vor dem Fenster hingen keine Vorhänge. Die Glastüren der Anrichte standen gähnend weit offen, sie stand merkwürdig versetzt, als hätten Möbelträger sie gerade erst achtlos abgestellt.

Inna sah zurück in den leeren Flur, der jetzt nichts Geheimnisvolles mehr an sich hatte, dann ging sie vorsichtig vorwärts zum «Bibliothekstisch».

Und dann sah sie sie.

Der riesige grüne Sessel, der vom Tisch abgeschoben im Raum stand, gab nicht sofort den Blick frei.

Auf dem nackten Boden hinter dem Sessel lag die Gouverneurswitwe Ljubow Iwanowna, die für Inna irgendetwas hatte holen wollen, was sie überzeugen sollte, dass ihr Mann sich nicht selbst erschossen hatte. Sie war tot.

Inna kauerte sich nieder, berührte sie an der Schulter, sah sie klagend und flehend an: Bitte lass es nicht wahr sein!

Und tiefer im Innern: bitte nicht hier und nicht mit mir.

Inna zog leicht an der Schulter der Gouverneurswitwe, sodass die Leiche auf den Rücken zu liegen kam.

Sie sprang zurück und hätte auf ihren Absätzen fast das Gleichgewicht verloren.

In der Schläfe klaffte ein sauberes rundes Loch. Darum herum war alles blau, und diese Bläue ging schon auf das Gesicht über, in das Inna nur ganz kurz zu schauen wagte.

Ihr Rücken wurde kalt und nass, in ihrem Kopf drehte sich alles, aber Inna wusste, dass jetzt keine damenhafte Ohnmacht über sie kommen durfte. Sie brauchte nur tief durchzuatmen.

Sie atmete ein und aus und schluckte immer wieder den Speichel herunter, der sich im Mund sammelte, während ihr das Ticken der Uhr immer noch in den Ohren klang.

Während sie in der Küche gesessen und über den Sohn des Gouverneurs nachgedacht hatte, hatte also hier im Zimmer jemand sehr zielgenau und fast geräuschlos der Gouverneurswitwe in die Schläfe geschossen. Inna hatte in der Küche nichts gehört, im Übrigen kein Wunder, denn die Wände und Türen waren hier noch so dick, wie es zur Zeit des Baus solcher Häuser üblich gewesen war.

Während sie sich noch unterhielten, hatte sich hier im Zimmer schon jemand vorbereitet: die Pistole bereit gelegt, die Position gewählt, sich ausgemalt, wie die vom Kummer zerstörte Frau hereinkäme, das Licht anmachte, sich seitlich umdrehte – um genau in diesem Moment auf sie zu schießen.

Blut war nicht allzu viel zu sehen – eine kleine schwarze Pfütze fand sich auf dem gelben Boden. Inna versuchte, nicht hinzusehen.

Die Fähigkeit nachzudenken stellte sich unvermittelt wieder ein.

Sie musste diese Wohnung verlassen. Und zwar schnell.

Ohne dass jemand auf die Idee kam, sie könnte hier gewesen sein. Katja, die Tochter des Gouverneurs, wusste davon. Aber das war einfach: Ljubow Iwanowna Muchina hatte sie, Inna, zwar eingeladen, aber sie, Inna, war einfach nicht zu dem Treffen erschienen, sie hatte gedacht, dass Ljubow Iwanowna nach dem Tod ihres Mannes nicht gewusst hatte, was sie sagte.

Inna rannte in die Küche, goss den restlichen Kaffee weg und steckte sich die Tasse in die Tasche ihrer Pelzjacke.

Mit einem staubigen, mit Kreide verschmierten Lappen wischte sie die Seite der Anrichte ab, die sie berührt hatte, den Lappen steckte sie ebenfalls in die Tasche.

Was noch? Der Tisch? Auch noch abwischen und dann nichts wie weg!

Plötzlich hielt sie inne. Ljubow Iwanowna hatte Inna irgendetwas geben wollen. «Ich muss Ihnen jetzt alles geben», hatte sie gesagt, war hinübergelaufen ins Zimmer, um dieses «alles» zu holen, und hatte stattdessen eine Kugel in die Schläfe bekommen.

Was war dieses «alles»?

Inna ging zurück ins Zimmer.

Der nackte Boden, die nackten Wände, der gelbe Tisch, die schief stehende Anrichte. Und die Leiche hinter dem grünen Sessel.

Da war nichts in dem Raum, weswegen man jemanden hätte ermorden wollen.

Außer den Zeitungen standen auf dem Tisch noch ein Plastikteller mit angetrockneten Essensresten und eine staubige Schale mit dem abgenagten Kerngehäuse eines Apfels. Die Zeitungen lagen auf einem Stoß, gelesen und wieder zusammengefaltet, und aller Anspannung zum Trotz wunderte sich Inna flüchtig darüber, dass jemand in dieser Wohnung Zeitungen las und auch noch Bemerkungen darauf schrieb!

Die Notizen waren mit einem blauen Kugelschreiber direkt über die schmutzige Druckerschwärze geschrieben. Sie schaute lange hin, ohne das Gelesene zu verstehen. Erst als die blauen Schnörkel sich zu ihrem eigenen Nachnamen zusammensetzten – Seliwerstowa –, fingen ihre Beine an zu zittern.

Auf der Zeitung stand: «Für Seliwerstowa».

Zeit zum Nachdenken blieb ihr jetzt keine, sie packte den ganzen Stapel und rannte zur Tür, schlug mit dem Ellenbogen auf den Lichtschalter, lief durch den Flur und flog hinaus auf den Treppenabsatz.

Kälte, Finsternis, Stille, nur der Wind heulte über das Dach.

Von Kopf bis Fuß zitternd, besah sich Inna das Schloss von außen, drückte die Klinke herunter und schloss die Tür. Das Schloss schnappte leise und deutlich ein, als hätte jemand mit einer schallgedämpften Pistole geschossen.

Himmel, hilf!

Auf Zehenspitzen, damit ihre Absätze nicht klapperten, schlich Inna die Treppe hinunter und spähte durch die Türritze – vor dem Haus war offenbar niemand, nur ihr eigener Wagen stand im leblosen Lichtschein der Laterne –, dann rannte sie los.

«Warum rennst du so, Inna? Ist was passiert?»

«Mach schnell», sagte sie, «fahr schon, Ossip!»

Er kannte sie nun schon viele Jahre. Er wusste, dass er jetzt sofort tun musste, was sie verlangte.

Der Wagen machte einen Satz heraus aus dem Schimmer des weichen Lichtkreises und in den Schneesturm hinein. Erst ein ganzes Stück weiter schaltete Ossip die Scheinwerfer ein.

Inna atmete schwer und unregelmäßig.

Sie hätte sich gern sofort die Hände gewaschen, die klebrig waren vom Schweiß und von der Druckerschwärze. Wenn sie sich nur sofort die Hände waschen könnte, dann wäre alles wieder im Lot, und alles wäre nur ein Traum gewesen. So kam es ihr vor.

«Es kommt alles ins Lot», hatte der Gouverneur Muchin bei Besprechungen immer gesagt.

«Ossip, bitte fahr irgendwohin.»

«Irgendwohin?»

«Nicht zu weit. Nur nicht gleich nach Hause.»

Der Geruch der Zeitungen stieg ihr in die Nase. Sie begriff, dass sie sie wie einen Säugling im Arm hielt, und warf sie neben sich auf den Sitz.

«Ossip, wir zwei sind heute Abend zu keinem Gouverneurssohn gefahren», sagte Inna und sah aus dem Fenster, «wir sind einfach spazieren gefahren.»

Er schaute sie durch den Rückspiegel an.

«Sind wir weit gefahren?»

«Bis Berjosnjaki und wieder zurück.»

So hieß ein Dorf direkt am Ufer des Jenissej.

«Und wozu haben wir das gemacht?»

«Einfach so, ich sagte es doch. Zur Ablenkung. Um die traurige Stimmung nach dem Begräbnis zu vertreiben.»

«Verstehe.»

Ossip stellte keine weiteren Fragen. Nicht eine einzige, obwohl Inna an seinem Scheitel sehen konnte, wie die Neugier an ihm nagte!

«Wann sind wir zurückgekommen?»

«Wenn wir zu Hause sind, schauen wir auf die Uhr.»

«Und sind also um halb zehn losgefahren?»

«Genau.»

«Verstehe.»

Nichts verstehst du, mein teurer Ossip. Gar nichts verstehst du, aber ich sag dir kein Wort und erklär dir nichts.

Nichts, und wenn die Neugier dir ein Loch in den Schädel nagt.

Das wäre immer noch besser als das Loch, das Ljubow Iwanowna Muchina in der Schläfe hatte.

Inna schaute weiter aus dem Fenster.

«Ossip, ist jemand aus dem Haus gekommen, während ich drin war?»

Ossip sah sie wieder durch den Rückspiegel an.

«Nein. Keiner.»

Ob es in den alten Kaufmannshäusern wie dem in der Lenin-Straße einen Dienstboteneingang gab? Und wenn ja, gelangte man durch ihn auf die Straße? Oder war er fest vernagelt seit den Zeiten der Revolution des Proletariats, die bekanntlich dafür gesorgt hatte, dass ein Lattenkreuz alle Dienstboteneingänge und Galoschen versperrte, die in irgendeiner Form an die Bourgeoisie erinnerten?

Wenn es keinen Dienstboteneingang gab, hieß das, dass sich dieser Mensch die ganze Zeit über im Haus befunden hatte. Vielleicht war er über das Treppenhaus in den obersten Stock hochgegangen, vielleicht hatte er sich aber auch in den Tiefen der Wohnung versteckt und *war die ganze Zeit in ihrer Nähe gewesen*. So nah, dass Inna ihn jederzeit hätte sehen können – wie den anderen, der sie während der Trauerfeier so hartnäckig angestarrt hatte.

Und wenn es derselbe war?

Von diesem Gedanken wurde ihr plötzlich speiübel.

Nein. Sie würde später nachdenken, wenn sie sich ein bisschen beruhigt und Ossip sie nach Hause in ihre vertraute Umgebung gebracht hätte, wo heute tagsüber aber, wer weiß warum, ein dunkler Wagen gestanden hatte!

Inna schielte zu den Zeitungen hin, die über den Sitz verteilt lagen.

Morgen würde Katja, die ihre Mutter mit dem Morgenflug nach Petersburg mitnehmen wollte, diese ermordet auffinden. Inna musste ihre Rolle so spielen, dass keiner einen Verdacht hegen konnte. Ossip würde auf keinen Fall etwas ausplaudern. Und Katja … Katja würde wohl kaum etwas beweisen können, sie konnte Inna nur in lange, unangenehme Verhandlungen bei der Staatsanwaltschaft und den Untersuchungsbehörden verwickeln.

«Fahr jetzt nach Hause, Ossip.»

«Wir sind schon längst unterwegs nach Hause. Willst du mir nicht sagen, was passiert ist?»

«Nein.»

«Kein einziges Wort, nicht mal ein halbes?»

«Gar nichts sage ich. Aber du musst morgen … in Gesprächen mit Leuten sehr vorsichtig sein.»

«Das bin ich sowieso.»

«Ich weiß.»

Der Wagen flog jetzt den Zaun entlang, zu dem Wachhäuschen, der Pförtnerloge, und dahinter lag das bewachte Territorium.

«Soll ich dich bis zur Tür bringen?»

Das wäre kleinmütig und ein Eingeständnis ihrer Feigheit gewesen, sie konnte es nicht zulassen.

«Unsinn, Ossip! Was bin ich denn, ein Schulmädchen, oder was!»

«Es könnte ja sein, dass …»

«Nichts da!», sagte Inna streng. «Auf unserem Territorium gibt's keine ‹Es-könnte-ja-sein›!»

Damit beruhigte sie sich selbst und nicht ihn, und das wussten sie beide.

«Komm morgen um halb neun. Ich muss um neun in der Verwaltung sein.»

«Ist gut.»

Sie nahm die Zeitungen und stieg aus dem Auto, lief zu der dunklen Vortreppe und schaltete das Licht an. Die Hängelaterne schaukelte an ihrer Kette, sodass das Licht mal auf die Vortreppe, mal auf den Weg fiel. Ossip war immer noch nicht losgefahren, und plötzlich war Inna verärgert.

Sie riss entschieden die Haustür auf und winkte mit der Hand – nun fahr endlich!

Er fuhr nicht. Er machte sowieso immer, was er selber für richtig hielt, und hörte nicht auf sie.

7

DIE KATZE GINA saß gähnend im Sessel – sie hatte offensichtlich geschlafen und war jetzt von Inna geweckt worden. Tonik war nicht zu sehen. Bestimmt war er verärgert nach oben gelaufen und in ihren Kleiderschrank geklettert. Verärgert darüber, dass er es nie schaffte, den Platz auf der Pelzjacke zu ergattern.

«Hallo», sagte Inna zu Gina, die mit den Ohren zuckte und sich abwendete. Sie wollte wohl nicht hallo sagen, auch wegen der Pelzjacke wahrscheinlich.

Inna brachte die Zeitungen ins Arbeitszimmer und zog erleichtert die Schuhe aus – die Füße waren von den Absätzen völlig verspannt. Von den Absätzen und von der Angst.

Jetzt einen Kaffee, eine Orange und ab in die Badewanne, und die musste bis an den Rand voll sein mit ganz heißem Wasser.

Ihr schien, als hätte sie schon einmal von einer heißen Badewanne geträumt, sie dann vergessen und geweint, und als hätte sie sich dann einem wildfremden Mann hingegeben.

Die Zeitungen lagen auf dem Schreibtisch, und jedes Mal, wenn Inna daran vorbeikam, warf sie einen Blick darauf.

Sie hatte keine Orangen.

Dabei hätte sie so gern eine gehabt, eine Orange mit diesem ganz eigenen Geschmack, dem Geruch nach Neujahr, der dicken sonnengefärbten Schale, und jetzt stellte sie fest, dass keine da waren, nichts, womit sie sich trösten konnte!

Sie hatte sich immer wenig ums Essen gekümmert, außer, wenn ihr Mann bei ihr war, den zufrieden zu stellen keine leichte Aufgabe war. Heute wollte er ein Kotelett, morgen musste es Gulasch sein, dann wieder dies, dann wieder das. Und sie machte alles, was er wollte, gab sich Mühe, deckte die Servietten und das Silberbesteck, goss Mineralwasser – das zischte und kalt war, wie in der Reklame – in blitzblanke Gläser. Und jetzt hatte sie noch nicht einmal eine Orange, um sich über all die heutigen Schrecken hinwegzutrösten!

Auch Gina wollte etwas Besonderes – Räucherfisch zum Beispiel –, denn sie saß neben dem Napf mit dem Kitekat. Sie hatte eine leidende Miene aufgesetzt und wartete darauf, dass Inna ihren tiefen Schmerz erkannte.

«Es gibt keinen Fisch, falls du darauf hinauswillst», sagte Inna, «aber Milch kann ich dir aufwärmen.»

Ihre Hände zitterten leicht.

Vor dem heutigen Tag hatte sie nie einen Menschen mit einem schwarzen Loch in der Schläfe gesehen, und schon gar nicht einen, mit dem sie kurz vorher noch so rätselhafte Gespräche geführt hatte.

Und immer noch keine Orange!

Dafür entdeckte sie auf dem Boden der Flasche Beaujolais noch einen kleinen Schluck, sie goss ihn in ein dickbäuchiges Weinglas, um ihn so wie in der Reklame zu trinken, stilvoll und mit Genuss. Sie ging ins Wohnzimmer hinüber und schaltete den Fernseher ein.

Gina hatte Gnade walten lassen und schleckte nun in der Küche rhythmisch und geräuschvoll die Milch.

Es gab zwar keine Nachrichten, dafür aber die Sendung «Trends».

Die Ansagerin trug ein betörendes orangefarbenes Kostüm mit Spitzen über den Knien und stellte Schriftsteller humoristischer Werke vor. Die Schriftsteller scherzten ein Weilchen verzagt, offenkundig war ihnen wirklich nicht danach zumute.

Inna trank einen Schluck Beaujolais. Und sah immer wieder zu den Zeitungen hinüber, die im Arbeitszimmer auf dem Tisch lagen.

Was waren das für Zeitungen? Inna hätte ihren Kopf darauf verwettet, dass Mitja Muchin den Namen Seliwerstowa nicht kannte und noch nie im Leben irgendeine Zeitung gelesen hatte.

Sein Vater hatte ihm sogar irgendeine Dienststelle verschafft. Mitja nannte sich Vizepräsident oder stellvertretender Vorsitzender des Aufsichtsrats von irgendeiner Bank. Es konnte ja nicht schaden, den Gouverneurssohn in Reichweite zu haben. Natürlich würde er jetzt, nach dem Tod seines Vaters, seinen «Posten» aufgeben müssen – er selber war natürlich niemandem von Nutzen.

Der Wein war fast alle, während die Sendung noch lange nicht aufhörte. Das Zuhören war unerträglich, das Zuschauen einfach nur peinlich. Inna schaltete auf einen anderen Kanal um.

Auf dem ersten Kanal liefen nun endlich die Nachrichten, und Inna spitzte die Ohren – gleich das erste Thema war die Bjelojarsker Beerdigung.

Da war der Premier mit gesenktem Kopf, dazu die allerwichtigsten Vizes und Jakuschew – rechter Hand vom Premier, alles so, wie es sein sollte.

Da war sie selbst – die braune Pelzjacke, die blonden Haare, das verfrorene, konzentrierte Gesicht. Obwohl sie die ganze Zeit versucht hatte, sich dem Kameraauge zu entziehen, hatte es sie doch eingefangen.

Himmel, was würde passieren, wenn am Morgen der Tod von Muchins Witwe bekannt würde? Die Vorstellung allein machte ja schon Angst – am Tag der Beerdigung des Ehemanns, in der Wohnung des alkoholkranken Sohnes, unter ungeklärten, geheimnisvollen Umständen!

Vielleicht war sie selber nur am Leben geblieben, weil sie sich so lange und abwesend in der Küche umgeschaut und daran gedacht hatte, dass sie fortwollte – sie war kein einziges Mal von ihrem Platz aufgestanden und hatte den Kopf nicht gedreht.

Ein Eisklumpen von dem Beaujolais blieb ihr im Hals stecken, sodass sie nach Atem rang.

Dann kamen ihr die Tränen, heiß und salzig, sie rannen den Hals hinunter und schmolzen das Eis. Sie schluchzte zitternd – ihr ganzer Hals brannte, und weiter unten in den Lungen brannte es auch.

Wie war sie, Inna, in das alles hineingeraten? Und in was eigentlich?

Das Fernsehen zeigte noch immer Bilder von der Trauergesellschaft in den langen, dunklen Mänteln, und der junge Kommentator sagte etwas in der Art, der verstorbene Muchin sei ein Kämpfer gewesen und habe jetzt wohl dafür bezahlt. Zwar gebe es keine direkten Hinweise auf ein Verbrechen, aber man hoffe auf die Ermittlungen. Die Namen anderer berühmter Verstorbener fielen.

Was für ein furchtbares Schicksal – noch nach dem Tod in Reportagen verwurstet zu werden, jedes Mal mit einer neuen Soße. Diese Soße beinhaltete alle unverzichtbaren Ingredienzen – ein bisschen Leiden für die Gerechtigkeit, ein bisschen Kampf für die Freiheit des Wortes, ein bisschen Ohnmacht der Staatsgewalt – und dann wurde das Ganze entsprechend den aktuellen Bedürfnissen gewürzt.

Der Kommentator redete weiter, und Inna liefen die Tränen in Strömen herunter.

Die Kamera nahm den Vizepremier ins Visier. Er flüsterte seinem Nachbarn, einem stämmigen, dunkelhaarigen Kerl mit einer Brille ohne Fassung, schnell irgendwas ins Ohr.

Plötzlich zuckte Inna so sehr zusammen, dass sie das Glas abstellen musste – darin, wie der Stämmige, Dunkelhaarige den Kopf ein bisschen spöttisch nach rechts neigte, lag etwas unglaublich Vertrautes. Er nahm die Brille ab und sah direkt in die Kamera – seine Augen waren sehr dunkel und völlig ausdruckslos, eine Wand und keine Augen, er hatte ein schweres Kinn und einen Mund, der versteinert wirkte.

Ihre Tränen versiegten so plötzlich, wie sie gekommen waren.

Er. Natürlich.

«Die Ankunft Alexander Jastrebows in Bjelojarsk», sagte gerade der Kommentator, «kam für viele unerwartet und scheint überaus bedeutsam. Bis zuletzt war nicht bekannt, dass er vor kurzem erst den Mehrheitsanteil der

Aktien von ‹BjelUgol› gekauft hat, das 1993 einen wahren Bandenkrieg in der Stadt verursachte. Nach Einschätzung der Politologen kann das Eintreffen von Jastrebow in der Region nur eins bedeuten: Die ökonomischen Interessen der Oligarchen übersetzen sich zunehmend in politische Ambitionen.»

Alexander Jastrebow drehte jetzt seinen Kopf von der Kamera weg.

Der Kommentator redete immer noch, aber auch ohne sein Gerede war Inna jetzt alles klar.

Da war er – der künftige König, der denjenigen ersetzen würde, der gerade gestorben war. Deshalb stand der Vizepremier und nicht irgendeiner neben ihm, damit alle gleich sehen konnten, wem die so begehrte Gunst des Kremls galt, das war das Ticket zum Paradies.

Inna rieb sich das erhitzte Gesicht und nahm die Ohrringe ab, die sie plötzlich störten. Die Brillanten glitzerten im Schein des elektrischen Lichts.

Natürlich, es gab noch die so genannten demokratischen Wahlen. Selbstverständlich wusste man nicht, wen das Volk wählen, wem es sein Vertrauen schenken würde.

Aber schließlich gab es ja noch die so genannten politischen Technologien, die darauf hinausliefen, dass man jeden Beliebigen auf den Thron heben konnte, wenn man sich an die Spielregeln hielt und über ausreichend Geld verfügte.

Das war weder gut noch schlecht. Es war ein Fakt.

Inna rieb sich noch immer das Gesicht.

Komisch, dass sie es nicht vorher gewusst hatte. Komisch, dass keinerlei Gerüchte bis in die Presse vorgedrungen waren. Komisch, dass sie *diesen* Jastrebow, den alle kannten, in keiner Weise mit dem in Verbindung bringen konnte, der in ihrem Bett geschlafen und dessen warmer, behaarter Arm auf den Teppich hinuntergehangen hatte.

Komisch, dass sie über *diesen* Jastrebow so gut wie gar nichts wusste – sie war ihm weder in der Administration des Präsidenten noch bei sonst irgendwelchen schicksalsträchtigen Veranstaltungen je begegnet, er war noch nie in die Region gekommen, seine Geschäftsinteressen hatten bislang weit nördlicher und westlicher gelegen als Bjelojarsk.

Das hieß, dass sie sich jetzt wahrscheinlich eine andere Arbeit suchen musste.

Das Telefon klingelte plötzlich und so unerwartet laut, dass Inna vom Sofa aufsprang und dabei fast das dickbäuchige Weinglas vom Tisch gerissen hätte.

«Ja, bitte?»

«Ich wollte sagen, Inna, dass du deine Sonnenbrille im Auto gelassen hast.»

«Was für eine Sonnenbrille?»

«Deine. Nachher suchst du sie morgen, dabei liegt sie im Auto.»

«Ossip», sagte Inna mäßig verärgert, «nach meiner Sonnenbrille werde ich im Mai anfangen zu suchen. Bis dahin werde ich sie garantiert nicht brauchen. Wieso rufst du an?»

Ossip seufzte.

«Ach … nur so. Ist bei dir alles in Ordnung?»

«Ja, Ossip.»

«Dann ist ja gut. Im Fernsehen haben sie dich gezeigt, hast du's gesehen?»

«Hab ich.»

«Dann ist gut.»

Er schwieg und seufzte wieder.

«Na dann, gute Nacht, Inna. Bis morgen.»

«Bis morgen, Ossip.»

Was hatte sie doch für einen fürsorglichen Fahrer! Wenn sie nun eine romantische Verabredung hätte, würde er dann auch so auf sie aufpassen?

Während der Ehe hatte sie keinerlei romantische Stelldicheins gehabt.

Seit der Scheidung hatte sie ein Stelldichein gehabt, aber war es romantisch gewesen?

Wegen dieses Stelldicheins würde sie sich vor Problemen nicht retten können – als hätte sie nicht schon genug davon!

Irgendwie musste sie es schaffen, Jastrebow nicht unter die Augen zu kommen, sonst würde sie ihre Arbeit verlieren. So einer wie Jastrebow konnte in seiner unmittelbaren Nähe niemanden gebrauchen, der ihn womöglich kompromittierte. Er würde sie wie eine Ameise zertreten und es nicht einmal bemerken.

Inna stand entschlossen von ihrem Sofa auf und brachte das Weinglas zum Waschbecken. Unordnung konnte sie nicht leiden. Sie ging nach oben und stieg mit Erleichterung aus ihrem schwarzen Trauerkostüm – das hätte ihr auch früher einfallen können!

Tonik schlief auf ihrem Bett, er lag genau auf ihrem Kissen, auf dem sauberen, frisch gewaschenen und gebügelten, wohlriechenden Kopfkissenbezug.

Inna zog eine Jeans und den weißen Pullover ihres Exmannes an – er hatte ihn irgendwann mal hier zurückgelassen, und sie liebte es, ihn zu tragen, sie fühlte sich darin beschützt. Dazu noch die Socken, die ihr die Schwiegermutter gestrickt hatte.

Die Schwiegermutter hatte durch die Trennung am allermeisten gelitten. Sie hatte geweint, ihn angefleht, es sich doch noch einmal zu überlegen, sich nicht so zu ereifern, nichts zu überstürzen, zu Inna zurückzukehren – aber es hatte natürlich alles nichts geholfen.

«Na schön», hatte die Schwiegermutter daraufhin gesagt und sich laut die Nase geschnaubt. «Trotzdem hab ich nur eine Schwiegertochter. Andere Schwiegertöchter will ich nicht, du brauchst mir gar keine neue vorzustellen, mein Sohn.»

Dann hatte sie ihr die Socken gestrickt. Freitags kam sie immer, um eifrig bei ihr aufzuräumen, aber Inna hatte ja Anja, die auch ohne die Schwiegermutter blendend klarkam, und das nicht nur freitags. Dafür kochte die Schwiegermutter Borschtsch – keiner konnte das so wie sie – und servierte ihn in einem weißen Topf, in vier Handtücher gewickelt, damit er warm blieb.

Schade, dass keine Orangen da waren.

Inna ging lautlos auf ihren Socken die Treppe hinunter und setzte sich an den Tisch im Arbeitszimmer.

Vor ihr lag der ganze Packen Zeitungen, mit der Bemerkung «Für Seliwerstowa».

Das muss doch Muchin geschrieben haben, dachte sie. Muchin wollte, dass ich die Zeitungen zu sehen bekomme.

Warum, zum Teufel?

Sie schaute auf das Datum – es lag drei Monate zurück. Damit konnte sie nichts anfangen.

Der Bjelojarsker «Moskowskij Komsomoljez». Eine Julinummer.

Sie schlug die Zeitung auf und sah sie schnell durch – nichts Besonderes. Die Sommerausgaben zeichnen sich ohnehin durch ihre schläfrige Eintönigkeit aus und eignen sich meist nur dazu, Fliegen totzuschlagen.

Ratlos brütete sie über den Meldungen. Der Sänger Witas, dem man wegen seiner seltsamen Stimme Kiemen und Flossen andichtete, gab ein Gastspiel in Omsk. Aus dem Irrenhaus war ein gefährlicher Patient entlaufen, man sollte auf der Hut sein. Als großartige Neuentdeckung der Medizin wurde verkündet, Sex verbessere die Stimme. Ein berühmter Magier gab Ratschläge, wie man sich am besten vor den Einflüssen dunkler Kräfte schützte. Ein Rentner hatte eine Rentnerin verprügelt, und aus dem Museum für Volkskunst war ein ausgestopfter Bär entwendet worden.

Außerdem gab es eine wichtige politische Information: Der Präsident war in den Urlaub gefahren.

Inna sah die Zeitung ein zweites Mal durch, ohne dass ihr irgendetwas Besonderes auffiel.

Sie legte die Titelseite vor sich und blickte nachdenklich auf die blauen Schnörkel, die ihren Namen formten.

Wieso hatte Muchin ihr diese Zeitung zuschustern wollen? Und hatte er ihren Namen vor drei Monaten darauf geschrieben? Oder erst vor kurzem?

Die blaue Tinte schien ihr noch frisch, während die Zeitung schon ganz vergilbt und verknittert war. Also erst vor kurzem.

Sie legte den «Komsomoljez» zur Seite und besah die anderen Ausgaben. Sie stellte fest, dass die erste Zeitung die früheste war, alle anderen waren später datiert. Es gab noch ein paar Ausgaben des «Komsomoljez», außerdem von «Wersty», «Afischa», «Wetschernyj klub» und von der Lokalzeitung «Domino», die aus Kreuzworträtseln und dem Fernsehprogramm bestand und über sämtliche Verbrechen berichtete.

Der Schneesturm fegte über den Jenissej und durch das Dorf und rieb sich an den Wänden wie ein Bär.

Inna dachte nach.

Was sollte sie mit den Zeitungen? In welchem Zusammenhang konnten sie mit dem Tod des Gouverneurs und mit dem seiner Frau stehen? Standen sie überhaupt in Zusammenhang damit?

Ljubow Iwanowna hatte gesagt, sie müsse ihr jetzt *alles* geben, und nachdem sie losgegangen war, um *alles* zu holen, war sie umgebracht worden – während Inna ruhig in der Küche gesessen und sich danach gesehnt hatte, so schnell wie möglich wegzukommen. Und war dies *alles* tatsächlich nur ein Stapel alter, vergilbter Zeitungen?

Jedenfalls waren diese Zeitungen sehr wichtig, denn Ljubow Iwanowna hatte sie offenbar extra in Mitjas Wohnung gebracht.

Inna schob den Stuhl ganz in die Ecke und begann, die knisternden, dünnen Zeitungen auf dem Teppich auszulegen. Die ältesten in die Nähe der Tür, die frischesten in die Nähe des Tisches.

Sie ging vorsichtig über das Papier zur Tür und kniete sich dort hin. Dann las sie der Reihe nach alle Überschriften.

Gina kam, setzte sich auf die Schwelle und hob fragend eine Schulter. Inna sah sie düster an, strich sich eine helle

Locke, die ihr ins Gesicht gefallen war, wieder hinter das Ohr und fuhr mit ihrer Beschäftigung fort.

Die Septemberausgabe von «Afischa» informierte die Leser darüber, dass der Popstar Lada Dens sich für fünfzehntausend Dollar ein Jackett gekauft hatte, und das nach langem Suchen – nicht einmal für fünfzehntausend hatte sie auf Anhieb etwas Passendes finden können. Irgendein Bürgermeister aus dem Süden forderte alle Erholung Suchenden auf, in seiner Stadt Urlaub zu machen.

«Wir haben schon fast alle Folgen der jüngsten Naturkatastrophen beseitigt», behauptete der Bürgermeister tapfer. «Sturmwarnung gab es in der letzten Woche nur dreimal. Erfreulich ist auch, dass die Geröllawine, die kürzlich niedergegangen ist, endlich die Lackfarbenfabrik ins Meer geschwemmt hat, sodass sie nicht mehr produziert und der Strand nicht mehr verseucht wird!»

Ein anderer Artikel riet reserviert dazu, die Kinder auf den Schulbeginn vorzubereiten – nicht nur durch den Kauf von Schulranzen und Federmäppchen, sondern auch moralisch und psychologisch.

Gina spitzte plötzlich die Ohren und sah Inna an. Ihre Pupillen sahen seltsam aus – als würden sie quer in den Augen liegen.

«Was hast du?», fragte Inna. Sie bekam es plötzlich mit der Angst zu tun.

Im nächsten Moment ließ sie die Türklingel zusammenzucken.

8

IHRE HANDFLÄCHEN wurden schweißnass. Das Herz rutschte ihr in den Hals und zitterte so sehr, dass der Luftzug in der Kehle vibrierte.

Gina sah beunruhigt zur Tür.

Schnell und lautlos lief Inna in den Socken der Exschwiegermutter über die ausgebreiteten Zeitungen.

Ossip? Er hätte nicht an der Tür geläutet, ohne vorher anzurufen.

Ihre Freundin Arina war vor drei Tagen nach Moskau geflogen und würde erst in einer Woche wiederkommen. Ihre hiesigen Bjelojarsker Bekannten würden auch nicht einfach so vorbeikommen – der bewachte Bezirk lud nicht dazu ein.

Wer konnte es aber dann sein?

Plötzlich überfielen sie wieder die Erinnerungen: das Zimmermädchen Natascha, der dunkle Wagen, das Flüstern der Gouverneurstochter, das schwarze Loch in der Schläfe der Witwe und ihre eigene Flucht vom Tatort, Hals über Kopf, hasenfüßig.

Inna presste ihr Ohr an die Tür und lauschte. Nichts. Nur der Schneesturm rüttelte an den Wänden.

Es klingelte erneut, und der Ton ging ihr durch Mark und Bein.

Trotzdem riss sie kurz entschlossen – schließlich hatte sie fast nie vor irgendetwas Angst oder zwang sich dazu, keine zu haben – die Tür auf.

«Inna Wassiljewna?»

Die Stimme und der Mensch dazu kamen ihr vollkommen unbekannt vor.

«Ja.»

«Erlauben Sie mir … hereinzukommen?»

Da erkannte sie ihn.

Es war Alexander Petrowitsch Jastrebow, den sie gerade erst in den Nachrichten gesehen hatte.

«Bitte, Alexander Petrowitsch.»

Sie ließ ihn ins Haus, sah flüchtig auf die Straße, in den Schneesturm hinaus und schloss die Tür.

«Ich bitte um Verzeihung für die späte Stunde.»

«Macht nichts.»

Er zog die Jacke aus und legte sie auf den Sessel, dann sah er sie fragend an.

Inna ballte die Hände zu Fäusten und zwang sich sofort, sie wieder zu entspannen – was war das für eine mädchenhafte Aufwallung!

«Ich muss mit Ihnen sprechen», erklärte Jastrebow. Er sah böse aus.

«Ausgerechnet heute?»

Sie war nicht zu einem Gespräch mit ihm aufgelegt, und das Schlimmste war, dass sie sich nicht vorstellen konnte, worüber er mit ihr sprechen wollte. Bis zu der heutigen Sendung im Fernsehen war er ein Abenteuer gewesen, das sich ausgerechnet am schlimmsten Tag ihres Lebens abgespielt hatte. Ein Abenteuer, das sie über all den schrecklichen, beunruhigenden Geschehnissen, die ihre Gedanken und Gefühle in Beschlag nahmen, schon fast wieder vergessen hatte.

Nein, natürlich hatte sie es nicht vergessen, dachte sie

plötzlich, als er sich auf das Sofa setzte und die Ärmel seines dunklen Pullovers hochschob, sodass seine dunklen, behaarten Arme sichtbar wurden.

«Möchten Sie einen Tee?», fragte sie nervös und hasste sich selbst für diese Nervosität.

«Nein danke.»

Was sollte das heißen? Wenn man nach zehn zu einer – trotz der zusammen verbrachten Nacht doch eher – fremden Dame zu Besuch kommt, gehört es sich einfach nicht, einen Tee abzuschlagen.

«Vielleicht einen Kaffee?»

Jastrebow sah sie an – seine Augen waren sehr schwarz.

«Na gut, dann einen Kaffee. Darf man … bei Ihnen rauchen?»

Sie mochte es nicht, wenn man in ihrem Haus rauchte, sie bekam Kopfschmerzen davon und schlief schlecht, aber nein sagen konnte sie auch nicht.

Ohne ein Wort zu entgegnen, ging sie in die Küche, zündete das Gas an und stellte den kleinen türkischen Kaffeekocher auf die blaue Flamme. Es passten gerade mal zwei Schluck Kaffee hinein.

Warum war er gekommen?

«Bitte, Inna, lassen Sie uns … die Lage klären.»

Die Gasflamme loderte auf und verlosch – dabei hatte sie sie einfach nur herunterdrehen wollen. Jastrebow, der ihr in die Küche gefolgt war, zog einen Stuhl vor und setzte sich mitten in den Weg, in die Mitte der Küche.

Inna zündete das Gas wieder an. An den Innenwänden des Kaffeekochers stiegen flink kleine Bläschen nach oben.

«Von was für einer Lage … sprechen Sie, Alexander Petrowitsch?»

Plötzlich kam ihr die Situation so absurd und komisch vor, dass sie sich mit dreifacher Aufmerksamkeit dem Kaffee widmete.

«Es wäre mir lieb, wenn unsere Begegnung … nicht den Massenmedien zugänglich gemacht würde, denn vor mir liegt … viel Arbeit in der Region.»

Oho!

Sie vergaß die Bläschen, drehte sich ihm zu und sagte herausfordernd:

«Sie meinen, Sie haben Angst, dass unser One-Night-Stand Gemeingut der Öffentlichkeit wird oder dass ich Sie damit erpressen will?»

Das saß. Schon in der achten Klasse hatte sie während eines Tischlerpraktikums gelernt, Nägel mit Köpfen zu machen.

Bei dem Wort «One-Night-Stand» zuckte Jastrebow so zusammen, dass sogar sein Hals rot wurde.

«Ich meinte nicht … unser erstes Treffen. Ich meinte … das heutige.»

Sie schwieg giftig und schaute auf seine Stirn. Die Stirn rötete sich jetzt ebenfalls.

«Inna, ich muss Ihnen doch nicht erklären, dass die Lage in der Region … ernst ist.»

«Sie wollten mit mir über die Lage in der Region sprechen?»

«Auch darüber.»

«Und über die politische Lage im Allgemeinen?»

Er schwieg.

In seinem Kopf liefen die verschiedensten Gedanken

durcheinander. Was hatte er sich erhofft, als er sich, um zu ihr zu fahren, die Wachen und die verschiedensten Funktionäre vom Hals geschafft hatte, die ihn von allen Seiten bedrängten?

Er war in dieses Gespräch hineingefallen wie die Kröte in den Brunnen – ungeschickt, plump und mit einem lauten Platschen –, nur weil er nicht ausreichend auf das Wiedersehen vorbereitet gewesen war.

Zumal sie, in Jeans und Pullover, so ganz anders aussah. Und – er kniff die Augen zusammen – ihre hellblonden Haare sich so mädchenhaft zart um ihren langen Hals schmiegten.

Außerdem war sie nach vielen Jahren die erste Frau, bei der er sich an alles erinnern konnte – daran, wie sie schlief, wie sie aß, wie sie am Telefon sprach, was sie für Ellbogen, Ohren, Schläfen, Pupillen, Füße hatte.

Und die Tatsache, dass er sich so genau erinnerte, bedeutete: Ihre Begegnung war sehr persönlich und viel intimer gewesen als ein One-Night-Stand.

«Inna, ich möchte uns nur alle beide bewahren … vor möglicherweise peinlichen Situationen. Ich habe beschlossen … mich für die Wahl zum Gouverneur aufstellen zu lassen, sodass wir uns wohl häufiger begegnen werden.»

«Da bin ich mir nicht so sicher», sagte sie und starrte wieder auf den Kaffeekocher. Er war froh, dass ihre schrecklichen blauen Augen ihn freigegeben hatten. «Und, Alexander Petrowitsch … machen Sie sich keine Sorgen. Ich hatte wirklich nicht vor, unsere … Lovestory der Presse zu verraten.»

Er verlor ganz unvermittelt die Fassung.

«Ich glaube ja gar nicht, dass Sie sie der Presse verraten wollten …»

«Möchten Sie Milch oder Zucker in den Kaffee?»

«Was?»

«Möchten Sie Ihren Kaffee mit Milch oder Zucker?»

Wieder schwieg er. Er musste seine Kräfte sammeln. Diese Frau hatte eine seltsame Wirkung auf ihn.

«Ich will meinen Kaffee mit einer Zigarette», knurrte er schließlich.

Sie goss ihm den Kaffee in ein fingerhutgroßes Tässchen, brachte ihm einen Aschenbecher und stellte den Kaffeekocher zurück auf den Herd.

Er schielte auf das Tässchen. Sie musste eine Aristokratin sein. Bei diesen kleinen Tassen, Ringen, Händen.

«Inna, was wollen Sie mir eigentlich beweisen?», fragte er sie.

«Ich?!», fragte Inna erstaunt zurück. «Wieso sollte ich Ihnen etwas beweisen wollen?»

Da konnte er sich nicht mehr beherrschen und lachte los. Auch sie lächelte. Ihre Zähne glitzerten, und die Augen tauten ein wenig auf.

Trotzdem war ihm in ihrer Gegenwart mulmig zumute.

Er konnte es kaum glauben: Hatte er wirklich eine Nacht mit ihr verbracht? Kaum vorstellbar bei der Angst, die er *jetzt* vor ihr hatte.

«Ich wollte Ihnen nur Bescheid sagen … damit Sie sich nicht wundern, wenn Sie mich in Bjelojarsk sehen.»

«Ich habe mich schon gewundert, denn ich habe Sie im Fernsehen gesehen. Wie haben Sie es bloß geschafft, ‹BjelUgol› aufzukaufen, ohne dass es jemand wusste?»

«Es hat niemand gewusst?», fragte er nach. Der bodenlose Sumpf, durch den er gewankt war, verwandelte sich plötzlich wieder in den vertrauten festen Boden, auf dem er sonst immer mit beiden Füßen stand.

«Ich meine die Presse.»

«Die Presse bekommt so viel, wie sie bekommen soll, nicht mehr und nicht weniger. Das muss ich Ihnen doch nicht erklären.»

«Nein», stimmte sie zu, «aber trotzdem ist es seltsam, dass es nicht durchgesickert ist.»

«So seltsam ist es eigentlich nicht», bekannte er. «Ich sichere mich gut ab. Werden Sie denn in Jakuschews Mannschaft bleiben?»

Inna erstarrte. Die Frage war gefährlich.

«Bislang leite ich weiterhin die Presse- und Informationsabteilung», sagte sie. «Jakuschew wird bis zu den Wahlen die Pflichten des Gouverneurs übernehmen, der Apparat wird funktionieren ...»

«Ich frage nicht nach dem Apparat», unterbrach sie Jastrebow, «ich frage Sie persönlich. Werden Sie für Jakuschew arbeiten?»

Darauf durfte sie keine Antwort geben.

Sie wusste nicht, was ihr morgen der frühere Vizegouverneur vorschlagen würde, der jetzt die Aufgaben des Gouverneurs wahrnahm. Sie kannte die wahren Absichten dieses Mannes nicht, der da mitten in ihrer Küche saß. Sie wusste nichts über die Verteilung der Kräfte – außer, dass heute neben ihm die ganze Zeit der allerwichtigste Vizepremier gestanden hatte, und das wollte was heißen.

Dafür wusste sie, dass die Gouverneurswitwe ermordet worden war. Sozusagen vor ihren Augen.

Aufgrund dieses Wissens konnte sie nicht nur keinerlei Angebote annehmen, sie konnte noch nicht einmal für ihr eigenes Leben bürgen.

«Wie … Wieso interessieren Sie sich für meine Arbeit?», fragte sie vorsichtig, und er bemerkte ihre Vorsicht.

«Sollten Sie in Jakuschews Mannschaft spielen, würde das heißen: Sie spielen gegen mich. Alle wissen, dass Sie eine gefährliche Gegnerin sind.»

«Ihnen wäre ich als Gegnerin nie gewachsen.»

Plötzlich fragte er – und war über sich selbst überrascht:

«Das heißt, Sie wollen nicht für mich arbeiten?»

Inna sah ihn erstaunt an:

«Ist das ein Angebot?»

«Ja. Ein Angebot.»

Sie dachte ein wenig nach.

«Ich weiß nicht, was ich sagen soll. Wir werden wohl kaum in einer Mannschaft zusammenarbeiten können.»

«Weil wir bei unserer ersten Begegnung …?» Er sprach den Satz nicht zu Ende.

Weil ich dich überhaupt nicht verstehe, hätte Inna fast geantwortet. Weil ich Angst vor dir habe, obwohl ich mich an die Regel halte, dass ich vor nichts und niemandem je Angst habe. Weil ich dich ganz anders in Erinnerung habe und mir das keine Ruhe lässt. Weil ich mit dir so Liebe gemacht habe wie schon seit vielen Jahren nicht mehr.

Weil ich alles noch einmal machen möchte.

Ihre Wangen wurden heiß.

«Alexander Petrowitsch, was ist das für ein seltsames Gespräch.»

Alexander Petrowitsch sah mutlos aus.

«Es wäre mir lieb, wenn Sie nicht gegen mich spielen würden», murmelte er, «aber das wird wohl nicht gehen.»

«Nein, das wird nicht gehen», stimmte Inna zu.

Sie schwiegen.

Aus dem Hahn tropfte Wasser in die Spüle. Der Wind vom Jenissej rüttelte an den Fenstern.

«Na schön», sagte er, während er immer wütender auf sich selbst wurde. «Danke für den Kaffee.»

«Bitte.»

«Und Gott helfe Ihnen. Es wird nicht leicht sein, gegen mich zu kämpfen.»

«Alexander Petrowitsch, ich habe überhaupt nicht vor, gegen Sie zu kämpfen.»

«Sie werden es müssen. Entweder wir stehen an einer Front, oder wir stehen an verschiedenen. Eine andere Möglichkeit gibt es nicht.»

Sie wusste sehr gut, dass das stimmte, auch wenn sie selbst noch gar nicht wusste, welche Front die richtige für sie war.

«Mit Ihrer Erlaubnis verabschiede ich mich.»

Sie nickte und lief ihm in die Diele nach, wo die Katze Gina sich bereits auf seiner Jacke breit gemacht hatte.

Jastrebow sah erst Gina an – sie schlief natürlich tief und fest –, dann Inna.

Inna zuckte die Achseln. Die Katzen waren Teil ihres Lebens, Alexander Petrowitsch nicht.

«Kss», sagte Jastrebow nicht besonders überzeugend zu Gina. «Geh weg.»

Gina seufzte leise wie eine echte Lady, dann ließ sie

sich auf die Seite fallen und streckte lässig die Krallen aus.

Jastrebow zog an der Jacke. Gina rührte sich nicht.

«Sie müssen entschieden auftreten», riet ihm Inna, packte Gina und setzte sie neben die Jacke. «Nehmen Sie.»

Jastrebow griff unwirsch danach und zog sie hastig an. Gina sprang von dem Sessel herunter. Sie sah unzufrieden aus.

«Was haben Sie da?», fragte er und nickte in Richtung Arbeitszimmer. «Renovieren Sie?»

Inna sah sich um, sah den von Wand zu Wand mit Zeitungen ausgelegten Fußboden und erschrak derartig, dass ihre Hände wieder nass wurden.

«Nichts weiter», murmelte sie und lief hinüber, um die Tür zu schließen, «ich musste nur ein paar Papiere anschauen.»

«Auf dem Fußboden?»

«Da ist es für mich bequemer», sagte sie kalt.

«Lösen Sie Kreuzworträtsel?»

«Aber natürlich», stimmte Inna zu, «ich habe ja sonst nichts weiter zu tun!»

Er hatte bloß so gefragt, um den Abschied hinauszuzögern. Ihm war, als würde er sie nie mehr wieder sehen, obwohl das natürlich nicht stimmte – bei Fernsehdebatten, wo sie mit Jakuschew erscheinen würde, bei der feierlichen Eröffnung einer Brücke oder Grundsteinlegung eines Stadtparks würde er ihr auf jeden Fall wieder begegnen. Aber leichter wäre es, alle sibirischen Flüsse in den Limpopo, Tigris oder Euphrat münden zu lassen, als sie beide zusammenzubringen, wenn sie verschiedenen

Gruppierungen angehörten – so war das nun einmal in der Politik.

Im Übrigen wäre es wahrscheinlich noch schlimmer, wenn sie sich einverstanden erklärte, für ihn zu arbeiten. Er konnte sich nur schwer vorstellen, ihre Anwesenheit in seiner Nähe zu ertragen.

«Übrigens», fragte er plötzlich, «wissen Sie zufällig, was mit Muchin passiert ist?»

Sie sah ihn aus eisblauen Augen an.

«Er hat sich nachts in seinem Arbeitszimmer erschossen.»

«Nein», sagte er sanft, «wissen Sie nicht zufällig, wer ihn umgebracht hat? Sind Ihnen keine Gerüchte zugetragen worden?»

«Warum gerade mir?»

«Weil gerade Sie alle Journalisten kennen.»

«Was haben die Journalisten damit zu tun?»

«Journalisten wissen immer alles.»

«Kann sein, aber ich weiß nichts, Alexander Petrowitsch.»

«Sehr schade, Inna Wassiljewna.»

«Das finde ich auch.»

Und genau bei diesem «Das finde ich auch» griff er sie bei den Ellbogen, zog sie an sich und küsste sie – wozu hatte er schließlich diesen ganzen Irrsinn ausgehalten, zum Teufel nochmal!

Das Eis war gebrochen und fiel in großen spitzen Stücken zu Boden. Ihre Augen waren ganz nah, ohne jede Spur von vereistem Jenissej, der reine, warme Julihimmel leuchtete jetzt darin.

Sie umarmte ihn, und er spürte an den Schulterblättern, wie sich ihre Fäuste an seinem Pullover festhielten. Schlagartig wusste er: Alles, was er sich vorgestellt und woran er sich erinnert hatte, war nichts im Vergleich zu dem, was jetzt in diesem Augenblick wirklich wurde.

Er stolperte und lehnte sich an die Wand, um nicht zu fallen.

Dabei dachte er die ganze Zeit, dass er sie nicht loslassen durfte. Sobald er sie losließe, käme er wieder zu sich, und alles wäre vorbei. Dann blieben nur Peinlichkeit und Beschämung, und der einzige Ausweg wäre: durch die Tür hinaus in den Schneesturm, der in diesem Jahr so unerwartet früh begonnen hatte.

«Du musst mich loslassen», flüsterte sie ihm ins Ohr. Er roch nach Eau de Cologne und Zigaretten. Sie hatte diesen Geruch ganz vergessen und erkannte ihn jetzt plötzlich wieder.

Er nickte, hörte aber nur auf ihre Hände, die seinen Rücken berührten und seine Wirbelsäule entlangfuhren.

«Hörst du?»

«Was?»

«Lass mich los.»

Wieder küsste er sie. Ihn schwindelte, ihm war danach zumute, die Augen zu schließen, und er schloss sie.

Seine Jacke fiel herunter und begrub die Katze Gina unter sich. Gina arbeitete sich, verärgert über diese Erniedrigung, rückwärts darunter hervor, den Schwanz steil aufgerichtet.

Keiner schenkte ihr Beachtung.

«Was machen wir jetzt?», fragte Inna mit ihrer Wange an seinem Hals.

Er wusste genau, was jetzt zu tun war, und verstand nicht, warum sie fragte.

Der erste Stock mit ihrem Schlafzimmer war zu weit, sie blieben also im Erdgeschoss, im Wohnzimmer, wo sie ihn vor einer halben Stunde in den Nachrichten gesehen hatte.

Hier gab es ein unbequemes Ecksofa, schmal und wackelig, das immer, wenn sie irgendwie versuchten, sich darauf einzurichten, verdächtig krachte. Inna kam sich komisch vor. Alles wirkte irgendwie konstruiert, als ob sie in einem Film mitspielten – in einem Film über plötzlich entbrannte Leidenschaft –, so schien es ihr jedenfalls die ganze Zeit.

In seinen Pupillen spiegelten sich die Lichter des Kronleuchters wie kleine Feuer, und von diesen Feuern wurden seine Augen so wild und schrecklich, dass sie es nicht lange aushielt, hineinzuschauen.

Du hast ja keine Ahnung, wie nah du mir gekommen bist, dachte sie.

Er preschte rücksichtslos voran, und auch daran erkannte sie ihn und freute sich, dass sie ihn erkannte, bis sie ganz zu denken aufhörte.

Inna schlug die Augen auf – ihr schien, als tauchte sie aus einer Ohnmacht auf –, und ihr war sehr kalt. Sie zog die Beine an, einigermaßen erstaunt darüber, dass sie es fertig gebracht hatte, auf dem Sofa im Wohnzimmer einzuschlafen, und dazu noch nackt und ohne Bettdecke. Sie stellte fest, dass neben ihr etwas Großes, Warmes lag, was sie anzog und woran sie sich wärmen konnte, und sie schob ihre kalten Füße darunter.

Sie wurde unruhig, begann an der Decke zu ziehen, und er rückte ein wenig zur Seite, sodass sie mehr davon abbekam.

«Ist dir kalt?», fragte ihr Liebhaber besorgt und drückte sie fester an sich.

«Alles in Ordnung», antwortete sie und überlegte, wie sie es anstellen konnte, aufzustehen, ohne dass er sie beobachtete.

Er umarmte sie, und sie umarmte ihn, doch plötzlich erinnerte sie sich wieder daran, dass diese Nacht alles nur noch komplizierter gemacht hatte. Der Gedanke machte sie mutlos.

«Ich muss aufstehen», sagte sie kalt, «dreh dich bitte um.»

Er drehte sich nicht um. Er stand – zum Glück! – selber auf, sammelte seine Kleider zusammen und verschwand.

Inna konnte es nicht lassen, sie sah ihm hinterher, sah die stämmigen Beine, die schweren Arme, die kräftigen Muskeln.

Ihr Exmann war groß und mager, gut gebaut und hatte breite Schultern. Inna hatte immer eine Schwäche für genau solche Männer gehabt.

Sie zog sich einen Pullover über und stieg in die Jeans. Hinter der Tür traf sie ihn bereits fertig angezogen. Er sah verlegen aus, wie damals, beim ersten Mal. Offenkundig war auch ihm unwohl zumute.

Sie verjagten die Katze Gina von seiner Jacke und verabschiedeten sich hastig und erleichtert.

Er lief schnell die Vortreppe hinunter und verschwand im Schneesturm, als wäre er nie da gewesen.

Sie stand noch eine Weile am Fenster, dann ging sie

in die Küche, in der noch sein Geruch hing – nach Tabak und französischem Eau de Cologne –, spülte entschlossen seine Tasse und stellte sie ins Regal, damit sie sie nicht an ihn erinnerte.

Auf dem Tisch lagen noch seine Zigaretten und das Feuerzeug. Inna betrachtete sie aus den Augenwinkeln, sie wollte sie nicht in die Hand nehmen.

Sollten sie jetzt nur liegen bleiben, sie würde sie morgen wegräumen.

Sie ließ Wasser in die Badewanne einlaufen und sah wieder aus dem Fenster.

Du bist ja völlig verrückt geworden, sagte sie zu sich selbst.

Dann lag sie lange in der Wanne, ohne an irgendetwas zu denken, sie ruhte sich aus von all den Aufregungen und Erschütterungen.

Sie war überzeugt, dass sie diese Nacht kein Auge zutun würde. Sie schlief aber ein, kaum dass sie den Kopf auf das Kopfkissen gelegt hatte – nicht weit von dem Kater Tonik, der den ganzen Abend nicht heruntergekommen war, um nachzusehen, was in seinem Haus vor sich ging.

9

DAS ZIMMERMÄDCHEN ADELAIDA oder, besser gesagt, die schallende Stimme, mit der sie die Katzen zum Frühstück rief, weckte sie auf.

«Kss-kss-kss», machte Adelaida.

Innas Katzen konnten es nicht ausstehen, wenn man «kss-kss» zu ihnen sagte, als hätten sie keine Namen, und reagierten nicht auf die Rufe. Sie würden natürlich zum Frühstück hinunterlaufen, aber erst, wenn die dumme Adelaida die Küche verlassen hätte.

Inna lächelte und zog sich die Decke über den Kopf. Nur noch zehn Sekunden.

Zehn Sekunden Stille und Dunkelheit und Frieden und erst dann – der Sprung ins kalte Wasser, in den Morgen.

«Kätzchen!», jubelte Adelaida unten. «Komm, Kätzchen, komm, ich hab dir Fisch mitgebracht! Kss-kss!»

Inna zählte zu Ende, warf die Decke weit fort – damit es keinen Weg mehr zurück gab – und schleppte sich, den Morgenrock hinter sich herschleifend, ins Badezimmer.

Zwanzig Minuten später sah sie schon fast wie ein Mensch aus.

«Inna Wassiljewna», zirpte Adelaida geschäftig, «ich hab hier eine kleine Liste mitgebracht, schauen Sie mal nach, ob alles da ist.»

«Was für eine Liste?», fragte Inna zerstreut.

Neben dem Becher, aus dem sie normalerweise morgens ihren Tee trank, lagen Jastrebows Zigaretten und sein Feuerzeug.

«Eine Liste mit Ihrer Unterwäsche», antwortete Adelaida wie aus der Pistole geschossen, tat einen Teebeutel in den Becher und goss kochendes Wasser darüber. «Ob alles da ist.»

Inna riss sich von der Betrachtung der Zigarettenschachtel los und starrte das Zimmermädchen an:

«Eine Liste mit Unterwäsche?»

«Mit Ihrer Unterwäsche! Hier hab ich alles aufgeschrieben. Schauen Sie.» Sie nahm ein Heft aus der Tasche ihrer Arbeitsschürze und raschelte mit den Seiten. Irgendwelche Hieroglyphen und Nummern standen darin. «Hier. Beige Garnitur Lise Charmel. In Moskau geblieben. Schwarze Garnitur Christian Dior … in der Reinigung. Zartgrüne Garnitur …»

«Ich verstehe gar nichts», unterbrach sie Inna. Sie verstand wirklich nichts. «Was für eine Garnitur? Wer ist in Moskau geblieben?»

«Ja, Himmel nochmal, die Garnitur mit Ihrer Unterwäsche. Der Büstenhalter und die … Höschen.»

Das erste Wort sprach sie noch mit einer gewissen Eleganz aus, bei dem zweiten stockte sie peinlich berührt.

«Sie haben sie diesmal nicht mitgebracht, sondern anscheinend in Moskau gelassen. Da schreibe ich immer ein «M» hin, das heißt Moskau, und die zartgrüne scheint …»

«Sie führen Buch über meine Unterwäsche?»

Adelaida blinzelte und rollte die Liste zusammen.

«Aber natürlich», bekannte sie und sperrte vor Eifer und Ergebenheit die Augen weit auf. «Wie soll ich denn sonst wissen, wo was ist? Die Sachen sind schließlich nicht billig, und Sie sind ständig unterwegs. Was ist, wenn Sie mich danach fragen, und ich weiß nicht Bescheid? Nachher denken Sie sonst was, aber auf meiner Liste steht alles drauf, nummeriert und mit Ortsangabe. Die schwarze zum Beispiel war letztes Mal in Moskau geblieben, aber diesmal haben Sie sie mitgebracht. Während die zartgrüne …»

Inna lachte so laut los, dass die Katze Gina sich schnell in den Flur verzog.

Adelaida lächelte unsicher – man wusste ja nie, woran man mit diesen Herrschaften war und worüber sie wohl lachten!

«Inna Wassiljewna, hier ist die Liste …»

Inna nahm die Liste, hielt sie sich vor die Nase und gab sie dem Zimmermädchen zurück.

«Alles in Ordnung, haben Sie vielen Dank. Ich hatte nur nicht erwartet, dass Sie so genau Buch führen in diesem Bereich.»

«Ja, aber wie sollte ich denn ohne Buchführung, ohne das geht es ja gar nicht …»

«Und das zweite Zimmermädchen? Führt sie auch eine Liste über meine Unterwäsche?»

Adelaida verstaute die Liste sorgfältig in ihrer Tasche. «Was für ein zweites Zimmermädchen? Hier arbeite nur ich, es gibt kein zweites Zimmermädchen.»

Inna verbrannte sich die Zunge an ihrem Tee und stellte den Becher heftig auf den Tisch.

Adelaida summte vor sich hin, während sie die Blume von der Fensterbank zum Waschbecken trug. Sie liebte Blumen sehr und wischte sie regelmäßig ab.

«Adelaida Petrowna, gestern … Wer hat gestern an Ihrer Stelle hier gearbeitet?»

Irgendetwas musste in ihrer Stimme gelegen haben, denn Adelaida hielt in ihrer Tätigkeit inne, drehte sich zu Inna um und starrte sie ergeben an.

«Noch nie hat hier jemand an meiner Stelle gearbeitet. Ich selbst war hier. Wie kommen Sie darauf?»

In Innas Schläfen pochte es. Sie nahm Jastrebows Feuerzeug in die Hand und spielte nervös mit dem Zündstein herum.

«Als ich gestern kam», begann sie langsam, «waren Sie nicht da …»

«Natürlich war ich nicht da!», unterbrach sie Adelaida und verzog das Gesicht. «Wann sind Sie vom Friedhof zurückgekommen? Bestimmt erst gegen Abend. Und als ich morgens kam, hab ich Sie gerade noch wegfahren sehen. Ich habe aufgeräumt und bin gegangen.»

«Als ich nach Hause kam, war hier ein Zimmermädchen bei der Arbeit. Sie sagte, ihr Name sei Natascha und sie sei an Ihrer Stelle da, weil Sie Überstunden abbummeln würden.»

Adelaida lachte, das konnte nur ein Witz gewesen sein.

«Ich kenne keine Natascha. Und ich bummele auch keine Überstunden ab.»

Dann wurde sie rot:

«Inna Wassiljewna, falls Sie irgendetwas an mir auszusetzen haben, dann sagen Sie es mir bitte gleich, denn ich verstehe nicht.»

«Ich verstehe es ja selber nicht», bekannte Inna. «Haben Sie gestern niemandem die Schlüssel gegeben?»

Jetzt geriet Adelaida völlig außer sich. Ihre Augen füllten sich mit Tränen, die sie schnell abwischte, mit demselben Lappen, mit dem sie auch die Blumen abgewischt hatte.

«Ich bin seit dreißig Jahren Zimmermädchen», stammelte sie, «und nie gab es … irgendwelche Vorwürfe oder Beanstandungen … Bei den sozialistischen Wettbewerben hab ich gewonnen, ich habe eine Urkunde und eine Reise umsonst bekommen. Aber Beanstandungen …»

Inna legte das Feuerzeug hin, ging zu der schluchzenden Adelaida und fasste sie um ihre starken Schultern:

«Adelaida, meine Gute, ich habe doch gar nichts zu beanstanden! Aber als wir gestern kamen, war hier im Haus eine junge Frau. Sie sagte, sie heiße Natascha und sei an Ihrer Stelle gekommen. Das ist alles. Ich begreife bloß nicht, wo sie hergekommen ist!»

«Ich habe die Schlüssel nicht herausgegeben», stammelte Adelaida, die sich durch Innas Umarmung etwas beruhigt hatte, «noch nie, keinem! Sie wissen doch, wie streng das bei uns gehandhabt wird!»

«Und Natascha?», unterbrach sie Inna, der inzwischen dämmerte, dass sie sich gestern nicht umsonst so erschrocken hatte, «kennen Sie Natascha?»

«Es gibt keine Natascha bei uns!»

«Aber irgendwer war gestern Abend hier! Ossip hat sie auch gesehen! Wer ist sie? Wo kommt sie her?»

«Da müssen Sie die Wache fragen», riet ihr Adelaida und schniefte. «Hier kommen keine Fremden hinein, nur unsere Leute werden durchgelassen. Und gestern erst recht! Da haben sie doch die Milizionäre aus der ganzen

Region zusammengetrommelt! Wo hätten da Fremde herkommen sollen?»

Inna schwieg. Adelaida hatte Recht. Fremde liefen hier nicht herum, so viel war sicher.

Aber die geheimnisvolle Natascha war offenbar eine Ausnahme.

Was hatte sie in Innas Haus gesucht? Und wo war sie dann hin, ohne Mantel und Mütze, im Schneesturm?

Das Loch in Innas Magen vergrößerte sich spürbar, als ob ganze Stücke aus dem weichen, schutzlosen Gewebe herausgenagt würden. Inna war plötzlich speiübel, ihre Hände wurden eiskalt und fühlten sich glitschig an wie bei einem Frosch.

«Ossip wartet draußen», fügte Adelaida hinzu.

Inna nickte und ging durch den Flur, während ihr Adelaida etwas über den Tee hinterherrief, den sie nicht ausgetrunken hatte. Inna schüttelte nur den Kopf, griff nach ihrer Pelzjacke und rannte aus dem Haus, als würde das Zimmermädchen sie verfolgen.

«Guten Morgen, hast du gut geschlafen?»

«Sehr gut», murmelte sie, während sie ins Auto stieg. Aus dem Radio tönte munter ein Liebeslied, es roch vertraut nach den synthetischen Sitzen und nach frischen Zeitungen.

Alles war wie immer. Alles war gut.

Ossip schlug die Autotür hinter ihr zu, kroch hinter das Steuer und fuhr langsam los. Inna nahm sich die Zeitungen vor, als wäre tatsächlich alles wie immer.

Der Wind vom Jenissej jagte weiter Richtung Nordpol. Zu beiden Seiten des weißen Weges türmten sich frische Schneehaufen, von Räumfahrzeugen aufgehäuft, und die

Bäume, die aus den Schneebergen emporragten, wirkten jetzt kleiner als sonst.

Inna hielt sich die Zeitung vor die Nase und sah aus dem Fenster.

Das war ungewöhnlich und blieb Ossip nicht verborgen.

«Bist du womöglich krank?»

«Nein.»

«Hast du vielleicht Fieber?»

«Lass mich in Ruhe, Ossip», bat ihn Inna ärgerlich.

«Was ist denn los mit dir?»

«Nichts ist los. Ich muss nachdenken.»

«Also denk nach», erlaubte Ossip. «Man sagt, irgendein neuer Laffe ist in der Region aufgetaucht. Jastrebow heißt er. Man sagt, er wird sich auch für die Wahlen aufstellen lassen.»

Inna schaute auf den breiten Schädel des Fahrers. Von Ljubow Iwanownas Tod war also noch nichts bekannt.

Vor dem Verwaltungsgebäude standen nur wenige Autos – es war noch zu früh für die Staatsmänner –, und Ossip hielt direkt vor dem Aufgang.

«Soll ich im Wagen warten?»

«Geh ruhig in die Eingangshalle, Ossip. Ich hab noch keine weiteren Pläne.»

Es war genau neun Uhr, als Inna in Jakuschews Vorzimmer trat. Wegen der frühen Stunde standen beide Türen zum Arbeitszimmer noch sperrangelweit offen, der Assistent war nicht zu sehen, die Telefone träumten vor sich hin.

«Darf ich?»

«Komm rein, Inna Wassiljewna. Guten Morgen.»

«Guten Tag, Sergej Iljitsch.»

Das Arbeitszimmer war groß und strotzte von Mobiliar, das dem Staat gehörte. Auf dem braunen Parkett lag ein Teppich, der ebenfalls dem Staat gehörte, auf dem Tisch stand eine grüne Lampe, an der Wand hing das Porträt des Präsidenten, an den Fenstern gelbe Vorhänge.

Jakuschew war nicht zu sehen, dafür hörte sie aus dem Ruhezimmer gedämpftes Gepolter.

«Willst du einen Tee, Inna Wassiljewna?»

Sie wollte keinen Tee, zumal sie überzeugt war, dass aller Tee, den sie trinken würde, sofort durch das Loch im Magen fließen würde. Aber Konvention ist Konvention, also nahm sie dankend an.

Jakuschew erschien auf der Schwelle – ohne Jackett, mit hochgerollten Hemdsärmeln, in jeder Hand ein Glas mit Untersetzer.

Inna lächelte unmerklich.

«Zucker hab ich schon reingetan», erklärte Jakuschew und stellte das Glas klirrend vor sie hin, «drei Stück.»

Inna trank nie Tee mit Zucker, sie fand, dass Zucker dem Tee den Geschmack nahm.

«Vielen Dank, Sergej Iljitsch.»

Jakuschew setzte sich nicht neben sie, sondern ging um den Tisch herum und nahm dahinter Platz. Inna begriff den Wink: Ich bin dein Vorgesetzter, du bist meine Untergebene. Er rührte lange mit dem Löffel im Tee und sah sie an.

Inna wartete wachsam.

«Na, was sagst du, Inna Wassiljewna?»

«Wozu?»

«Dazu, wie es weitergehen soll.»

Inna sah ihn schweigend an.

«Ein seltsamer Tod», sagte Jakuschew nachdenklich und rührte wieder im Tee. «Findest du nicht?»

Sie schwieg weiter. Jakuschew riss die Augen von seinem Glas los, sah sie an und lächelte:

«Du schweigst?»

Sie nickte.

«Da tust du recht dran. Gut so.»

Jakuschew trank geräuschvoll aus seinem Glas, streckte die Beine unter dem Tisch aus und ließ sich gegen die Rückenlehne des staatlichen Sessels fallen.

«Also, ich habe gestern ... mit wichtigen Leuten gesprochen. Mit den allerwichtigsten», verbesserte er sich, nachdem er einen Moment überlegt hatte. «Unser Anatolij Wassiljewitsch hat sich erschossen, daran gibt es keinen Zweifel. Vielleicht hat man ihm eine schreckliche Krankheit diagnostiziert, oder es war wegen seinem Sohn. Wer weiß ...»

Inna nahm einen Stift vom Tisch und drehte ihn in den Händen. Jakuschew schaute auf ihre Finger. Die Ringe glänzten winterlich weiß, die Nägel waren eben und lackiert, von der Form her ähnelten sie Mandelkernen.

Was war das bloß für eine Frau? Wäre sie doch wie alle Frauen sonst in der Politik – mit hochgesteckten Haaren, im steifen Kostüm –, dann gäbe es überhaupt keine Probleme mit ihr, aber wie sollte man sich mit so einer absprechen!

Jakuschew gab in einem plötzlichen Anfall von Selbstmitleid einen langen Seufzer von sich.

Sollten doch die, die es nötig hatten, versuchen, sich mit ihr abzusprechen. Er, Jakuschew, hatte es nicht nötig, er würde auch so, wie sollte man sagen … am Rande des Abgrunds stehen. Und der Abgrund wurde immer tiefer.

«Und die Ermittlung?», fragte Inna. «Wird sie eingestellt?»

«Es gibt keinen Tatbestand», antwortete Jakuschew schnell. «Ich sage doch, es war Selbstmord. Und jetzt hab ich zwei Bitten an dich. Die erste: Du, Inna Wassiljewna, musst die Presse unter Kontrolle halten. Abgemacht?»

«Was heißt unter Kontrolle halten?»

«Unter Kontrolle heißt unter Kontrolle. Es darf keine anderen Versionen der Geschichte geben. Er hat sich erschossen und basta. Ein Verbrechen können wir nicht gebrauchen. Und auch keine Ermittlungen von Journalisten oder so was Ähnliches.»

Simonenko hatte geplaudert, begriff Inna. Über die Zeitung «Sowerschenno sekretno», mit der sie gestern angeblich telefoniert hatte. Wann hatte der das geschafft?

Aber Jakuschew hatte sie schon vor diesem Bluff zu sich bestellt. Die Hauptsache stand also noch bevor.

«Außerdem brauchen wir eine Veranstaltung, um das Volk abzulenken und zu unterhalten in so einer … schweren Stunde. Schwungvoll und großzügig, nach russischer Art. Sind wir Russen oder nicht? Haben wir eine russische Seele oder etwa nicht?»

«Wahrscheinlich schon», antwortete Inna stockend. Das hatte sie nicht erwartet.

Sie hatte eben mit irgendwelchen Vorschlägen zur Arbeit in seiner Mannschaft gerechnet, schließlich standen die Wahlen an, und die waren kein Pappenstiel! Der Startschuss war bereits erfolgt, das Rennen hatte begonnen, jetzt musste man nur aufs richtige Pferd setzen. Inna war überzeugt, dass Jakuschew schon Bescheid wusste und die Herausforderung trotzdem angenommen hatte, weil die Verlockung doch zu groß war.

«Wir brauchen irgendeinen Vorwand», sagte Jakuschew inzwischen, «denk dir was möglichst Schönes aus. Vielleicht die Tage des Fernsehens oder die Woche der Künste. Lade sämtliche Berühmtheiten aus Moskau ein und bereite alles gut vor. Du wirst sehen, das Volk wird sich beruhigen, es wird vergessen. Ein schönes Fest ist keine leichte Sache, aber es ist das, was wir jetzt am meisten brauchen.»

Inna verstand überhaupt nicht, warum gerade jetzt ein Fest gebraucht wurde.

«Leider steht nur wenig Geld zur Verfügung. Wir geben natürlich etwas dazu, aber den Großteil wirst du dir selber bei den Oligarchen und Geschäftsleuten zusammensuchen müssen.»

Das war der übliche Weg – in der Geschäftswelt um Geld zu bitten. Manchmal kriegte man welches, gegen irgendwelche Versprechen und Garantien, meist aber nicht. Dabei wusste Inna natürlich, dass die anstehenden Wahlen viel besser waren als alle Versprechen und Garantien, denn diese Leute sagten sich: ‹Heute geben wir Geld für das Fest, obwohl wir genau wissen, dass höchstens ein Zehntel davon dafür verwendet wird. Aber morgen siegt ihr bei den Wahlen – unter anderem mit unserem Geld! –, und dann schenkt ihr uns ein paar Orte mit Erdölvorkommen, eine Lizenz zum Wälderabholzen, für Goldgruben und sonst noch was Nettes, zum Beispiel eine Likörfabrik.›

«Zögere es nicht zu lange hinaus, Inna Wassiljewna. Gut wäre die erste Dezemberwoche, sozusagen als Begrüßung des russischen Winters nach russischem Brauch.»

«Wenn es nach dem Brauch gehen soll, dann verabschiedet man den Winter, man begrüßt ihn nicht. Der Winter macht dem Volk keine Freude.»

«Ja, genau», stimmte Jakuschew zu. «Und wir müssen dem Volk eine Freude machen! Von oben wird es befürwortet, also mach dich an die Arbeit.»

Und wieder kein Wort über die Mannschaft, über die wichtigen Dinge, die bevorstanden.

Konnte Jakuschew von dem Besuch des neu auf der Bildfläche erschienenen Kandidaten Jastrebow gestern Abend bei ihr zu Hause wissen? Das würde zumindest erklären, warum er sich so darum bemühte, sie loszuwerden, sie sich mit der Vorbereitung irgendeines Festes vom Leib zu halten, das niemand brauchte.

Aber als sie gestern auf dem Weg zum Friedhof gewesen war und Jakuschew sie angerufen hatte, hatte es noch weit und breit keinen Jastrebow am Horizont gegeben, und trotzdem hatte er sie zu sich bestellt.

Was bedeutete das?

Es musste etwas geben, wovor sich Jakuschew sehr fürchtete, und dieses «Etwas» hatte mit ihr, Inna, zu tun. Und deshalb bemühte er sich darum, sie mit etwas vollkommen Sinnlosem zu beschäftigen, das unendlich viel Kraft kosten würde.

«Wir verlassen uns auf dich», erklärte Jakuschew anschließend, ohne genauer zu sagen, wer mit «wir» gemeint war. «Fang an mit der Arbeit. Bericht erstatten wirst du mir persönlich. Ach ja, und Inna Wassiljewna, den Grund …» Das Telefon, das vor ihm auf dem Tisch stand, läutete, und Inna, die die ganze Zeit genau darauf gewartet hatte, presste die Faust, in der sie den Bleistift hielt, so fest zusammen, dass sie seine glatte Oberfläche spürte. «Hier Jakuschew.»

Das Gespräch dauerte nur ein paar Sekunden. Dann legte er den Hörer auf und sah Inna an. Seine Augen blickten erschrocken, wie bei einem kleinen Kind, wenn ein Gewitter anfängt. Seine Stirn glänzte.

«O Gott», brachte er heraus. Inna presste die Faust noch fester zusammen. «Ljubow Iwanowna … ist gestorben.»

Er blieb eine Weile sitzen. Dann stand er ungelenk auf und lief gehetzt im Zimmer hin und her, durch das er eigentlich langsam, gewichtig und bedeutungsschwer hätte schreiten müssen, und deshalb wirkte sein Verhalten umso schrecklicher und furchtbarer. Als hätte gerade ein Krieg begonnen.

10

ZUR MITTAGSZEIT wurde in den lokalen Nachrichten die amtliche Mitteilung durchgegeben. Inna, die den Fernseher in ihrem Arbeitszimmer nicht eine Minute ausgeschaltet hatte, stellte ihn lauter, als sie die rote Überschrift auf dem Bildschirm sah.

Sondermeldung.

Ihr Assistent steckte die Nase zur Tür herein.

«Inna Wassiljewna, die Nachrichten.»

«Ja, Jura, ich sehe.»

Die Sprecherin las fassungslos und mit gepresster Stimme die Mitteilung vor, dass am Morgen Ljubow Iwanowna Muchina im Kreis ihrer Liebsten an einem Herzanfall gestorben sei. Nach der Sprecherin wurde der Vorsitzende der Ärzteschaft der Region eingeblendet, der erklärte, die Gouverneurswitwe habe seit vielen Jahren ein Herzleiden, am Morgen sei sie einem schweren Herzinfarkt erlegen, man habe ihren Zustand nicht mehr stabilisieren können. Man trauere mit der Familie. Damit schloss die Sondermeldung.

Inna fasste sich an die Stirn.

Sie hatte also einen Herzanfall gehabt und war im Kreis ihrer Liebsten gestorben.

Was hatte Jakuschew gesagt? ‹Halte die Presse unter Kontrolle, Inna Wassiljewna. Wir können keine Ermittlungen gebrauchen. Wir brauchen ein Fest für das Volk und absolut keine Ermittlungen!›

Die würde es also nicht geben, dachte sie. Bei einem Herzanfall gab es wenig zu ermitteln! Für das Begräbnis würden sie sich irgendwas einfallen lassen – einen verschlossenen Sarg, natürlich.

Niemand würde je von dem schwarzen Loch in ihrer Schläfe erfahren. Keiner würde je erfahren, welches Beweismaterial sie zu übergeben im Begriff gewesen war, auf den Wunsch ihres verstorbenen Mannes hin.

Inna war schwer und kalt ums Herz, es fühlte sich an wie ein großer Stein.

«Darf ich, Inna Wassiljewna?»

«Kommen Sie nur, Jura.»

Der Assistent kam herein, setzte sich aber nicht auf seinen gewöhnlichen Platz, sondern blieb in der Mitte des Zimmers stehen.

«Inna Wassiljewna, haben Sie … gehört?»

Sie wurde plötzlich sehr ärgerlich.

«Jura, Sie wissen sehr gut, dass ich es nicht nur gehört, sondern auch gesehen habe.»

«Was für ein Blödsinn!», brach es plötzlich aus ihm heraus. «Es kann doch gar nicht sein, dass innerhalb einer Woche …»

«Es kann nicht sein, aber es ist so», sagte Inna scharf.

«Glauben Sie daran?»

Er fragte es in einem Tonfall, dass klar war, er, Jura Sachartschuk, glaubte nicht ein einziges Wort.

Ich muss vorsichtig sein, dachte Inna. Ich darf es nicht übertreiben.

«Jura», sagte sie eindringlich, «natürlich glaube ich nicht daran. Aber ich kenne keine Einzelheiten. Wissen Sie mehr?»

«Sie hat sich vergiftet», erklärte Jura und sah sich um, als wollte er sich vergewissern, dass ihnen niemand zuhörte. «Schon am Morgen wurde darüber geredet. Es scheint, als hätte sie sich mit ihrem Mann gestritten, und jetzt … aus Schuldgefühl.»

«Aus Schuldgefühl?», fragte Inna nach.

«Na ja, weil sie ihn in den Selbstmord getrieben hat.»

«Himmel, Jura, was reden Sie da?! Sie haben dreißig Jahre zusammengelebt, und im einunddreißigsten Jahr soll er beschlossen haben, sich ihretwegen das Leben zu nehmen?!»

Der Assistent schwieg.

«Man sagt so, Inna Wassiljewna. Außerdem sagt man, dass Jastrebow nicht zufällig hier in der Region erschienen ist. Dass er sich den Stuhl freimachen wollte.»

«Und die Witwe wollte kandidieren?», fragte Inna nach. «Wäre sie eine Konkurrenz gewesen? Und da hat Jastrebow sie um die Ecke gebracht?»

Sie mochte es nicht, wenn man ihr solche Dummheiten ins Gesicht sagte.

«Jura, ich möchte Sie um etwas bitten. Ich brauche eine Liste aller Zeitungen, die hier in der Region erscheinen, und außerdem eine Liste der Moskauer Zeitungen. Dazu irgendeine Statistik von denen, die am meisten erwähnt werden und in welchem Zusammenhang. Wir müssen irgendwoher Geld beschaffen.» Das, was sie brauchte, hatte mit der Geldbeschaffung für das Fest nichts zu tun, aber das brauchte der Assistent nicht zu erfahren. «Machen Sie das für mich?»

«Natürlich, Inna Wassiljewna. Heute Abend müssen Sie zum Fernsehen. Zur Sendung um neunzehn Uhr.»

«Worum geht es?»

«Um die Freiheit des Wortes und das Pressegesetz. Es ist eine Debatte. Sie antworten als Regierungsvertreterin auf die Fragen.»

«In Ordnung.»

Im örtlichen Fernsehen hatte sie vor niemandem Angst. Es gab zwar viele, die ihr Übles wollten, aber die waren nicht besonders ernst zu nehmen. Außerdem war sie, was das Fernsehen anging, bereits ein alter Hase.

«Ich fahre jetzt weg. Wenn was Dringendes sein sollte, rufen Sie mich auf dem Handy an, ja?»

«Natürlich, Inna Wassiljewna, wie immer.»

Wenn man kämpfen muss, braucht man einen Verbündeten. Jura eignete sich am besten für diese Rolle.

Er war ihr schon lange und unverbrüchlich ergeben – zwar nicht so wie Ossip, aber immerhin. Außerdem war er kampferprobt und -erfahren, und sie war überzeugt, dass sie ihm über die Arbeit hinaus vertrauen konnte. Natürlich konnte sie ihn nicht in alle Details einweihen, aber irgendeine Erklärung musste sie ihm schließlich geben. Da kam ihr die Sache mit dem Fest ganz gelegen.

Im Übrigen wäre es gut, wenn ihr selbst irgendwer etwas erklären würde.

Sie dachte eine Weile nach und beschloss dann, alle Erklärungen auf den nächsten Tag zu verschieben. Sie ließ Ossip rufen, der in irgendein Kreuzworträtsel vertieft war, und fuhr nach Hause.

Die Katzen waren erstaunt, dass sie so früh kam.

«Hallo», sagte Inna zu ihnen beiden, «lasst mich in Ruhe. Tut einfach so, als sei ich bei der Arbeit.»

Aber sie ließen sie nicht in Ruhe.

Gina führte sie geradewegs zu den Näpfen, setzte sich davor, machte traurige Augen und zuckte mit dem Schwanz. Das sollte heißen: ‹Im Kühlschrank ist Fisch, und ich weiß es ganz genau.›

Ergeben nahm Inna den Topf mit dem Fisch heraus, tat zwei gleich große Häufchen in zwei gleich große Näpfe und räumte die Reste wieder in den Kühlschrank. Die Katzen sahen dem Topf hinterher und verstanden, dass die Aussichten für eine weitere Portion nicht schlecht waren.

Die Zigaretten und das Feuerzeug lagen noch an Ort und Stelle, und während Inna sich über das mädchenhafte Erbeben ärgerte, das sie bei diesem Anblick erfasste, steckte sie beides kurz entschlossen in die Schublade, in der aller möglicher Kleinkram lag. Genau da gehörte das Zeug hin.

Sie zog Rock und Jackett aus und lief in Strumpfhose und Bluse ins Arbeitszimmer.

Die über den ganzen Boden ausgebreiteten Zeitungen machten sie mutlos.

Himmel, was sollte sie dort finden? Bevor sie überhaupt anfing, wäre es am besten, eine Ahnung davon zu haben, wonach sie suchen sollte.

Schließlich las sie alles der Reihe nach durch, während sie über die Zeitungen hinweg bis zur Tür kroch.

Sie fand nichts Seltsames oder Verdächtiges. Das übliche Zeitungsgeschwätz, vollkommen uninteressant, und veraltet. Dann drehte sie alle Seiten um und las sie wiederum von der Tür bis zur Wand durch, und wieder fand sie nichts Verdächtiges.

Sie stand auf, ging in den Flur hinaus, lief hin und her,

kehrte um und sah die Zeitungen an. Sie lief wieder hin und her, dann sah sie wieder die Zeitungen an.

Draußen vor den Fenstern wurde es schnell und erbarmungslos dunkel, und Inna schaltete immer, wenn sie am Schalter vorbeikam, das Licht an und wieder aus. Wenn das Licht anging, wurden die Fenster schwarz, und was draußen war, verschwand. Wenn das Licht ausging, fiel ein bläulicher Schimmer durch die Fenster.

Was konnte es außer Geschichten, die keiner mehr gebrauchen konnte, und den Namen der Journalisten noch in den alten Zeitungen geben?

Nichts. Und wieder nichts.

Als sie an dem Schalter vorbeikam, schaltete sie das Licht wieder ein und schaute auf die ausgelegten Zeitungen.

Die Namen der Journalisten?

«Du, Inna Wassiljewna, kennst alle Journalisten ...»

«Du, Inna Wassiljewna, musst die Presse unter Kontrolle halten ...!»

Sie warf sich auf die Knie und kroch behände umher, während sie die Namen zählte. Es waren viele bekannte und unbekannte, manche aus Moskau und manche von hier.

Inna wusste, dass eine Ausgabe normalerweise von drei Leuten oder allerhöchstens von fünfen gemacht wurde, zwei Dutzend Namen dagegen entsprangen der blanken Phantasie. Fekla Besrodnaja, Fjodor Burkow, Felizija Brassi und Frida Born waren zum Beispiel alles Pseudonyme von Anja Gulkina, einer verbrauchten, zerzausten, fahrigen Frau, die aus lauter Zerstreutheit anderer Leute Brötchen aß und deren Kaffee trank, aber meisterhaft darin war, vernichtende politische Kommentare und komplizierte wirtschaftliche Überblicke zu verfassen.

Als Inna ungefähr in der Mitte des Zeitungsbodens angelangt war, wurde ihr klar, dass es überhaupt keinen Zweck hatte, die Namen einfach so zu lesen. Sie musste sie aufschreiben und dann irgendetwas mit ihnen machen, sie vergleichen, analysieren oder so etwas, obwohl ihr auch nicht klar war, wie sie Familiennamen analysieren sollte. Sie kroch auf Knien zum Tisch, holte ein Blatt Papier und einen Stift und begann zu schreiben. Dabei drückte sie mit dem Stift so fest durch das Papier hindurch, dass die Namen in der Mitte Löcher bekamen.

In diesem Zustand – in Bluse und Strumpfhose, mit einem zerlöcherten Blatt Papier in der Hand – fand sie der Assistent Jura vor, als er sie für die Fernsehdebatte abholen wollte.

«Verzeihen Sie, Jura», sagte Inna verwirrt und versteckte sich hinter der Tür, «ist es etwa schon so spät?»

«Es ist schon halb sieben, Inna Wassiljewna!», sagte er laut durch die Tür. «Wir müssen so bald wie möglich los.»

«Kommen Sie rein», sagte sie, «ich bin gleich so weit.»

Der Kater Tonik kam von irgendwo herbeigestürmt, sah nach rechts und links und lief dann zu Innas Stiefeln, um daran zu schnüffeln.

Jura sah ihn schief an. Tonik starrte zurück.

Inna kam im Kostüm herbeigelaufen. Die Handtasche warf sie in den Sessel, um die Schuhe anzuziehen. «Mir ist etwas Merkwürdiges passiert», klagte sie, als Jura ihr die Pelzjacke hinhielt, diesmal eine kurze, weiße.

«Was denn?»

«Als ich gestern vom Friedhof nach Hause kam, war hier eine Fremde. Sie sagte, sie sei das Zimmermädchen und vertrete Adelaida, die sonst immer kommt. Später ist mir aufgefallen, dass an der Garderobe gar keine geeignete Kleidung gehangen hatte. Dabei stürmte es den ganzen Tag und war kalt. Und heute hat mir Adelaida gesagt, sie kenne gar keine Natascha, und es gebe auch kein Zimmermädchen mit diesem Namen unter ihren Kolleginnen.»

«Eine echte Detektivin», urteilte Jura beifällig. «Haben Sie denn nachgeschaut, ob Ihnen was gestohlen worden ist?»

Ach du lieber Himmel! Nichts hatte sie nachgeschaut. Bei ihrem Tick, die Halsketten, Ringe und Geld immer überall herumliegen zu lassen, konnte man ihr natürlich alles stehlen.

«Wo sollten denn hier Diebe herkommen?», fragte sie Jura streng, aber doch merklich verunsichert, weil sie nicht selbst darauf gekommen war.

«Sie können überallher kommen. Das ist ihre Arbeit.»

Das war natürlich vollkommen richtig, und Inna wurde noch ärgerlicher. Ganz abgesehen davon, dass sie am liebsten sofort losgegangen wäre, um nachzusehen, ob alles noch da war. Aber dafür reichte die Zeit nicht.

«Jura, fahren Sie mit Ihrem eigenen Wagen, oder kommen Sie mit uns?»

«Ich fahre mit meinem hinter Ihnen her.»

Inna winkte Juras Wagen zu, der aussah wie ein glatter, dunkler Fisch, dessen Schuppen unter der Straßenlaterne glänzten, und ging zu ihrem Wagen.

«Sind wir zu spät dran, Inna?»

«Nein. Ossip, erinnerst du dich noch an die Sache mit dieser Natascha gestern?»

Ossip schaute sie durch den Rückspiegel an und murmelte vor sich hin, sodass sie es gerade hören konnte:

«Gestern ist ein Haufen Sachen passiert … Morgens und tagsüber und abends.»

Dann summte er vor sich hin. Der Wagen flog die Straße entlang. Inna wartete.

Ossip war der Erste, der es nicht länger aushielt:

«Was ist denn nun mit dieser Natascha?»

«Es hat noch nie eine in der Wirtschaftsverwaltung gegeben.»

«Wie bitte?!», fragte Ossip erstaunt. «Wo ist sie denn dann hergekommen?!»

«Ich habe keine Ahnung.»

«Das ist allerdings sehr merkwürdig», sagte Ossip gedehnt.

11

BIS ZUM GEBÄUDE des Bjelojarsker Fernsehens blieben noch etwa fünf Minuten Fahrtzeit, als irgendwelche Blaulichter ihren Wagen ganz plötzlich an den Straßenrand drängten. Ossip riss das Steuer so schnell herum, dass er selber fast aus dem Sitz herausfiel, während Inna mit der Stirn an die Kopfstütze des Vordersitzes stieß und die Zeitungen zusammen mit Innas Sonnenbrille vom Armaturenbrett fielen. Sie hielt sich mit beiden Händen am Sitz fest, überzeugt, dass jetzt gleich etwas passieren würde – eine Explosion, ein Schuss, ein Überfall.

Der Volvo schlitterte ein Stück über die vereiste Straße, bis er mit dem Kühler in einem Schneehaufen landete.

«Verdammte Hunde!», schrie Ossip.

Die Blaulichter jagten davon. Ihnen nach jagte ein Wagen über die weiße Straße, so schnell, dass Inna nicht einmal die Marke erkennen konnte. So plötzlich, wie sie gekommen waren, waren sie auch wieder verschwunden.

Eine Zeit lang war es ganz still.

«Der Teufel soll euch holen!», fluchte Ossip.

«Ossip, hör auf.»

«Was heißt hier, hör auf! Die haben uns fast umgebracht!»

«Ossip, fährt unser Wagen noch?»

«Verbrennen sollen sie in ihren Karren!»

«Ossip, können wir weiterfahren, oder müssen wir laufen?»

Ossip schüttelte den Kopf und begann, den Wagen langsam aus dem Schneehaufen herauszumanövrieren. Das schwere Fahrzeug reagierte kaum, die Räder drehten durch und spritzten den Schneematsch hoch, der Motor heulte, das Fahrgestell wackelte.

«Diese Missgeburten, der Herr verzeihe mir ... Die ganze Straße ist frei, aber sie brauchen vier Spuren und zwingen einen kopfüber ins Gebüsch, die Schweine. Und dann wollen sie auch noch an die Macht!»

Inna atmete tief durch. Ossip arbeitete sich zur Straße vor und trat aufs Gaspedal. Von Juras Wagen war noch immer nichts zu sehen.

«Wer will an die Macht?»

«Na dieser ungehobelte Saukerl, der uns hier in den Graben gedrückt hat! Das war sein Wagen. Und der wird Gouverneur! Ausgerechnet der ...!» Der sonst immer beherrschte und anständige Ossip machte eine unanständige Geste.

Inna schaute zur Seite.

Soso, Alexander Petrowitsch Jastrebow. Er war vorbeigejagt und hatte Ossip und Inna von der Straße in einen Schneehaufen gedrängt.

Interessant.

Inna hätte darauf wetten können, dass Alexander Petrowitsch genau zu derselben Sendung unterwegs war, zu der sie selber wollte.

Sehr interessant.

Sie hatte noch fünf Minuten, um sich darauf einzustellen. Wieso hatte ihr Jura nicht gesagt, mit wem sie dort debattieren sollte! Andererseits, es gab so viele von diesen Debatten, und die heutige war überhaupt nichts Besonderes.

Aber wenn es wirklich Jastrebow gewesen war, der sie von der Straße gedrängt hatte, dann ging das entschieden zu weit. Das würde sie nicht einfach so hinnehmen. Auch wenn er vermutlich gar nicht gewusst hatte, dass sie es gewesen war.

«Was lächelst du, Inna?»

«Ach, nur so, Ossip. Es ist alles in Ordnung.»

«Was ist in Ordnung? Wir haben uns gerade erst aus dem Graben freigekämpft! Noch fünf Zentimeter weiter, und wir hätten einen Traktor besorgen müssen!» Und dann, ohne jeden Übergang: «Inna, gestern ... als wir auf der Lenin-Straße waren ... hast du da nichts gesehen?»

Inna ballte die Hand zur Faust, öffnete sie wieder und betrachtete die Handfläche ihres schwarzen Handschuhs.

Ihr oberstes Gebot meldete sich zu Wort – sich vor nichts und niemandem zu fürchten, vor allem, wenn sie nicht wusste, wo genau die Gefahr lag.

«Was hätte ich denn sehen sollen, Ossip?»

«Na ja ... die Witwe ist doch gestorben.»

Inna schwieg.

«Hast du sie noch getroffen? Und mit ihr gesprochen?»

Der Volvo glitt elegant vor den armseligen, zugemüllten Eingang des Bjelojarsker Fernsehens. Neben der schäbigen Tür standen irgendwelche rauchenden Männer in Schals und Mützen. Einer von ihnen warf, als er

Innas Wagen sah, seine Kippe weit fort und näherte sich ihr, wobei er im Gehen seinen Schal zurechtzog, als wäre es eine Krawatte.

«Ossip», sagte Inna schnell, während sie den Herankommenden ansah, «wir reden später. Nach der Sendung, o.k.?»

«Soll ich dich begleiten?»

«Brauchst du nicht. Hier sind jede Menge Leute, die mich begleiten.»

Missbilligend, wie Inna schien, entriegelte Ossip die Türverriegelung. Inna stieg aus.

«Inna Wassiljewna, es freut mich, Sie zu sehen! Kommen Sie schnell, es sind nur noch sieben Minuten bis zur Sendung.»

«Das schaffen wir schon», sagte Inna kaltblütig und warf sich die kleine rote Handtasche, die etwas betont Weibliches an sich hatte, über die Schulter.

Auf der anderen Seite des Parkplatzes standen ein riesiger Jeep mit Blaulicht auf dem Dach und ein schwerer gepanzerter Mercedes. Inna ging daran vorbei wie Gina an gerade zerrissenen Strumpfhosen ihrer Herrin – so als hätten sie keinerlei Bezug zu ihr.

Mit klappernden Absätzen lief sie leichtfüßig durch den kalten Windfang, der Begleiter folgte ihr schnaufend und sagte irgendetwas, aber sie antwortete nicht. Sie wollte nicht reden, sie musste nachdenken.

Die vertrauten, verrauchten Flure führten sie zu dem kleinen Studio. Neben der Tür stand außer einem Aschenbecher auf langem Fuß diesmal etwas mit steinernem Gesicht, steinernen Schultern, steinernen Händen, in einem steinernen, schwarzen Jackett mit grauem Schlips aus Beton. Jemand, der unauffällig aussehen wollte. Und der sie nicht durchließ.

«Wir müssen zur Sendung», zischte der Begleiter hinter ihr nervös. «Das ist Inna Wassiljewna Seliwerstowa. Die Ressortchefin der regionalen Presse- und Informationsabteilung.»

Der Stein erstarrte. Hinter der Tür waren Stimmen zu hören. Eine lachte gewaltig – das war die von Jastrebow. Die anderen klangen eher nervös und schmeichlerisch.

Also los.

Die Bewegung des Steins konnte ihr egal sein – er sollte es nur wagen, sie nicht durchzulassen! Der Stein ließ sie vorbei. Inna öffnete die Tür, trat in das Licht der hellen Scheinwerfer und sagte laut:

«Guten Abend.»

Zu ihrer Begrüßung verstummte alles. Im Raum waren viele Leute. Zwei oder drei steinerne, schwarze, die sie auf den ersten Blick nicht erkannte, dann die nervöse Aufnahmetruppe in Jeans und verschmutzten Pullovern und in der Mitte – Alexander Petrowitsch Jastrebow. Inna sah, wie er sich zu ihr umdrehte. Seine Brille funkelte.

Das Erstaunen, das sich in seinen Augen hinter dieser Brille zeigte und das er nicht verbergen konnte, freute sie.

«Ich bin ein bisschen spät dran, es tut mir Leid. Aber es war nicht meine Schuld.»

Sie drückte irgendjemandem ihre Pelzjacke in die Hand, brachte ihren Pony in Ordnung und hängte sich die Tasche von der einen Schulter über die andere.

Jastrebow stand auf. Sein Gesicht war ausdruckslos.

«Jastrebow, Alexander Petrowitsch.»

«Seliwerstowa, Inna Wassiljewna. Sehr angenehm.»

Es war ihr ganz und gar nicht angenehm. Stromstöße liefen ihr den Rücken hinunter. Ihr war, als stünde sie mitten in einem elektrischen Feld, das blaue Funken versprühte, die sich sogar in seiner Brille spiegelten. Oder waren das nur die Lampen?

Alle anderen Anwesenden standen in der Hierarchie weit unter ihnen beiden, deshalb hielten sie sich in dezenter Entfernung. Von der Moskauer Verwegenheit, die selbst den Teufel nicht fürchtete, gab es hier keine Spur – man wartete, war nervös, trat verlegen von einem Fuß auf den anderen und schwieg.

Inna wusste genau, wie viel Zeit noch bis zur Sendung blieb – dreieinhalb Minuten –, und sie wusste genau, wann sie die Initiative ergreifen musste.

«Ich denke, wir sollten jetzt ins Studio gehen», erklärte sie und lächelte der Moderatorin im blauen Flitterkostüm zu. «Erlauben Sie, dass ich meine Tasche hier lasse?»

«Jaja, Inna Wassiljewna, natürlich! Wassja, nimm die Tasche! Kinder, kommt ins Studio! Wo ist der Tonmeister, die Klemmmikros müssen angebracht werden! Ljuda, Ljuda, nicht von links, von rechts! Sie muss in den rechten Sessel, er in den linken! Bei dem Gast ist die rechte Wange zu dunkel, bringt mir den Puder! Na los, schneller, verdammt nochmal!»

Inna lief mit klappernden Absätzen auf das Podium und setzte sich in den rechten Sessel. Jastrebow sah sie nicht an, er lächelte bemüht dem blauen Flitterkostüm zu.

Er war nicht darauf vorbereitet, ausgerechnet auf sie zu treffen. Hätte ihm der Assistent doch etwas gesagt!

Er hatte sich bereit erklärt, in der Sendung aufzutreten, denn mit irgendetwas musste man den eigenen Siegeszug ja beginnen. Die Leute mussten sich an ihn gewöhnen, ihn kennen lernen. Damit sie wussten, dass er die ganze Zeit in der Nähe war, wenn auch nur in diesem Kasten, der aus jeder Ecke in jeder Wohnung in allen Häusern tönte und lärmte. Auch er, Alexander Jastrebow, würde tönen und lärmen, und alle würden sich daran gewöhnen und in zwei Monaten tun, was sie tun sollten: ihn wählen.

Das Thema der heutigen Sendung machte ihm keine Sorgen. Die Freiheit des Wortes, na bitte.

Er glaubte natürlich an keine solche Freiheit, denn er war klug und ein Zyniker. Er war felsenfest davon überzeugt, dass jeder noch so namhafte Journalist für ein Gehalt von hunderttausend Dollar im Monat tagtäglich wiederholen würde, dass ein Tag aus dreiunddreißig Stunden besteht und die Erde eine Scheibe ist – und er hatte Verständnis dafür. Jeder würde es tun, dafür musste man nicht Journalist sein. Schlussendlich waren ein Häuschen am Stadtrand von London oder eine Villa an der Costa Brava für die meisten Leute verlockende Aussichten.

So viel zur Freiheit des Wortes.

Jastrebow war wie die meisten Industriellen bereit, die Journalisten zu versorgen – aus Eigeninteresse, versteht sich! Keinesfalls aber traute er ihnen zu, dass sie für irgendwelche hehren Ziele kämpften. Außerdem war er überzeugt – und das hatte ihn sein eigener Pressestab gelehrt –, dass das Volk keinerlei Freiheit des Wortes wollte. Das Volk war müde, es wollte etwas Optimistisches,

Fröhliches, Brot und Spiele sozusagen, und für die Spiele, die Unterhaltung sollte jemand Kluges und Nachsichtiges sorgen.

Was diese Sendung anging, so hatte sich Jastrebow eigentlich selbst in der Rolle des Klugen und Nachsichtigen darstellen wollen. Aber Inna Seliwerstowa drehte den Spieß im Handumdrehen um. Gegen Ende der fünften Sendeminute wirkte Alexander Petrowitsch schon wie ein inkompetenter und mürrischer Dickschädel, der gegen eine so große Errungenschaft der Demokratie ankämpfte wie die Freiheit des Wortes!

Zum Teufel auch, wäre er vorbereitet gewesen, hätte sie ihn nicht mit solcher Leichtigkeit k.o. schlagen können.

Ihr Assistent, ein junger Intellektueller und Schönling mit ansetzender Glatze, lächelte hinter der Kamera verhalten, aber spöttisch: Er wusste, dass Alexander Petrowitsch dabei war, dieses Gefecht mit Pauken und Trompeten zu verlieren. Alle wussten es, nicht zuletzt auch Alexander Petrowitsch selbst!

Denn sie verfügte im Gegensatz zu ihm über viele Jahre Erfahrung beim Fernsehen. Sie war nicht einfach nur überzeugender oder kompetenter – sie wusste, wie sie sitzen musste, wie lächeln, wohin schauen, wie die Hände halten, wo sie eine Pause machen musste und wo einen Punkt setzen. Er selbst bog sich wie ein Büffel unter der Last einer Frage und versuchte, den fremden Standpunkt niederzuschmettern und zu zertrampeln, während sie um diesen Standpunkt herumschlich wie eine Katze und ihn schlau und herablassend von oben herab betrachtete. Mit dieser herablassenden Schläue machte sie deutlich, dass der Standpunkt ihres Gegners dumm war, aber sie, Inna, war so großherzig, dass sie dem Zuschauer erlaubte, seine eigenen Schlüsse zu ziehen.

«Ich bin der Meinung», polterte Jastrebow los, der mit jeder Sekunde düsterer wurde, «dass das Pressegesetz dringend einiger Veränderungen bedarf. Eine Kontrolle, eine strenge Kontrolle der Journalisten ist erforderlich.»

«Verehrter Alexander Petrowitsch, eine strenge Kontrolle über die Presse hat es fast siebzig Jahre lang gegeben. Wozu hat das geführt? Dazu, dass es die Zeitung ‹Prawda› gab, die, sagen wir es so, eine ebenso ausschließliche wie mitunter zweifelhafte Wahrheit verkündete. Sonst gab es keine Zeitungen. Es gab im Grunde überhaupt keine Medien.»

«Genau! Großartig!», platzte Jastrebow heraus. «Großartig, dass es sie nicht gab! Denn Information ist nicht gleich Information!»

Das war nun ein solcher Blödsinn, dass Jura hinter der Kamera laut loslachte, einen verärgerten Blick des Regisseurs erntete und sich eine Mappe vors Gesicht hielt.

Jastrebow versuchte sich aus der Klemme zu ziehen, blieb stecken, landete bei dem Diktator Pinochet, beim U-Boot Kursk und schließlich dabei, dass in Tschetschenien gestohlen wird – ohne jeden Bezug zum Thema der Debatte. Inna hörte mit hochgezogenen Augenbrauen zu, so wie ein strenger Oberlehrer dem Zweitklässler zuhört und überlegt, ob er den Jungen in eine Schule für Lernbehinderte stecken oder noch ein Jahr abwarten soll, weil er sich vielleicht wieder fängt.

Die Moderatorin im Flitterkostüm lächelte ein unbestimmtes Lächeln. Sie fürchtete Jastrebow wie den Tod, aber ihr fiel nichts ein, womit sie ihm hätte helfen können, obwohl der Regisseur die ganze Zeit Zeichen gab und das Gesicht verzog.

Etwa drei Minuten vor Schluss trug Inna den endgültigen Sieg davon, das begriffen alle. Und damit es nicht nur die begriffen, die auf dieser Seite des Bildschirms saßen, sondern auch die auf der anderen Seite, wechselte sie ihre Position, ließ sich in den Sessel zurücksinken, schlug die Beine übereinander und überließ es Alexander Petrowitsch, so viel zu reden, wie er wollte. Und er tat ihr den Gefallen, immer in der Hoffnung, er könnte damit die Lage retten, aber Inna wusste, was sie tat. Die Moderatorin war schon lange aus dem Spiel ausgeschieden, und nichts konnte die Zuhörer mehr ermüden als dieses gleichmäßige Vor-sich-hin-Plätschern ohne Fragen und Pausen. Außerdem würde die Moderatorin auf alle Fälle Jastrebow unterbrechen müssen, um sich zu verabschieden und das Thema für den nächsten Tag anzukündigen – eine peinliche Situation, die tatsächlich eintrat.

Jastrebow schwieg verärgert.

Inna lächelte ein freundliches, gläsernes Lächeln.

Die Moderatorin entschuldigte sich zerknautscht, und einige Sekunden lang saßen alle schweigend da.

«Vielen Dank», verkündete der Regisseur.

«Ich danke Ihnen», antwortete Inna.

Sie dachte nicht daran, aus ihrem Sessel aufzustehen – sie wusste, dass erst ein flinker junger Mann kommen musste, um ihnen die Mikrophone abzuklemmen. Jastrebow hatte die Mikrophone dagegen völlig vergessen, er stand entschieden auf, um das Podium zu verlassen, und wurde durch den Aufschrei der gesamten Aufnahmetruppe angehalten. Das Jackett war hochgerutscht, der Schlips stand ab, das Kabel hatte sich verheddert, und jetzt begannen alle, ihm das Jackett vom Leib zu zerren, während er sich drehte und wendete wie ein wütender Bär in einem Wespennest.

Inna saß da, schwieg und schaute zu – sie hatte keine Eile.

So fühlt man sich, lieber Alexander Petrowitsch, wenn man auf einer leeren Straße mitten in einem Schneehaufen steht, während die Blaulichter, die einem das eingebrockt haben, schon lange vorbeigeflogen sind!

«Inna Wassiljewna, haben Sie vielen Dank! Wie immer war es großartig. Sie haben ihm eine meisterhafte Abfuhr erteilt! Das geschieht ihm recht, er hat es nicht anders verdient, obwohl auch das nichts nützen wird!»

Inna nickte, solange die Redakteurin um sie herumzirpte, während sie die Kameraleute mit schüchternen Blicken verfolgten – aus irgendeinem Grund verfolgten sie die Kameraleute immer mit solchen Blicken.

Dann ging sie in das kleine Zimmer hinaus und stand plötzlich Jastrebow gegenüber. Außer ihnen war niemand im Raum, auch keine steinernen Jacketts und keine Schlipse aus Beton, nur Juras fröhliche Stimme war durch die Tür zum Studio zu hören.

Jastrebow sah finster drein.

Inna lächelte ihm ihr freundlichstes Lächeln zu.

«Herzlichen Glückwunsch.»

«Danke, Alexander Petrowitsch.»

«Nächstes Mal werde ich besser vorbereitet sein. Also sehen Sie sich vor.»

Es wird kein nächstes Mal geben, dachte sie bei sich.

Nächstes Mal wird dein Gegner ein Kandidat für die Wahl zum Gouverneur sein.

«Alexander Petrowitsch, Sie haben das alles falsch verstanden. Ich hatte nicht vor …»

«Und wie Sie es vorhatten, und wie!»

«Ich wollte nicht, dass …»

«Sie wollten durchaus», unterbrach sie Jastrebow. «Es stimmt schon alles. Wir gehören jetzt zu verschiedenen Lagern.»

Inna wusste selber nicht, zu welchem Lager sie jetzt gehörte. Jakuschew hatte heute kein Wort über ein Lager gesagt, nur über ein Fest und darüber, dass Inna Geld auftreiben sollte, hatte er gesprochen.

«Du wolltest es, und zwar von Anfang an. Aber du riskierst viel. Oder glaubst du, bloß weil du mit mir schläfst …»

Innas Nasenflügel blähten sich.

Sie suchte nach ihrer Tasche, hängte sie sich über die Schulter und schaute unabhängig drein.

«Soll ich dir deine Pelzjacke reichen?»

Sie sah ihn an. Plötzlich war ihm klar, dass er schreckliche Angst vor ihr hatte – er gab nur so an, weil er solche Angst hatte.

Jura kam fröhlich durch die Tür:

«Inna Wassiljewna, fahren Sie jetzt nach Hause?»

Im selben Moment erfasste der Assistent die Lage oder nicht so sehr die Lage als vielmehr die elektrische Spannung – die blauen Funken in Jastrebows Brille und die kleinen Explosionen rundherum. Jura verstummte, blieb aber dicht bei Inna im Raum stehen.

Jastrebow sah sie beide spöttisch an.

«Vielen Dank noch einmal und auf Wiedersehen, Alexander Petrowitsch.»

«Ihnen auch vielen Dank, Inna Wassiljewna.»

Sie drehte sich um, erlaubte Jura, ihr den Pelz umzulegen, und ging in den Flur hinaus.

12

OSSIP WARTETE IM «ENTREE» auf sie, wie sich der zugige Eingangsbereich mit den abgetretenen Fußböden, einem Fernseher, einem Schaumstoffsofa und einem Kübel für einen Gummibaum großspurig nannte. Es war kein Gummibaum in dem Kübel, er hatte wohl die Widrigkeiten des sibirischen Fernsehlebens nicht überlebt. Jetzt steckten in der übrig gebliebenen Erde dicht an dicht Zigarettenkippen, als wären es frische Keimlinge.

Ossip sah finster drein. Als er Inna und Jura sah, stand er von dem staubigen Sofa auf, wandte sich zur Tür und ging hinaus, ohne ein Wort zu sagen. Das sah ihm gar nicht ähnlich. Inna folgte seinem breiten Rücken mit dem Blick.

«Inna Wassiljewna, brauchen Sie mich noch?»

«Nein, Jura, danke.»

«Hier ist Ihr Tagesplan für morgen.»

Inna warf einen flüchtigen Blick auf das knisternde weiße Blatt Papier, dann sah sie ihren Assistenten an.

Diesen Firlefanz, den die Chefetage ständig ausheckte, konnte sie nicht ausstehen. Sie war schließlich nicht der Premierminister von Großbritannien, wozu brauchte sie einen Tagesplan! Außerdem änderte sich der Plan sowieso permanent – nicht ein einziges Mal hatte sie bisher einen Tag in Übereinstimmung mit dem von Jura zusammengestellten Tagesplan verbracht.

Jura war genau wie Ossip sehr darum besorgt, dass

ihrem Status Rechnung getragen wurde – und damit natürlich auch dem seinen! Er war schließlich der Assistent eines «hohen Tieres» und tat alles, um seiner Aufgabe gerecht zu werden.

Inna faltete den Tagesplan zusammen und steckte ihn in ihre Tasche.

«Sie waren großartig, Inna Wassiljewna. Wie immer.»

«Jura, ich habe schon hundertmal gesagt, dass ich keinen Tagesplan brauche. Ich brauche nur eine Liste mit den Terminen, die sich nicht verlegen lassen.»

«Aber eine solche Liste ist es doch.»

«Das hier ist überhaupt keine Liste!» Sie zog den Plan heraus und entfaltete ihn. «Was soll denn das sein?»

«Was denn, Inna Wassiljewna?»

«Hier. Was steht hier?»

Sie hielt ihm den Plan vor die Nase, den Finger auf eine bestimmte Zeile gelegt.

«Hm, hm … Hier steht … Mittagessen. Das ist für die Sekretärin, damit sie Sie nicht immer belästigt.»

«Jura, es gibt keine Mittagessen bei uns, das wissen Sie doch genau!»

Jura zuckte in seinem braunen italienischen Schafpelz die Achseln und lächelte gutmütig. Er war ein Schönling, ein Spieler, ein Schlaukopf, der Dinge gut für sich behalten konnte, und Inna wollte nicht mit ihm streiten, bloß weil Alexander Petrowitsch Jastrebow auf ihre gemeinsame Nacht angespielt hatte. Dieser selbstzufriedene, gemeine Kerl, der sich für stärker hielt als alle anderen!

«Gute Nacht, Inna Wassiljewna.»

«Bis morgen, Jura. Bitte seien Sie mir nicht böse!»

Er küsste ihr unversehens die Hand, über die sie schon

den Handschuh gezogen hatte, dann lief sie zu ihrem Auto.

Ossip beugte sich vor und öffnete ihr die Tür.

Sie verließen den Parkplatz just in dem Moment, als auf der vereisten Vortreppe die ersten steinernen Gesichter und Körper aus Beton auftauchten.

Ossip trat wortlos aufs Gaspedal, und der Wagen glitt rasch auf die stille Straße, die nur von den Scheinwerfern ihres Wagens beleuchtet wurde.

«Du bist so schlecht gelaunt, Ossip!»

«Ich hab deine Sendung gesehen.»

«Und? Bist du wegen der Sendung so schlecht gelaunt?»

Schweigen, Schnaufen, die stille Straße.

Inna seufzte. Wenn er wollte, würde er schon noch sprechen, wenn nicht, sollte er allein mit seinen schwierigen, tiefgründigen Gefühlen klarkommen.

«Wieso hast du … alle deine Vorsicht fahren lassen, hm?»

«Was hab ich?»

«Er wird dich zerdrücken wie …», Ossip suchte nach dem richtigen Wort, «wie einen Schmetterling!»

Inna wusste sein Feingefühl zu schätzen – immerhin hätte er auch sagen können: «wie eine Wanze».

Ossip schwieg ein Weilchen, dann sprach er weiter:

«Was wolltest du? Ihn vor den Augen unseres ganzen ehrlichen Volkes erziehen? Wozu, zum Teufel, hast du dich mit ihm angelegt? Jetzt wissen also alle Bescheid, dass er ein Dummkopf ist, na und? Er wird hier Gouverneur, und was wird dann aus dir? Arbeit ade, oder was?»

Plötzlich erkannte Inna, dass Ossip Recht hatte.

«Natürlich ist er ein Idiot, soll er verrecken, zum Teufel. Aber er wird sich so rächen, dass dir Gott helfe! Oder hoffst du darauf, dass nicht er, sondern Jakuschew Gouverneur wird?»

Inna schwieg.

Komisch, dass ihr Selbsterhaltungstrieb sie nicht gebremst und zur Vernunft gebracht hatte.

Gestern Abend noch – war das wirklich erst gestern Abend gewesen? – hatte sie Jastrebow gesagt, dass sie kein Angebot von ihm annehmen könne, weil sie schon Spielerin in einer anderen Mannschaft sei. Gestern war sie überzeugt gewesen, dass der Chef dieser Mannschaft ihr einen Platz anbieten würde – wenn schon nicht den eines Stürmers, dann wenigstens den eines Verteidigers. Der Chef hatte ihr noch nicht einmal die Ersatzspielerbank angeboten, sondern nur Trommel und Schalmei – zur Unterhaltung der Spieler vor dem Spiel und währenddessen.

Nach dem Spiel würde jemand anders für Unterhaltung sorgen.

Warum ihr Jakuschew ausgerechnet diese Rolle zugeteilt hatte, wusste Inna nicht. Hatte er Angst? Traute er ihr nicht? Wollte er sie prüfen?

Und wenn sie die Prüfung bestand, würde er ihr dann den Platz eines Stürmers anbieten? Oder auch dann nicht?

In der heutigen Sendung mit Jastrebow hatte sie sich selbst den Weg in die andere Mannschaft verbaut.

Chrust, der Vorsitzende der gesetzgebenden Versammlung, würde sie nie in seinen Stab aufnehmen – sie verachteten sich gegenseitig zu heftig, zu offen und seit zu langer Zeit.

Jastrebow würde ihr wohl kaum verzeihen. Alle anderen Kandidaten und ihre Mannschaften hatten keinerlei Chancen, so viel war klar.

«Inna, warum schweigst du?»

Sie schwieg, weil Ossip Recht hatte und sie gar nicht darüber nachgedacht hatte, als sie sich dem süßen Gefühl ihrer Überlegenheit hingegeben hatte. Aber das wollte sie nicht zugeben.

«Bist du beleidigt, oder was?»

«Nein, Ossip. Es ist alles in Ordnung.»

Ossip schwieg ein Weilchen.

«Und gestern, als wir in der Lenin-Straße waren, da … was ist da passiert? Du hattest versprochen, es mir zu erzählen.»

Inna sah aus dem Fenster. Bis Sosny war es nur noch ein Katzensprung.

«Da gibt es nichts zu erzählen, Ossip.»

«Hast du sie denn gesehen, die Witwe? Oder nicht?»

Nie vor etwas Angst zu haben – sie war acht Jahre alt gewesen, als sie beschlossen hatte, so zu leben. Nie vor irgendetwas Angst zu haben, nach Moskau zu gehen und nie in das kalte Haus mit dem dunklen Boden zurückzukehren, an das Fenster, das auf den vermüllten Hof mit der Hundehütte hinausging.

«Ja, ich habe sie gesehen, Ossip.»

«Lebendig?»

«Nein.»

«Dann war sie also gestern schon tot?»

«Ja.»

«Und du konntest sie nichts mehr fragen?»

Endlich spürte sie wieder ihren Selbsterhaltungstrieb.

«Das habe ich nicht geschafft.»

«Du warst lange da drin!»

Inna war auf der Hut.

«Ich habe lange gebraucht, um die Wohnung zu finden.»

«Und? Was dann?»

«Nichts ‹und›, Ossip! Ljubow Iwanowna war schon tot, als ich kam. Und dann sind wir weggefahren. Sodass wir gestern nicht in der Lenin-Straße waren. Wir sind gestern spazieren gefahren in der Stadt.»

«Das weiß ich», brummte Ossip. «Aber die Männer sagen, dass man sie genauso umgebracht hat wie den Gouverneur. Sie sagen, dass ein großer Umschwung die Region erwartet, jetzt, wo die ganze Familie tot ist ...»

Inna ballte die Faust.

«Was für ein Umschwung?»

«Sie sagen, der, den du heute als Dummkopf hingestellt hast, hätte das alles ausgeheckt. Natürlich nicht er allein, aber die da oben hätten sich abgesprochen. Um nicht noch zwei Jahre auf die Wahlen warten zu müssen und ihm den Platz jetzt schon freizumachen. Na ja, um die Garantie zu haben.»

Der Volvo hielt am Zaun der Datscha. Das Gitter war bis zur Hälfte im Schnee verschwunden, weiter hinten ragten schwarz die Tannen empor, die im Tageslicht stets bläulich schimmerten.

Wenn sie ein Kind hätte, dachte Inna, würden sie sich beide auf Neujahr freuen und eine Tanne aussuchen, die sie gemeinsam schmücken würden. Und ganz sicher würde ihnen dabei eine Weihnachtsbaumkugel kaputtgehen, doch dann würden sie einen Tee trinken, um sich nicht wegen der Weihnachtsbaumkugel zu ärgern.

Wenn sie ein Kind hätte, würde sie es nicht mit der Nase auf den schmutzigen Boden drücken zur Strafe dafür, dass es ihn nicht ordentlich gewischt hatte. Sie würde es nicht so anschreien, dass es sich vor Angst in eine Ecke verkriechen und mit erschrockenen Augen hervorschauen würde. Es nicht mit einem schmalen Riemen auf die Finger schlagen wegen der Drei in seinem lächerlichen Kinderschulheft mit den lächerlichen Kinderlektionen.

Aber sie hatte kein Kind, dabei wollte sie so gern ihre eigene Kindheit noch einmal – anders – erleben. Nicht so wie damals, sondern so, wie sie sie sich verzweifelt gewünscht hatte.

«Inna, was ist mit dir? Habe ich dich verärgert?»

«Nein, es ist alles in Ordnung.»

«Morgen um die übliche Zeit?»

«Ja.»

«Komm, ich begleite dich!»

«Wozu? Du brauchst mich nicht zu begleiten.»

«Na, wie du willst.»

Aber er fuhr nicht weg, sondern blieb hinter dem Zaun stehen, während sie die Vortreppe hinaufstieg, beim zweiten Versuch die Tür öffnete, das Licht anmachte und mit den Füßen stampfte, um den Schnee abzuklopfen und die Gedanken an das Kind loszuwerden, das sie nicht hatte und wahrscheinlich nie haben würde.

Ossip stand noch immer da, der Starrkopf!

Inna schlug die Tür zu und schaute ihre Katzen an, die

wegen der plötzlichen Helligkeit die Augen zusammenkniffen und in einiger Entfernung dasaßen.

Inna zog die Stiefel aus, warf die Handtasche hin und ging zur Treppe. Die Katzen, die offenbar mit mehr Aufmerksamkeit gerechnet hatten, sahen sich ungläubig an.

Ihr war zum Weinen zumute, wegen ihrer Kurzsichtigkeit, wegen Jastrebow, wegen der unheilvollen schwarzen Wolke, die wie der vom Jenissej hergefegte Schneesturm über ihr Leben gekommen war, und weil es niemanden gab, der eine Tanne gebraucht hätte und ihre mütterliche Fürsorge.

Dafür hatte sie die besten Chancen, ihre Arbeit zu verlieren, sodass sie ihrem Exmann nie würde beweisen können, dass er einen furchtbaren Fehler gemacht hatte.

Sie stieg in die Badewanne, erlaubte sich aber nicht, lange darin sitzen zu bleiben. Sie zog sich die Jeans von vorher und einen Pullover an – diesmal einen eigenen, nicht den ihres Mannes, um nicht noch mehr an ihn erinnert zu werden – und lief nach unten zu ihren Katzen, zu Muchins Zeitungen und ihren schweren Gedanken.

Im Erdgeschoss war alles dunkel. Sie ging die Treppe hinunter, als würde sie in einen Strudel hineingezogen, und hielt sich am glatten Geländer fest, um nicht zu fallen.

Warum hatte sie bloß das Licht nicht angelassen?

Sie war schon fast auf der untersten Stufe, als etwas sie zur Vorsicht mahnte: ein Geräusch oder ein Geruch. Dort unten war etwas Fremdes, das wusste sie ebenso wie die Katze Gina, die im Dunkeln sehen konnte.

Sie erstarrte und begriff, dass es schon zu spät war, dass sie nichts tun konnte: Sie hatte das Licht aus dem ersten

Stock in ihrem Rücken, und in diesem Licht war sie bestens zu sehen. Dagegen war unten nur ein See tiefster Dunkelheit, und in dieser Dunkelheit gab es etwas, was dort nicht sein sollte.

Früher hatte sie nie gedacht, dass ein Schuss in die Schläfe nur ein kleines sauberes Loch bedeutet, aus dem so gut wie kein Blut fließt, und dass das entstellte tote Gesicht blau anläuft.

Es lief ihr kalt den Rücken hinunter, und ihr wurde flau im Magen.

Sollte sie zurück nach oben? Die Wache anrufen?

Sie drehte sich um, aber da war es schon zu spät.

13

EINEN HALBEN TAG LANG hielt sich Katja in der Wohnung der Eltern auf, sie weinte nicht, sprach aber auch mit niemandem. Dann riss sie plötzlich wie von der Tarantel gestochen den Pelzmantel und den Schal von der Garderobe und rannte hinaus. Sie erinnerte sich später dunkel, dass jemand hinter ihr hergelaufen war, sie angehalten und nach etwas gefragt hatte. Aber sie hatte nichts begriffen und war erst irgendwo weit weg wieder zu sich gekommen, in einer Straße, die sie noch nie gesehen hatte.

Die Straßenbahnschienen, die schon lange außer Betrieb und mit Schnee bedeckt waren, lagen an die grauen Zäune gedrängt. Es gab eine schiefe Haltestelle mit eingestürztem Dach und weiter vorn so etwas wie eine Baugrube.

Katja hatte keine Ahnung, um was für eine Straße es sich handelte, sie erinnerte sich an keine solchen Straßen. Wenn sie an ihre Kindheit dachte, erinnerte sie sich seltsamerweise nur an den Sommer – an die Wiese mit den Kamillenblüten und ein Stück weiter den See, ganz groß. Und an das Dorf, in das die Großmutter sie und ihren Bruder immer mitgenommen hatte. Dort gab es eine schreckliche Ziege. Und ein Fahrrad, von dem die Farbe blätterte, dessen Speichen aber in der Sonne glitzerten, als wäre es neu; ein Feuer, in das sie Kartoffeln legten, und sie hatte es immer kaum erwarten können und ständig ihren Vater gefragt: Bekomme ich jetzt eine, sind sie fertig? Der Vater wühlte in den Kohlen, holte eine mit einem Stock heraus, glutheiß, rund, schwarz, stieß mit einem spitzen Messer hinein – nein, noch nicht fertig. Wie lang muss ich denn noch warten? Jetzt, jetzt?

Außerdem erinnerte sie sich an das Pferd. Der Vater musste oft zu fern gelegenen Kolchosen, er war damals der Chefagronom der Region und musste die Betriebe inspizieren. Den Geländewagen mochte der Vater nicht, nur wenn er wirklich ganz, ganz weit fortmusste, nahm er ihn. Aber das Pferd liebte er, und Katja liebte es auch. Das Pferd war riesig – oder schien es der kleinen Katja nur so? Es war braun und gelb, hatte braune Augen, eine samtene Nase und eine bebende Oberlippe. Es schnaubte laut und feucht, wenn es ein Stück Schwarzbrot aus Katjas Hand fraß. Der Vater ließ Katja oft reiten und lief selber nebenher, sodass sie auf seinen Kopf und seine Schultern herabblicken konnte, zu denen sie sonst immer nur aufsah, und seine Schläfe glänzte feucht, denn der Sommer war sehr warm. Der Jenissej lag faul und verschlafen und sehr gewichtig vor dem Berg, es schien, als wäre ihm jede Bewegung zu anstrengend, von einer kühlen Brise an seinen Ufern konnte keine Rede sein.

In dieser Schläfe, die sie so klar und lebendig mit einem Tropfen warmem, sommerlichem Schweiß vor sich sah, war eine Kugel gelandet, und er war tot.

Warum? Warum?

Katja wusste: Solange man lebt, lässt sich alles wieder gutmachen. Aber jetzt ist es zu spät! Jetzt lässt sich nichts mehr wieder gutmachen. Jetzt gibt es nur noch das, was geblieben ist.

Was hatte er angestellt?

Jenseits der Kirchmauer wurden die Renegaten und Selbstmörder begraben, und Katja wusste noch, wie es bei Mascha Mursina gewesen war, die sich wegen ihres «Missgeschicks» – so drückte sich der Feldscher aus – im Jenissej ertränkt hatte. Die Beerdigung war seltsam gewesen, als hätte Mascha mit ihrem Tod etwas Unanständiges getan. Die Frauen hatten die Köpfe geschüttelt, verurteilten sie sie, oder was? Die Männer schwiegen. Dann hatte Pater Wassilij etwas Unverständliches gesagt: Sie sollten alle beten für die Sünderin, den Herrn anflehen, damit er ihr verzieh und Gnade walten ließ. Aber wie konnte er Gnade gegen sie walten lassen, wenn sie doch schon tot war?

Der Vater kam und war böse mit der Großmutter, dass sie Katja und Mitja – die Kinder eines «verantwortungsvollen Werktätigen»! – zu dieser «merkwürdigen Veranstaltung» mitgeschleppt hatte. Aber als sie an dem Grab der Ausgestoßenen vorbeigelaufen waren, hatte er sie von der Seite angeschaut und war den ganzen Tag schlecht gelaunt gewesen. Katja hatte sich an ihn gehängt und ihm geholfen, sie trug ihm schwere, innen noch feuchte Birkenscheite zum Holzstoß und fragte ihn, warum er böse sei.

«So ein Kleinmut!», sagte er scharf. «Einfach in den Fluss zu springen! So jung noch und gesund! Und dann erst euer Pope Wassilij … dieses Relikt. Warum musste er sie jenseits der Kirchenmauer begraben?»

Damals begriff Katja, dass der Vater wegen Mascha Mursina böse war, weil sie etwas Unanständiges getan hatte. Was der Pope damit zu tun hatte, begriff sie damals nicht. Erst später, als sie groß war, war sie dahinter gekommen.

Seltsam, aber sie erinnerte sich nicht an viel Gutes und Interessantes. Mama hatte ihr auch erzählt, wie sie ein Kleid gekauft hatten, wie sie das erste Mal nach Moskau gefahren waren, wie Katja im Meer von einer Welle fortgespült worden war und der Vater sich nach ihr gebückt und sie erwischt hatte, und dass sie ganz erschrocken war und lauter Wasser geschluckt hatte. Aber Mascha, die sich im Jenissej ertränkt hatte, fiel ihr immer wieder von selber ein.

Dann ärgerte sie sich über diese Erinnerung, vergaß sie und erinnerte sich wieder. Und jetzt hatte sich der Vater erschossen – er hatte sich also genauso unanständig und peinlich für die Umgebung verhalten wie Mascha Mursina –, und die Mama war auch noch gestorben.

Katja war jetzt allein.

Mitja zählte nicht.

Vor drei, vier Jahren hätte Mitja noch gezählt, als es noch Hoffnung gab. Jetzt gab es keine mehr.

Der Vater hatte unschätzbar viel Geld für ihn auf den Kopf gehauen – für Ärzte und Kliniken, Hypnose, Psychoanalyse. Dann für Kräuterweiber, Bannsprüche, Magier, Kerzen, Heiligenbilder, eine Froschleber, Bienenwachs. Dann wieder für Professoren und deren jeweils neue Methoden. Und schließlich wieder alles von vorn.

Aber das Pech war, dass die Methoden nur bei denen wirkten, die ihre eigene Schwäche tatsächlich satt hatten. Mitja dagegen hatte sie nicht satt. Er behauptete weiterhin, er trinke nur, damit «die Nerven nicht versauerten», anders als alle anderen Alkoholiker könne er jederzeit mit dem Trinken aufhören, er müsse es nur wollen, und jetzt wolle er eben einfach nicht.

In der Stadt fürchtete man den Vater, man brachte Mitja also oft ganz still zurück, ohne viel Aufhebens zu machen. Dennoch kam es mitunter zu Skandalen – wenn er die Restaurant-Vitrinen zertrümmerte, sich mit jemandem prügelte, am Arbeitsplatz einschlief. Manchmal hatte er mit Milizionären zu tun, die nicht Bescheid wussten, Dokumente trug er sowieso nie bei sich. Also heizten sie ihm ordentlich ein, steckten ihn in die Ausnüchterungszelle und hielten ihn bis zum nächsten Morgen fest, wenn der General schon längst herumtelefonierte. Vor Wut schleifte er diese Milizionäre dann bis fast vors Gericht und vergab ihnen erst im letzten Moment.

Katja lief immer weiter. Sie rutschte auf den vereisten Brettern vor den grauen Zäunen aus, sie hielt sich mit der Hand an den frostharten Zweigen der Bäume fest und lief weiter. Wohin, wozu?

Es gab keinen Ort, wohin sie gehen konnte. Keinen einzigen.

Sie hatten sie nicht zu Mama gelassen. Vielleicht kam es ihr deshalb so vor, als wäre die Mutter gar nicht tot und wollte sie bloß nicht sehen.

«Katja, Kind, du kannst nicht zu ihr», so hatte Onkel Sergej früher immer auf sie eingeredet, der seit langem Papas Vertreter gewesen war, «im Moment geht es einfach nicht. Warte noch ein bisschen, Kind.»

Worauf sollte sie jetzt warten? Katja wusste, dass es nichts mehr gab, worauf sie warten konnte.

Und in Petersburg gab es nichts, das auf sie wartete.

Genja war immerzu irgendwo unterwegs, ging in Konzerte, Ausstellungen, Aufführungen.

Er hielt sie für ein Landei, und das würde sie immer bleiben, unverbesserlich und dumm! Genja kam meist erst gegen Morgen nach Hause und roch nach Alkohol. Dann ließ er sich aufs Bett fallen, sah mit fröhlichen Augen an die Decke, pfiff vor sich hin und antwortete auf Katjas Fragen nur, sie sei ein Dummchen. Vor drei Monaten war er ganz fortgegangen. Er packte seine Sachen in Katjas großen Koffer und verschwand. Zuerst glaubte sie nicht, dass er sie wirklich verlassen würde.

Aber er kam weder am folgenden Tag noch nach einer Woche oder irgendwann danach. Auf ihre Anrufe antwortete die Sekretärin stets, er sei nicht an seinem Platz – offensichtlich hatte sie ihre Instruktionen erhalten.

Der Sommer brannte, es war heiß in Petersburg, und Katja erinnerte sich plötzlich daran, dass sie in diesem Sommer zusammen nach Kreta hatten fahren wollen und sogar schon die Visa hatten ausstellen lassen. Sie suchte nach ihrem Pass – Genja hatte sich darum gekümmert – und fand ihn mit dem Visumsstempel. Er hatte also vorgehabt, mit ihr zu fliegen! Sie wurde unruhig, fasste wieder Mut, rief an, lauerte ihm auf, bis ihr die Sekretärin schließlich äußerst kalt und unfreundlich mitteilte, Genja sei im Urlaub. Im Ausland.

Seit wann? Seit heute.

Aus irgendeinem Grund fuhr Katja zum Flughafen, wo sie ihren Mann sah, wie er eine fremde junge Frau umarmte. Sie hatte violette und rote Haare, die ihr bis zum Hintern gingen, trug ein rosa Top und grüne Shorts, auf jeder Pobacke war ein silbern glänzender Stern aufgenäht. Sie hatte einen Rucksack, während Genja Katjas Koffer auf Rollen zog und sie an sich drückte und in die Seite pikste, sodass sie aufkreischte und ihm zum Spaß auf die Finger schlug.

Katja wurde schlecht, sie lehnte sich an eine kalte Marmorsäule. Dass er die Visa für den Urlaub hatte ausstellen lassen, die Tickets gekauft und das Hotel reserviert hatte – mit Katjas Geld! – und schon wusste, dass diese hier mit den bunten Haaren mit ihm fliegen würde und nicht sie, Katja –, diese Tatsache warf sie jetzt völlig aus der Bahn.

Zwei Wochen später kehrte Genja zurück und beanspruchte einen Teil von Katjas Wohnung.

«Ilona und ich müssen irgendwo leben. Sie wohnt in einer Kommunalwohnung, die Nachbarn sind grauenhaft. Sie ist Künstlerin, sie muss arbeiten, zu zweit ist es in ihrem Zimmer zu eng. Also mach Platz, meine Liebe.»

Er sagte das in dem lebensfrohen, munteren Ton eines Menschen, der vollkommen von sich überzeugt ist, und Katja beschloss, ihn umzubringen. Sie würde sich vorbereiten, den Zeitpunkt wählen, sich ausdenken, wie, und – ihn dann einfach umbringen.

Ihn umzubringen wäre allemal besser, als es weiter auszuhalten.

Sie hatte jetzt oft Ohrensausen, es war, als ob das Bewusstsein ihren Körper verließe und über ihrem Kopf schwebte: Sie konnte sich dabei zusehen, wie sie ins Auto stieg, den Schlüssel im Zündschloss herumdrehte, losfuhr, irgendwann wieder anhielt und wie in Trance ausstieg.

Die Wohnung zu teilen erwies sich als unmöglich. Der Vater hatte es, als er sie gekauft hatte, so hingekriegt, dass man sie weder tauschen noch verkaufen, noch verschenken konnte – jedenfalls so lange nicht, wie er am Leben war.

Genja tobte, drohte ihr, irgendwelche Spezialisten zu holen, und schleppte schließlich sogar wirklich einen rotgesichtigen, kahlköpfigen jungen Mann an, der noch grün hinter den Ohren war und den er ihr als Rechtsanwalt vorstellte. Der junge Mann sah sich alle Zimmer an, trank bei ihr in der Küche drei Tassen Tee, aß zwei Piroggen und eine halbe Schachtel Konfekt auf, dann erkundigte er sich, wie es ihr hatte einfallen können, sich mit «so einem Schwein einzulassen», empfahl sich und ging, nicht ohne Genja kurz angebunden aufzufordern, es nicht zu wagen, noch einmal bei ihnen im Kontor zu erscheinen.

Genja ließ sich durch diesen Verrat kein bisschen einschüchtern, mit verdreifachter Energie setzte er seinen Kampf fort, bis er endgültig einsehen musste, dass er *tatsächlich* keinen Anspruch auf Katjas Wohnung hatte. Als der Vater von dem Umbruch in Katjas Leben erfuhr, mischte er sich sofort ein und ließ seine Beziehungen spielen, woraufhin Genja aus Katjas Leben verschwand. Allerdings nicht spurlos.

«Wart's ab, Dummkopf. Dein Papachen wird nicht ewig leben, und wenn er tot ist, werden wir sehen, wie die Sache ausgeht. Schließlich hab ich auch gewisse Rechte. Ich hab dich immerhin fünf Jahre lang ertragen, und jetzt soll ich in der Unterhose auf der Straße stehen? Nein, meine Liebe, das kann nicht sein.»

Katja war es egal. Sie wusste genau, dass sie ihn umbringen würde – sie würde den Zeitpunkt wählen, sich gut vorbereiten und ihn umbringen. Keiner konnte sie aufhalten, nicht einmal der Vater.

Die Mama kam, beruhigte sie, küsste sie und bat sie, doch mitzukommen, aber Katja spürte, dass ihre Probleme die Mutter belasteten. In Bjelojarsk gab es ja schon Mitja, den die Mama trotz seiner Zügellosigkeit von ganzem Herzen bemitleidete und liebte, und den Vater, von dem sie sich nie lange trennen konnte.

Dann starb der Vater.

Dann starb die Mutter.

Mitja trank bis zur Bewusstlosigkeit. In seinem entstellten, gelblichen, schlecht rasierten Gesicht mit Backenknochen, über die sich seine grobporige Haut spannte, war kaum noch etwas Menschliches zu erkennen.

Als er elf war und Katja neun, lauerte er ihr immer auf und sprang, laut schreiend und mit den Armen fuchtelnd, vom Dach des Schuppens herunter. Sie erschrak und kreischte auf, ergriff die Flucht, und er lachte – dabei blitzten stets seine Zähne und die Sommersprossen in dem braun gebrannten Gesicht mit den breiten Backenknochen. Zu zweit schleppten sie Eimer mit Wasser, um die Gurken zu gießen, und immer gab er ihr den kleineren zum Tragen. Er verriet nie ihre Geheimnisse, während sie die Hälfte seiner Streiche auf ihre Kappe nahm, denn sie war die Kleinere und dazu noch ein Mädchen, sodass ihr eher verziehen wurde. Außerdem liefen sie immer zu den Pferden, und Onkel Jegor, der Stallknecht der Kolchose, ließ sie darauf reiten. Es gab nichts Schöneres im Leben als diese Ritte, wenn sie mit ihren Beinen diese kraftvollen, glatten Pferderücken umschlangen und dahingaloppierten!

In einem Winter fanden sie hinter dem Haus einen großen, spindeldürren, streunenden Hund. Er lag da, schneebedeckt, zu einem knöchernen Ring zusammengerollt, die trockene Nase zwischen den sehnigen Pfoten. Den ganzen Tag brachten sie ihm abwechselnd etwas zu fressen, und er fraß mit gleichgültiger Teilnahmslosigkeit, als wüsste er, dass er ohnehin am Ende war! An jenem Abend wurde es sehr kalt, die Sterne leuchteten groß am schwarzen Himmel, und Mitja sagte, dass er den Morgen bei diesem Frost ganz sicher nicht überleben würde. Katja wusste, dass die Eltern ihnen um nichts in der Welt erlauben würden, den Hund zu behalten, und obwohl es ihr sehr Leid tat, hätte sie sich nie getraut, ihn trotzdem hereinzubringen. Mitja dagegen tat es. Er schleppte ihn fast mit Gewalt die Treppe hinauf, überredete die Mutter, schmeichelte sich beim Vater ein und versprach einen Haufen unerfüllbarer Dinge. Er richtete ihm selber ein Bett aus einer alten Jacke des Vaters, schwor, dass der Hund nicht weiter als bis zum Flur laufen und er selber sein Leben lang mit ihm Gassi gehen würde – und die Eltern gaben nach. Mitja liebte den Hund so sehr, dass Katja direkt eifersüchtig wurde. Alma, die sich ganz unverhofft als echter Schäferhund herausstellte, lebte zwölf Jahre bei ihnen, vergalt Liebe mit Liebe, beschützte und bewachte sie und diente, so gut sie konnte. Der wichtigste Mensch in Almas Leben war und blieb Katjas Bruder, sogar den Vater liebte sie weniger als ihn.

Jetzt konnte Katja sich gar nicht mehr vorstellen, dass der ewig betrunkene, zitternde, widerliche Mann mit den zerknitterten Kleidern ihr Bruder Mitja war, derselbe, der kreischend und juchzend auf einem Pferd geritten war, die harten grünen Gurken auf dem Beet der Großmutter gebrochen, den kranken Hund die Treppe heraufgeschleppt, die ganze Nacht neben ihm gewacht und ihm über die Nase und das schmale, gequälte Maul gestreichelt hatte.

Katja wollte die Mama mit nach Petersburg nehmen, sie wusste, dass sie es ohne den Vater nicht mehr in Bjelojarsk aushalten würde, und Mama hatte zugestimmt. Allerdings wollte sie Mitja mitnehmen.

«Vielleicht können wir ihn überreden, Katja», sagte sie immer wieder, «vielleicht kommt er mit uns. Wir finden dort irgendeine Arbeit für ihn. Ja? Überreden wir ihn?»

Katja stimmte zu, obwohl sie genau wusste, dass Mitja niemals und nirgendwohin mit ihnen gehen würde.

Aus irgendeinem Grund wollte die Mama unbedingt Inna Seliwerstowa treffen, vor der Katja ein bisschen Angst hatte. Sie war schön, schien sehr klug zu sein und hatte eine scharfe Zunge. Mama sagte immer wieder, Papa habe sie «gebeten». Worum er sie genau gebeten hatte, sagte sie nicht, und Katja fragte auch nicht nach.

Der Vater würde ohnehin nicht zurückkommen – es hatte keine Bedeutung mehr, worum er gebeten oder nicht gebeten hatte. Nichts würde ihn je wieder zurückbringen – weder die Sommerwiese noch das Feld mit den Kamillenblüten oder der vor Hitze stehende Jenissej und auch nicht der Duft des gerade erst gehackten Birkenstammes.

Mama gab ihr den Auftrag, Inna zuzuflüstern, dass sie in Mitjas Wohnung kommen sollte, und sie führte diesen Auftrag aus. Mama sammelte irgendwelche Papiere zusammen und brachte sie dorthin – ganz allein, im Schneesturm, ohne Chauffeur, denn jetzt war sie nicht mehr die Frau, sondern die Witwe des Gouverneurs. Danach sah Katja sie nicht mehr.

Am Abend kam Genja angeflogen. Sie glaubte zuerst gar nicht, dass er wirklich gekommen war. Er quartierte sich in einem Hotel ein, war geschäftig und besorgt und nannte sie nicht mehr Dummkopf. Er bot ihr und der Mama seine Hilfe an und sagte, sie müssten ernsthaft miteinander reden. Katja konnte nicht reden, sie konnte gar nichts: Es war, als hätte das Bewusstsein ihren Körper verlassen.

Gut, dass es ihr gelungen war, fortzugehen. In der Kälte und Dunkelheit war ihr Bewusstsein unmerklich wieder zurück ins Gehirn gekrochen, und sie fühlte sich nun ein wenig besser.

Diese Sträucher hier waren hart und vereist, das konnte sie sogar durch die Handschuhe spüren. Diese Bretter hier unter ihren Füßen, sie waren mit unberührtem Schnee bedeckt. Vor ihr lag Schwärze – was dort war, wusste sie nicht, aber das war gut so, denn Katja konnte das, was sie wusste und was ihr bekannt war, nicht mehr aushalten. Wenn sie jetzt auf eine beleuchtete und begangene Straße herauskäme mit Geschäften und Bushaltestellen, wäre das ihr Ende, fand sie.

Hinter dem grauen Zaun bellte dumpf ein Hund und klirrte im Herumlaufen mit der Kette.

«Alma», fragte Katja hoffnungsvoll und hielt an. Der Hund bellte wieder, heiser und böse.

Plötzlich kam es ihr so vor, als liefe ihr jemand mit

stampfenden Stiefeln hinterher. Sie drehte sich ein paar Mal um, sah aber niemanden. Der Hund, der weit zurückgeblieben war, bellte jedoch wieder, sodass Katja wusste, dass dort dennoch wirklich jemand war. Zusammen mit dem Bewusstsein war die Angst zurückgekehrt, aus der Ohnmacht aufgetaucht, sie schien sich überall in ihrem Körper auszubreiten.

Katja sah sich um, spähte in die tiefe Dunkelheit hinter sich, dann lief sie schneller und konnte sich nur mit letzter Selbstbeherrschung daran hindern, zu rennen. Jetzt wollte sie so schnell wie möglich auf eine beleuchtete Straße, mit Bushaltestellen und Bäckereien, aber es war nichts dergleichen zu sehen. Nur eine Laterne an der Ecke – sie schaukelte gelb an einem knarrenden Pfahl. Mal fiel der Strahl auf dunkle Fichten, mal entfernte er sich wieder von ihnen. Der Schnee war jetzt tief und fest, nur ein schmaler Pfad führte noch hindurch. So schmal, dass Katja mit den Schößen ihres Pelzmantels ganze Schichten von dem Schnee mitnahm, der ihr außerdem in die Stiefeletten hineinrutschte, denn die waren für europäische Bürgersteige gemacht und nicht für den Bjelojarsker Winter.

O Gott, wo war sie bloß hingeraten?

Jetzt wusste sie ganz sicher, dass hinter ihr jemand war, sie hörte plötzlich ein Keuchen. Sie war überzeugt, dass jemand hinter ihr herlief, um sie umzubringen, damit keiner mehr übrig blieb – weder der Vater noch die Mutter, noch Mitja, noch sie, Katja.

Jetzt hätte sie alles in der Welt dafür gegeben, wieder auf einer Straße zu sein, wo es eine Bäckerei oder eine Bushaltestelle gab.

Katja rannte jetzt doch, obwohl sie wusste, dass man gerade das nicht tun sollte – Panik, die außer Kontrolle gerät, kann selbst schon lebensgefährlich sein. Die Mantelschöße schleiften über die Schneehaufen und hinderten sie am Laufen; sowieso war sie nie sportlich gewesen.

Sie wusste nicht, wie viel Zeit vergangen war, wie lange sie schon den schmalen Pfad entlanggelaufen war und dabei ständig mit ihren Stiefeln im Schnee gestolpert, den sie aufgewirbelt hatte, als vor ihr wieder ein Hund bellte, laut und böse. Katja begriff, dass es hinter dem Zaun einen Hund gab und dass es also dort auch Menschen geben musste.

Der Hund bellte laut und böse, das Klirren seiner Kette war ganz nah. Auf der anderen Seite des Zaunes musste auch ein Haus sein, aber wie sollte sie hinübergelangen, hinter den dichten, schwarzen Zaun, der bis zum Himmel zu reichen schien, wo doch die eiligen Schritte hinter ihr und das Knirschen der Schritte im Schnee sogar durch das Gebell hindurch zu hören waren und immer näher kamen? Während sie sich immer wieder in der Dunkelheit umsah, sprang sie ungeschickt am Zaun hoch, fiel hin, fuhr mit den Händen über die Bretter und verlor einen Handschuh im Schnee. Sie würde es nicht schaffen, so hoch zu springen – es war geradezu lächerlich. Und selbst wenn sie es schaffte, würde sie sich nicht hochziehen können, um auf die andere Seite des Zauns zu gelangen.

Da sah sie ein Stück weiter vorn eine schmale sibirische Pforte unter einem blechernen Vordach. Davor war der Schnee geräumt, und Katja redete sich selbst gut zu, dass hinter dem Zaun Menschen lebten, die sie retten würden.

Natürlich war die Pforte verschlossen. Katja drückte einmal dagegen, dann ein zweites Mal, der Hund bellte in rasender Wut. Katja hämmerte mit den Fäusten gegen das Holz und schaute sich permanent um, dann warf sie sich mit dem ganzen Körper gegen die kalten Bretter, sie ließ sich dagegen fallen, denn sie wusste, dass dies ihre letzte Chance war. Und plötzlich gaben die Bretter unter ihrem Gewicht nach. Katja flog durch den Zaun nach vorn und stürzte flach auf den Bauch. Ein unerträgliches Licht stach ihr so hell in die Augen, dass sie nichts mehr sah. Der Hund bellte wie verrückt gleich neben ihr.

Katja bedeckte sich mit der einen eiskalten, nassen Hand das Gesicht. Im selben Moment wusste sie, dass sie verloren war. Direkt vor ihr stand mit dem Rücken zum Licht ein riesiger, schwarzer Schatten.

14

«WARUM BIST DU GEKOMMEN?»

«Ich habe meine Zigaretten bei dir vergessen.»

«Vergiss es. Die habe ich schon längst aufgeraucht.»

«Du rauchst doch gar nicht.»

«Ich hab mir extra Mühe gegeben.»

«Und das Feuerzeug?»

«Hab ich weggeworfen.»

Offenkundig begriff er gar nichts, denn er stützte sich auf seinen Ellbogen und sah Inna ernst und aufmerksam an.

Verflucht, sie verstand selbst nicht, warum sie immerzu – sogar im Bett – solche Lust hatte, ihm Frechheiten zu sagen. Er hatte sie zu Tode erschreckt, hatte sie überrumpelt, sie überwältigt, aber das war natürlich Quatsch. Sie hatte sich ja gar nicht gewehrt.

«Und jetzt?»

«Was?»

Sie seufzte ungeduldig:

«Warum bist du gekommen?»

Plötzlich war er böse. Was sollte er denn auf diese Frage antworten?

Ich bin gekommen, weil du mir schwer im Magen liegst und es nur eine Möglichkeit gibt, dich loszuwerden: immer wieder von vorn anzufangen?

«Du hast mir den Krieg erklärt», sagte er düster. Er hätte schrecklich gern eine Zigarette geraucht, fürchtete aber, dass sie, wenn er jetzt aufstand, irgendwohin verschwände und nicht mehr wiederkäme. Jetzt lagen sie beieinander, es war fast eine Umarmung, fast drückten sie sich aneinander, fast so, wie es sich für Liebende gehört.

«Du täuschst dich», antwortete sie schnell, «ich habe dir keinen Krieg erklärt.»

Er war sich sicher, dass sie sich über ihn lustig machte. Er sah ihr ins Gesicht.

Da war kein Spott. Ein sehr ernstes Gesicht, blass, mit Ringen unter den Augen.

«Du hast mir den Krieg erklärt», wiederholte er, während er sie anschaute, «aber ich wollte dich noch einmal sehen … einfach so.»

«Im Bett?»

«Auch im Bett.»

«Und trotzdem», sagte sie mit einer unnatürlichen, kalten Stimme, «wenn du nächstes Mal hier einfällst, ruf mich bitte vorher an. Damit ich vorbereitet bin. Wie bist du überhaupt ins Haus gekommen?»

«Deine Tür stand offen», erklärte Jastrebow trocken. «Das Licht war aus. Ich kam herein und sah dich auf der Treppe.»

Inna überlegte, ob sie tatsächlich vergessen haben konnte, die Tür zu schließen.

Es gab nichts mehr zu sagen. Die Verlegenheit, die nicht etwa verschwunden war, sondern sich die ganze Zeit unter dem Bett versteckt gehalten hatte, kroch von dort hervor und breitete sich im Raum aus.

Sie musste aufstehen. Aufstehen und so tun, als wäre alles ganz normal. Sich elegant den Morgenmantel überwerfen, verführerisch den Atlasgürtel zubinden, zu zweit eine Dusche nehmen, Kaffee kochen und ihn im Halbdunkel am Herd küssen.

Inna konnte das alles nicht. Ihre eigene Verlegenheit störte sie entsetzlich, und dass sie nie vorher einen Liebhaber gehabt hatte, dass er nun Jastrebow hieß und dass sie verschiedenen politischen Lagern angehörten, und außerdem, dass sie ihn im Fernsehen so leichtsinnig gegen sich aufgebracht hatte. Und es störte sie, was Ossip gesagt hatte – dass womöglich gerade er, der Mann, der jetzt in ihrem Bett gelandet war, hinter den zwei Morden steckte.

«Ich kann einen Kaffee kochen», sagte Inna mit gespielter Freundlichkeit und hoffte, er würde ablehnen. «Magst du?»

Er sagte ja.

Sie beugte sich vor, zog die Atlasdecke an sich, wickelte sich hinein und glitt vom Bett herunter.

Auf dem Weg zum Bad stieß sie gegen den Nachttisch – alles nur, weil er sie ansah! –, wobei seine Brille auf den Boden fiel. Inna hob sie auf und gab sie ihm.

«Sie steht dir», sagte Inna.

«Danke», erwiderte er, setzte sie auf und sah Inna an – ein nackter Mann mit einer modischen Brille.

Sie huschte ins Bad und schloss die Tür hinter sich, als wollte er ihr hinterherkommen.

Himmel, was war mit ihr los? Gerade hatte sie erst ihr Mann verlassen, und schon kam sie unter dem Schleier der Nacht ihr frisch gebackener Liebhaber besuchen. Der Liebhaber, der möglicherweise den Tod des Gouverneurs und seiner Witwe organisiert hatte.

Sie trocknete sich entschlossen ab, zog den Pulli über, kämmte die nassen blonden Haare zurück, setzte ein möglichst desinteressiertes Gesicht auf und ging ins Schlafzimmer hinaus.

Jastrebow lag nicht mehr in dem schicken breiten Bett. Die zerwühlten Kissen und die verstreute Kleidung auf dem Boden hatte er beseitigt. Tonik saß auf dem Teppich und zuckte mit den Ohren – er horchte auf irgendetwas.

Inna ging die Treppe hinunter und fand Jastrebow in der Küche, wo er sich mit beiden Händen auf dem Herd aufstützte und zusah, wie das Wasser im Topf heiß wurde. Als sie hereinkam, drehte er sich um.

Sofort stand wieder die Verlegenheit zwischen ihnen.

«Wo ist eigentlich dein Sohn?», fragte sie, um von etwas Unverfänglichem zu sprechen.

«Bisher noch in Moskau. Er kommt am Wochenende mit dem Flugzeug. Oder ich fliege meinerseits zu ihnen.»

Wer «sie» wohl waren? Oder hatte er in Moskau noch eine Geliebte?

«Wie alt ist er?»

«Elf.»

Sie war erstaunt. Sie hatte gedacht, sein Sohn wäre schon erwachsen, etwa so alt wie Mitja Muchin.

«Geht er zur Schule?»

«Natürlich. Ich kann ihn nur deshalb bislang noch nicht herholen, um ihn nicht mitten im Schuljahr aus dem Lehrplan zu reißen.»

Er war also überzeugt, dass er hier leben würde. Und die Wahlen? Was war mit der so genannten freien Willensäußerung der Massen, der wichtigsten Errungenschaft der Demokratie?

Er nahm Becher aus dem Schrank – große, nicht die kleinen Tässchen, in denen sie gestern den Kaffee ausgeschenkt hatte –, die Dose mit löslichem Kaffee und die Zuckerdose.

«Nimmst du Zucker?»

«Ja.»

Er tat Kaffeepulver und Zucker in die Becher, goss das kochende Wasser darauf und rührte alles sorgfältig um.

Inna schielte auf den Becher. Jastrebow setzte sich gar nicht erst hin, er lehnte sich mit dem Rücken an die Anrichte, trank in kleinen Schlucken und wandte die Augen ab.

In den Jeans und dem dunklen Pullover wirkte er ganz anders, und Inna dachte plötzlich, dass ihm die Anzüge wahrscheinlich schrecklich unbequem waren. Bestimmt warf er, wenn er von der Arbeit nach Hause kam, das Jackett und die Krawatte fort, bevor er auch nur die Schuhe auszog.

«Inna, ich wollte dir … Bescheid sagen.»

«Worüber?»

«Du weißt doch, was mit der Gouverneurswitwe passiert ist?»

Das Blut schoss ihr in den Kopf und brauste hinter ihrer Stirn in den Adern.

«Natürlich weiß ich das. Es wurde heute in den Nachrichten gesagt.»

«Sie ist umgebracht worden.»

«Was?!»

Jastrebow sah sie ausdruckslos an.

«Bislang ist noch nichts Genaues bekannt – aber gestern Abend hat vor dem Haus ihres Sohnes lange ein Wagen gestanden, der dann fortgefahren ist.»

Inna wusste sehr gut, was für ein Wagen vor dem Haus in der Lenin-Straße gestanden hatte. Ossip hatte darin gesessen.

«Inna, ich weiß absolut nichts über die Mafia hier vor Ort – wer sich gegen wen verbündet, wer auf wessen Seite steht. Wer könnte ein Interesse daran gehabt haben, Muchin umzubringen?»

«Muchin hat sich selbst erschossen.»

«Jetzt komm schon!», sagte Jastrebow verärgert, als wäre er wütend darüber, dass Inna solche Dummheiten von sich gab. «Wieso hätte er das tun sollen?»

«Was weiß ich, was für Gründe er hatte!»

«Und ... Jakuschew?», fragte Jastrebow vorsichtig. «Weiß er vielleicht mehr?»

Jastrebow zweifelte nicht eine Sekunde daran: Sie wusste etwas.

«Jakuschew hat nicht mit mir gesprochen. Mir scheint überhaupt, dass er darüber wohl eher ... mit niemandem sprechen wird. Die Muchins und er waren ein Leben lang befreundet. Sie haben sich sehr nahe gestanden.»

«Ja eben. Wenn er sie gut kannte, warum behauptet er dann steif und fest, Muchin habe sich erschossen und seine Frau sei an einem Herzleiden gestorben?»

«Sascha», zum ersten Mal nannte sie ihn bei seinem Namen, «wenn man jetzt im ganzen Land verkündet, dass bei uns ... der Gouverneur umgebracht worden ist ... das geht nicht, das musst du doch verstehen! Und wenn Ljubow Iwanowna … nicht eines natürlichen Todes gestorben ist, heißt das dann, dass bei uns ein Verrückter beschlossen hat, die ganze Regierungsspitze umzubringen? Oder die Gouverneursfamilie?»

«Die Presse wird sowieso früher oder später alles ans Licht bringen!»

«Nein», antwortete Inna fest. «Die Presse wird nichts ans Licht bringen. Und die einzigen zwei Leute in Bjelojarsk zu kontrollieren, die an einer Ermittlung Interesse haben könnten – was Einfacheres gibt es kaum.»

«Welche zwei? Dich und mich?»

«Was hat das mit uns beiden zu tun! Die zwei sind Mitja und Katja. Ansonsten hat keiner Interesse daran. Nicht einmal du.»

«Warum nicht einmal ich?»

«Wenn sich herausstellen sollte, dass der Gouverneur umgebracht wurde, wird die gesamte Presse umgehend auf die Idee verfallen, du hättest Muchin und Ljubow Iwanowna persönlich erschossen, um dir den Platz freizuschaufeln! Das ist doch offensichtlich.»

Sie sah ihm direkt ins Gesicht, gespannt auf seine Reaktion. Sie wusste, dass sie sich mit ihrer Direktheit selbst in Gefahr brachte. Sie riskierte ein kleines schwarzes Loch in der Schläfe. Ein schwarzes Loch aus einem Astronomie-Lehrbuch.

«Ich habe auf niemanden geschossen», sagte Jastrebow schwerfällig, auf seinen Backenknochen traten deutlich Schwellungen hervor, er sah böse aus. «Ich habe von Sewastjanow davon erfahren.»

Sewastjanow war der Premierminister.

Der Premierminister hatte also Alexander Petrowitsch

darüber informiert, dass der Stuhl frei geworden war – und ihn ermuntert, diesen einzunehmen, solange er noch nicht kalt war. Wie weitsichtig und richtig das alles geplant war, einfach großartig.

«Das heißt, du kannst keine Öffentlichkeit gebrauchen. Jakuschew genauso wenig, ihn würden die Generalstaatsanwaltschaft oder der Stellvertreter des Präsidenten nur stören. Und Chrust kann auch keine gebrauchen – aus denselben Gründen wie Jakuschew. Sie wollen jetzt an die Macht, das ist das Wichtigste. Und für dich im Übrigen auch.»

«Für mich im Übrigen auch», stimmte er zu.

Als Inna aufstand, um sich noch Wasser aus dem Topf einzugießen, streckte er die Hand aus, griff nach ihr und zog sie an sich. Vor Überraschung wehrte sie sich kaum. Er umfasste Inna mit beiden Armen und drückte ihren Kopf an sich. Sein Pullover roch nach Eau de Cologne, Zigaretten und fremdem Mann. Inna erstarrte. Sie hielt den Atem an.

Schweigend standen sie so eine Weile.

Himmel, wie einfach, schoss es ihr durch den Kopf. Es ist alles so einfach!

«Sei vorsichtig», sagte er plötzlich unvermittelt.

«Ich habe nichts damit zu tun.»

«Sei trotzdem vorsichtig», wiederholte er.

Warum?, dachte sie. Bislang bist du das Schrecklichste und Unverständlichste, was mir in meinem Leben begegnet ist.

Er hielt sie mit beiden Armen umfasst – als wäre sie wirklich wichtig für ihn, als brauche er sie, als gäbe es außer Sex noch etwas anderes, was sie verband –, dann ließ er sie los und ging, ohne ein Wort zu sagen, schnell aus der Küche.

Inna rieb sich die Wangen. Sie hörte ein Poltern, ein Quietschen, die Tür ging auf und fiel ins Schloss.

Er war fort.

«Zum Teufel mit dir!», sagte sie laut.

Sie goss den kalt gewordenen Kaffee aus seinem Becher in den Abguss, stellte ihn ins Spülbecken, machte auf dem Weg zur Tür überall das Licht an, verschloss sämtliche Schlösser und lief ins Arbeitszimmer.

Kaum brannte hier das Licht, überlief Inna ein Zittern.

Keine einzige Zeitung lag mehr auf dem Boden. Sie rannte zur Tür, sperrte sie auf und lief auf die Vortreppe hinaus.

Niemand. Nur das gelbe Licht der Lampe über der Vortreppe. Das blaue Licht der runden Lampions auf dem Weg. Hinter dem Zaun eine weitere Laterne.

Niemand. Bewachter Bezirk.

Der Frost biss in den Augen.

Der Zeitungen wegen war er also gekommen.

15

«HE!» Die Stimme klang böse, wie das Bellen eines Hundes. «Was machst du da? Bist du besoffen, oder was?»

Katja winselte und schüttelte den Kopf, während der Schatten sich über sie beugte.

«Na los, steh auf und mach dich vom Acker! Vor fremden Zäunen hast du nichts zu suchen! Platz! Alma!»

Alma, dachte Katja. Wie gut. Das heißt, sie lebt? Vielleicht lebt Mama auch? Und Papa?

Oder hatte man sie selber auch noch umgebracht, und jetzt war sie in ein seltsames, kaltes Paradies geraten, in dem Hunde bellten und die Engel mit unangenehm lauten Stimmen sprachen?

«Nun steh schon auf! Los, beweg dich, ich muss los!»

Es gab einen Ruck, man riss an ihrem Arm, und dann – stand sie plötzlich auf den Füßen.

«Jetzt bleib stehen, nicht wieder hinfallen! Und jetzt dahin, da! Hinter den Zaun. Ich muss hier rausfahren!»

«Ich kann nicht hinter den Zaun», stammelte Katja. «Da werde ich … umgebracht.»

«Geh dich ausschlafen», riet die Stimme kaltblütig. «Los, hau ab, oder ich lass den Hund los.»

«Alma», fragte Katja. «Ist sie am Leben, ja?»

«Du musst weniger trinken», brummte die Stimme, «verstanden?»

«Verstanden», stimmte Katja zu. «Ist Alma am Leben?»

«Ich tu dir gleich was», drohte die Stimme, aber irgendwie wusste Katja, dass er ihr nichts tun würde. Im Gegensatz zu ihrem Verfolger. Von dem wusste sie ganz genau, dass er sie töten wollte.

«Da kann ich nicht hin», sagte sie und versuchte, möglichst überzeugend zu wirken, «da werde ich umgebracht.»

Er ging irgendwohin, ein Motor heulte auf. Er hat sich ins Auto gesetzt und will wegfahren, begriff Katja.

Das Licht konzentrierte sich, bildete einen gelben Lichtkreis, in dessen Mitte sie stand, und nagelte sie an den Zaun. Der Wagen schoss aus der Dunkelheit hervor und hielt an. Die Tür ging auf. Er stieg aus.

«Wer sind Sie?», fragte er dann. Vorher spöttisch und laut, klang seine Stimme jetzt sehr höflich.

Katja zitterte.

«Bringen Sie mich … irgendwohin», bat sie jammernd, «bis zu einer Bäckerei. Dann komm ich selber weiter. Aber bitte lassen Sie mich nicht allein hier, bitte! … Er wird mich umbringen!»

«Katerina Anatoljewna?»

Als er ihren Namen, ja ihren Vatersnamen aussprach, fiel sie fast in Ohnmacht.

«Ich … ich kenne Sie nicht», stammelte sie. Der Hund bellte immer noch, und das Licht stach ihr in die Augen. «Wer … sind Sie?»

«Was machen Sie hier?»

Der Schnee knirschte, als er näher trat. Dann blieb er in einiger Entfernung stehen. Katja konnte ihn nicht erkennen – er hatte das Licht im Rücken –, sie sah nur seine Silhouette, groß und dunkel im weißen Schnee.

«Ich bin hier», begann Katja und merkte plötzlich, dass ihr vor lauter Kälte die Lippen kaum noch gehorchten. «Ich bin zufällig hier gelandet. Eigentlich weiß ich gar nicht, wie …»

«Sind Sie … allein hier?»

«Wer sind Sie?», jammerte Katja.

«Swonizkij, Gljeb. Erinnern Sie sich nicht an mich?»

Katja schüttelte den Kopf.

«Ich war der Chef der Bodyguards von Anatolij Wassiljewitsch. Und zwar ziemlich lange. Können Sie sich wirklich nicht erinnern?»

Sie erinnerte sich an keinen Gljeb Swonizkij, an keinen Chef der Bodyguards ihres Vaters!

«Ist mit Ihnen … alles in Ordnung?»

«Ja-a», antwortete Katja. «Papa ist tot, wissen Sie das?»

Er schwieg. Der Hund bellte, der Motor des Wagens tuckerte vor sich hin.

«Ich weiß.»

«Und Mama ist auch tot.»

Wieder schwieg er.

«Kommen Sie, ich bringe Sie nach Hause», sagte er entschlossen. «Steigen Sie ein, Katerina Anatoljewna.»

«Ich will nicht nach Hause», sagte Katja erschrocken. «Bringen Sie mich einfach … zur nächsten Bäckerei, dann komme ich zurecht.»

«Sie müssen nach Hause», sagte er in beruhigendem Tonfall. «Weiß man dort, dass Sie weggegangen sind?»

«Es ist ja niemand mehr da», lächelte Katja. «Nur Mitja, aber der trinkt die ganze Zeit. Kennen Sie meinen Bruder?»

Ohne zu antworten, fasste er sie unter den Arm, unter denselben, den er ihr vorher fast abgerissen hätte, und führte sie zum Auto. Sie ging gehorsam mit.

«Steigen Sie ein.»

Im Wagen war viel Platz, und es war sehr warm. Katja lehnte den Hinterkopf an die Kopfstütze und schloss die Augen.

Der Wagen wackelte, als der Mann sich neben sie setzte und sich die Kapuze vom Kopf zog. Katja sah ihn an.

Nein, sie konnte sich nicht an ihn erinnern, vielleicht stimmte es gar nicht, dass er Papas Bodyguard gewesen war? Er war groß, sein Kopf stieß fast ans Dach des Wagens und war extrem kurz geschoren. Eine lange Nase, quadratische Backen, vom Alter her schwer einzuschätzen. Vielleicht dreißig, vielleicht auch fünfzig.

«Wer sind Sie?», fragte Katja.

«Katerina Anatoljewna, kommen Sie zu sich», sagte er. «Weiß bei Ihnen zu Hause niemand, dass Sie weggegangen sind?»

«Bei mir zu Hause sind alle gestorben», klagte Katja. «Haben Sie wirklich für Papa gearbeitet?»

«Seltsam, dass Sie sich nicht an mich erinnern können.»

Der Wagen fuhr ein Stück, dann hielt er an, um das Tor zu schließen. Als sie weiterfuhren, fragte er: «Warum glauben Sie, dass Ihnen jemand folgt?»

«Ich habe es gehört», sagte Katja erstaunt. «Ich habe gehört, wie er hinter mir hergelaufen ist, um mich zu töten.»

«Wer sollte Sie töten wollen?»

«Ich weiß nicht. Mama ist nur aus dem Haus gegangen, um mit Inna Seliwerstowa zu sprechen. Und heute Morgen hat man mir gesagt, dass sie tot ist. Vielleicht hat man sie umgebracht?»

«Mit wem? Mit wem musste sie sprechen?»

«Mit Inna Seliwerstowa. Kennen Sie sie?»

Er sah schräg zu ihr hinüber.

«Hören Sie», sagte er plötzlich, «Sie müssen sich einfach erinnern. Sie waren in der achten Klasse, als man Sie zum Praktikum in die Kolchose schickte. Dort wurden Ihnen sofort die Sportschuhe und Ihr Geld gestohlen, und ich kam, um Sie abzuholen. Ihr Vater hatte mich geschickt.»

Sie schaute ihn wie verzaubert an. Plötzlich gab er ihr das zurück, was sie für immer verloren zu haben meinte: die Sommerwiese, das Kleid mit den Tupfen, die väterliche Schulter und den Geruch von Birkenscheiten.

«Sie sind Gljeb Petrowitsch, ja?»

Er atmete geräuschvoll aus.

«Ja.»

«Aber Sie sind dann irgendwohin verschwunden.»

«Ich bin versetzt und befördert worden.»

«Wenn man Sie nicht versetzt hätte, wäre meinem Vater vielleicht nichts passiert.»

Gljeb Swonizkij war im Grunde seines Herzens derselben Ansicht. Komisch, dass ausgerechnet sie das sagte, dieses verlorene Mädchen, das er noch mit Schleifen und Pferdeschwanz vor sich sah.

Der Wagen passte kaum zwischen den Schneehaufen hindurch. Er hatte keine Ahnung, was er nun mit ihr machen sollte.

Was konnte sie über den Tod ihrer Eltern wissen? Warum war sie so außer sich? Vor Kummer?

«Bringen Sie mich bloß nicht nach Hause», bat sie. Sie ahnte, woran er dachte. «Dort ist mein Mann. Er ist gekommen, weil er einen Teil von meiner Wohnung haben will, das weiß ich. Und jetzt ist Papa nicht mehr da. Wissen Sie, ich wollte ihn sogar schon umbringen, meinen Mann, meine ich. Aber dann ist es mir unheimlich geworden, weil ich glaube, ich habe gesehen, wie meine Mama umgebracht worden ist.»

«Sie haben das gesehen?»

«Ja. Als ob ich da gewesen wäre. Als ob ich selbst die Mörderin gewesen wäre. Verstehen Sie?»

Sie ist einfach durchgedreht, sie ist verrückt, dachte er bei sich.

Vor der Ausfahrt auf die große, von einem Traktor freigeräumte Straße bremste er und schaute in den Rückspiegel. Das rote Rücklicht erstreckte sich weithin über die Schneehaufen und Büsche, aber dahinter herrschte Dunkelheit, und in dieser Dunkelheit stand jemand.

Gljeb sah keine Gespenster, nicht umsonst hatte er fünfundzwanzig Jahre in verschiedenen Spezialeinheiten gedient, und die Fähigkeit, in der Dunkelheit zu sehen und aus dem Kampflärm die entscheidenden Geräusche herauszuhören, hatte ihm mehr als einmal das Leben gerettet.

Dort stand jemand und schaute seinem Wagen nach.

Sie sah ihn immer noch an, und in ihrem erwachsenen Gesicht konnte er noch immer etwas von dem kleinen Mädchen erkennen, das er gekannt hatte.

«Bitte, fahren Sie mich nicht nach Hause.»

«Beruhigen Sie sich», entgegnete er. «Ich fahre Sie nicht nach Hause.»

«Wohin denn dann?»

«Ich habe einen Freund», log Gljeb Swonizkij. «Er macht Ihnen einen Tee, und Sie erzählen uns alles.»

«Was alles?»

«Über Ihren Mann, über Ihre Mutter, darüber, dass sie sich mit Inna Seliwerstowa treffen wollte. Und über Ihren Verdacht. Abgemacht?»

16

INNA LIEF SUCHEND durch alle Zimmer, als hätten sich die Zeitungen von selbst zusammenfalten und in irgendeiner Ecke verstecken können. Sie waren nirgendwo.

Sie lief und dachte nach, dachte nach und lief. Gina, die es sich in einem Sessel gemütlich gemacht hatte, hob anfangs noch jedes Mal den Kopf, wenn Inna vorbeilief. Schließlich hatte Gina wohl genug von ihrer Lauferei, sie sprang vom Sessel herunter und verschwand, als wäre sie nie da gewesen.

Er ist also gekommen, dachte Inna, hat festgestellt, dass ich oben war, schnell die Zeitungen zusammengerafft und versteckt. Folglich wusste er, dass ich die Zeitungen hatte. Das heißt, sie waren der Grund seines Kommens. In den Zeitungen liegt also der Schlüssel zu allem anderen.

Seltsam, dass sie nicht schon früher darauf gekommen war.

Und noch viel schlimmer war es, dass sie nicht darauf gekommen war, was genau in diesen Zeitungen steckte, obwohl sie sie mehrfach von oben bis unten durchgesehen hatte und von beiden Seiten …

Aber sie hatte die Namen der Journalisten herausgeschrieben. Sie hatte ein zerlöchertes Blatt Papier, auf dem «Grmwa» stand, wie Sinaida Gromowa! Wo war es?

Inna rannte ins Arbeitszimmer. Gina saß auf der

Treppe, schaute unzufrieden drein und zuckte mit dem Schwanz, als Inna an ihr vorbeilief.

Als Jura gekommen war, hatte sie das Blatt noch in der Hand gehabt. Wo konnte sie es hingetan haben? Sie hatte auf dem Boden gesessen, als Jura geklingelt hatte. Sie war zur Tür gerannt und … und was? Den Zettel hatte sie in der linken Hand, den Stift in der rechten gehalten.

Langsam ging sie aus dem Arbeitszimmer und schaute die ganze Zeit nach links.

Der mehrfach zusammengefaltete Zettel mit den vielen Löchern und Rissen an den Stellen, wo sie zu stark mit dem Stift aufgedrückt hatte, war hinter den Spiegel gefallen.

Trotzdem hatte Ossip vermutlich Recht: Jastrebow war an allem schuld.

Seltsam nur, dass er selber gekommen war und nicht jemand anders geschickt hatte, der ihr mit kalter Treffsicherheit in die Schläfe hätte schießen können, um dann in aller Ruhe, über ihren toten Arm oder ihr totes Bein hinwegkletternd, die Zeitungen zusammenzusammeln.

Wie hatte Jastrebows Killer die Zeitungen im Haus des Gouverneurssohns übersehen können! Er war an Inna vorbeigegangen, die in der Küche gesessen hatte, hatte sich im Zimmer versteckt, auf Ljubow Iwanowna gewartet und sie getötet. Was auf dem Tisch gelegen hatte, hatte er offenbar nicht gesehen.

Inna strich mit beiden Händen das zerknitterte, löchrige Blatt Papier auf ihren Knien glatt. Ihr wurde übel, und sie hätte am liebsten die Augen geschlossen. Aber als sie es für einen Moment tat, wurde ihr noch schlechter.

Am liebsten hätte sie weiterhin geglaubt, dass er nichts damit zu tun hatte.

«Nichts damit zu tun», tickten die Zeiger der Uhr im Arbeitszimmer, «nichts damit zu tun».

Natürlich, sie wusste: Wenn man Karriere – und Geld! – machen wollte, musste man zielstrebig voranpreschen, und man hatte großes Glück, wenn man nicht über Leichen gehen musste!

Ihr war bekannt, dass Politik ein schmutziges Geschäft war. Schließlich hatte sie selbst Karriere in der Politik gemacht und mit aller Kraft dafür gesorgt, so wenig Dreck wie nur irgend möglich am Stecken zu haben. Das hatte sie geschafft – egal, was man über sie schrieb, und es wurde alles Mögliche über sie geschrieben.

Aber sie hatte noch nie gehört, dass ein Gouverneurskandidat, der vom Premier unterstützt wurde, Killer engagiert hätte, um den amtierenden Gouverneur zu beseitigen.

Obwohl es natürlich für alles ein erstes Mal gab.

Tengis Abaschidse, Politiker, Industrieller und Besitzer von unermesslichen Reichtümern, ansonsten einfacher russischer Oligarch, hatte einmal zu ihr gesagt: «Alles, was extrem schwierige Winkelzüge und Erklärungen erfordert, ist wahrscheinlich falsch.»

Wenn eine freundliche Fernsehtante besonders überzeugend und informiert mitteilt, dass man den Vizepräsidenten der Cruise-Oil-Company entführt habe, damit die amerikanischen Investoren an der Börse in Tokio sogleich die Aktien der irakischen Erdölfabrik verkaufen, was unmittelbar eine Versammlung der OPEC zur Folge hat, bei der Saudi-Arabien die Frage nach dem Reaktivieren der nahöstlichen Vorkommen stellt, was den Dow Jones und den Nasdaq einstürzen lässt, was sich wiederum geradewegs auf das geistige Eigentum niederschlägt, in dessen Folge die Herstellung von Mobiltelefonen sinkt, sodass die oben genannte Gesellschaft Cruise Oil einige Aktien von MTS oder Bilajn billig erwerben kann, – dann heißt das, dass die Fernsehtante mit ziemlicher Sicherheit phantasiert, was das Zeug hält, und zugleich dem, der es gerne wissen will, zeigt, dass sie die Terminologie beherrscht. Viel wahrscheinlicher ist es, dass der arme Vizepräsident der Company von seinen eigenen Leuten entführt wurde oder zu seiner Geliebten gefahren ist, weil es ihn einfach überkam!

Inna war einverstanden mit dem, was Abaschidse sagte.

Doch den Gouverneur und seine Frau zu erschießen war keinesfalls der kürzeste Weg zum Thron. Wenn es herauskam, war der Weg hinter Gitter wesentlich kürzer. Und dafür würden die politischen Gegner sorgen, das musste Jastrebow klar sein. Wenn er dies alles selber angezettelt hatte, befand er sich in einer äußerst prekären Lage.

Und dennoch hatte er aus irgendeinem Grunde die Zeitungen mitgenommen, sodass Inna nun Bescheid wusste.

Würde sie selbst die Nächste sein mit einem kleinen schwarzen Loch in der Schläfe?

Sie hatten sich selbstvergessen geküsst wie Studenten, sie hatten sich berührt und erkannt und übereinander gelacht und sich geschämt und geschwiegen und schwer geatmet. Er war ihr sehr … normal vorgekommen. Und einfach. Viel einfacher als ihr früherer Mann mit seinem

Hang zu Hysterie und ewiger Unzufriedenheit, dem sie es nie hatte recht machen können, als hätte er stets irgendetwas Größeres von ihr erwartet, und sie, zum Teufel, hatte ihn doch wieder enttäuscht!

Sie hatte sich geirrt. Natürlich hatte sie sich geirrt.

Und dennoch hätte sie am liebsten weiter daran geglaubt, dass er nichts damit zu tun hatte.

In Innas Arbeitszimmer hing schon seit eh und je ein kleines Bild aus irgendeiner Zeitschrift. Darauf war ein Reiher abgebildet, aus dessen Schnabel eine Kröte hing, die, obwohl sie sich zweifellos in einer schwierigen Lage befand, dennoch versuchte, den Reiher zu ersticken. Unter dem Bild stand: «Never give up!»

«Das hab ich auch nicht vor», murmelte Inna, als müsste sie sich vor der optimistischen Kröte rechtfertigen.

Der Zettel mit den Namen der Journalisten war noch da.

Wenn es um die Namen ging – und davon war auszugehen –, dann musste es darin irgendein System geben. Irgendetwas, was Muchin gesehen hatte und wovon er wollte, dass sie es auch sah.

Sie las sie immer wieder, aber auf den ersten Blick gab es kein System. Dann fiel ihr ein, dass die Mehrzahl der Pseudonyme aus den Initialen des eigentlichen Namens gebildet wird. Sie beschloss, sie herauszuschreiben, lief ins Arbeitszimmer, suchte lange nach einem Stift, der schrieb, und als sie einen gefunden hatte, fing sie hastig an zu schreiben: Pjotr Walejew, Julia Fefer, Dunjascha Prostokwaschina, Michail Piskarjow – eigentlich Mascha Plestschejewa, Sinaida Gromowa, Sejnara Gulina, Sachar Gorjatschew.

Am häufigsten kam «SG» vor, und Inna stöhnte verärgert, als sie merkte, dass sie nicht auch die Namen der jeweiligen Zeitungen notiert hatte, in denen Artikel mit diesen Initialen erschienen waren. Nachdem sie die durchlöcherte und zerrissene Liste bis zum Ende durchgesehen hatte, war ihr klar, dass diese Initialen wahrscheinlich *in allen* von Muchin gesammelten Zeitungen vorkamen.

Was hieß das?

Das wusste der Teufel. Es konnte alles Mögliche heißen.

Gar nichts zum Beispiel.

Ein dumpfes Geräusch erschütterte und lähmte sie, als würde ihr ein kalter Pistolenlauf an die Schläfe gehalten.

Das Geräusch war von der Vortreppe gekommen.

Das war's. Jemand kam, um sie umzulegen. Sie hätte nicht gedacht, dass es so schnell gehen würde.

Auf der Vortreppe stampfte jemand mit den Füßen, dann klingelte es an der Tür.

Inna atmete krampfhaft aus.

Ein Killer würde nicht klingeln.

Mit dem kostbaren Zettel in der Faust stieg Inna die Treppe hinunter und blieb in einiger Entfernung von der Tür stehen.

«Wer ist da?»

«Inna Wassiljewna, ich bin's, Gljeb Swonizkij.»

Himmel, was für ein Gljeb konnte das sein?

Aber einen Augenblick später konnte sie schon wieder klar denken. Sie lief schnell zur Tür und sperrte sie auf.

«Gljeb?»

«Das bin ich. Erkennen Sie mich denn nicht?»

Natürlich erkannte sie ihn. Aber hinter ihm war noch jemand.

Gljeb trat zur Seite und ließ die andere Person vortreten. Im gelben Lichtkreis der Laterne, die an ihrer Kette schaukelte, erkannte Inna erstaunt und erschrocken die Gouverneurstochter.

17

«WAS IST PASSIERT?»

«Inna Wassiljewna, gleich werde ich Ihnen alles ...»

Katja unterbrach ihn und sagte sehr höflich:

«Die Sache ist die: Ich kann auf keinen Fall nach Hause. Ich bat Gljeb, mich irgendwohin zu bringen, und da hat er mich zu Ihnen gebracht. Bitte verzeihen Sie die Störung.»

«Keine Ursache», murmelte Inna, noch immer ganz aus der Fassung. Dann besann sie sich: «Kommen Sie doch herein, bitte!»

Als Erste trat Katja ins Haus, bückte sich, schnallte ihre Stiefel auf und zog sie nacheinander aus.

«Sie haben es aber warm hier.» Sie lächelte. «Auf der Straße ist es ... so kalt.»

«Ja, heute ist ein kalter Tag.»

Inna blickte auf ihre Füße. Die Strumpfhosen waren zerrissen, sodass rot und unschuldig der eine große Zeh aus dem schwarzen Nylonstrumpf schaute. Die Gouverneurstochter bemerkte nichts.

Inna stöberte auf dem Schuhregal herum und empfand ein dumpfes Bedauern darüber, dass sie keine bequemen Fellpantoffeln mit Hundeschnauze hatte. Sie erinnerte sich dunkel, dass das kein ganz neues Problem war.

«Katja, wenn Sie kalte Füße haben, kann ich Sie ins Bad führen. Da können Sie sich aufwärmen.»

«Das ist nicht nötig, danke», erwiderte Katja lebhaft. «Aber einen Tee würde ich gern trinken.»

«Natürlich, gern.» Inna gefiel ihr Aussehen nicht, außerdem gefiel es ihr nicht, dass sie überhaupt zu ihr nach Hause gekommen war. So rückte ihr das Unheil nur noch näher.

Sie ging in die Küche, setzte Teewasser auf und sah sich um, als sie Schritte hörte.

«Gljeb, wo hast du sie aufgegabelt?»

«Direkt vor meinem Zaun», sagte er, während er sich schnell umschaute. «Sie sagte, sie ist von zu Hause fortgegangen und kann nicht dorthin zurück, weil sie dann umgebracht wird.»

«Was?!», schrie Inna auf und sah ebenfalls zum Flur hin.

Katja sagte nebenan gerade zärtlich:

«Gutes Kätzchen. Schönes, kluges Kätzchen.»

«Inna Wassiljewna, es war wirklich jemand hinter ihr her.»

«Wer denn?»

«Ich weiß es nicht. Als ich mit ihr losfuhr, habe ich nur gesehen, dass auf der Straße jemand stand und uns beobachtete. Ich bin für alle Fälle ein bisschen durch die Stadt gefahren, bevor ich hierher kam.»

Am besten wärst du gar nicht gekommen, dachte Inna.

«Sie sagte, Ljubow Iwanowna sei gestern fortgegangen, um Sie zu treffen, und dann sei sie nicht mehr wiedergekommen. Wissen Sie davon? Ich meine, dass sie Sie treffen wollte?»

O ja. Das wusste Inna nur zu gut. Zum Glück erschien,

bevor sie antworten konnte, auf der Küchenschwelle die Gouverneurstochter und lächelte Inna zu.

«Ihre Katzen sind wunderbar! Sie sind so lieb.»

«Die mögen Sie auch. Normalerweise erlauben sie niemandem, sie zu streicheln.»

«Ist das wahr?», fragte Katja neckisch. «Darf ich mich setzen?»

«Aber natürlich!»

Sie setzte sich und legte die Hände auf ihren schwarzen Rock – wie eine Schülerin der katholischen Schule im Kloster zur heiligen Magdalena.

Sie tat Inna sehr Leid, so Leid, dass sie sich und ihre Worte streng im Zaum hielt.

«Katja, möchten Sie vielleicht etwas essen?»

«Nein, nein, danke.»

Inna wechselte einen fragenden Blick mit Gljeb.

Natürlich musste man ihr etwas zu essen geben, das war klar.

Inna holte eine lange grüne, in Zellophan eingewickelte Gurke aus dem Kühlschrank, die sie aus Moskau mitgebracht hatte, dazu eine schwere, sonnengereifte, süße Paprikaschote, ein Bund trostlosen Dill – Winterdill sah irgendwie immer trostlos aus – und eine Schüssel mit Fleisch.

«Inna Wassiljewna, warten Sie, ich helfe Ihnen», sagte Gljeb.

«Du hilfst mir sehr, wenn du dich hinsetzt und mich nicht störst.»

Er setzte sich sofort hin, mit dem Rücken ganz in die Ecke gedrückt. Die Ecke war eng und Gljeb sehr groß.

Katja schlug die auf den Tisch geworfene Zeitschrift

«Djengi» auf und betrachtete das Foto des Chefredakteurs.

«Er sieht sehr sympathisch aus», urteilte Katja. «Überhaupt ist das eine gute Zeitschrift. Ich finde, man sieht immer gleich, wenn Profis am Werk sind.»

Von Katja Muchina hätte Inna Seliwerstowa eine Bemerkung dieser Art eher nicht erwartet.

Hatte sie die Gouverneurstochter womöglich falsch eingeschätzt?

Inna legte das dicke, rosafarbene Stück Fleisch in die heiße Pfanne, und sofort roch es lecker und scharf nach Essen. Katja sog den Duft durch die Nase ein und lächelte. Sie bückte sich und streichelte Gina, die ihr um die Beine strich. Inna sah Gina erstaunt an: Die Katze strich sonst nie jemandem um die Beine. Sie war viel zu eigensinnig.

«Katja, wann haben Sie heute Ihr Haus verlassen?»

Katja richtete sich auf und sah sie friedlich an, sodass Inna nicht wusste: Spielte sie? Tat sie nur so? Oder war sie wirklich nicht ganz bei sich?

Inna war überzeugt, dass sie anders als Gljeb, der mit seinen Männeraugen nur das sehen konnte, was ihm offen gezeigt wurde, erkennen würde, ob Katja Theater spielte oder nicht.

«Ich weiß es nicht genau. Vor einer ganzen Weile, glaube ich.»

«Sie … sagten, dass Ihre Mama Inna Wassiljewna treffen wollte», ließ Gljeb sich nun vernehmen. «Erinnern Sie sich noch?»

«Mama wollte Sie aus irgendeinem Grund sehen», wiederholte Katja gehorsam, während sie Gina streichelte. «Und ich sollte Ihnen sagen …»

«Katja», unterbrach sie Inna. Gljeb brauchte nicht zu erfahren, dass sie die Witwe tatsächlich getroffen hatte. «Wissen Sie zufällig, wozu sie mich brauchte?»

«Ich habe keine Ahnung», sagte die Gouverneurstochter nachdenklich. «Ich glaube, es hatte mit Papa zu tun. Sie sagte etwas über Schuld und Sühne. Das ist ein Roman. Haben Sie ihn gelesen?»

Inna sah wieder Gljeb an. Schuld und Sühne?

«Ich habe ihn gelesen», fuhr Katja fort. «Er hat mir nicht sehr gefallen, ich mag Dostojewskij sowieso nicht besonders. Er ist mir zu gewaltig.»

«Katja, warten Sie. Was für eine Schuld meinte sie? Und was für eine Sühne?»

«Das Essen riecht so gut. Ich glaube, ich habe großen Hunger.»

Nein, Inna konnte nicht erkennen, ob sie Theater spielte oder nicht. Bislang jedenfalls nicht.

Gljeb drückte sich weiterhin in seine Ecke.

Inna kannte ihn schon lang – seit er ihr einmal geholfen hatte, die Offenheit und Ehrlichkeit eines großen Geschäftsmannes zu überprüfen, der ein großes Fernsehprojekt finanzieren wollte. Inna hatte damals strikt abgelehnt, von irgendjemanden Geld anzunehmen, ohne die Umstände genau geprüft zu haben.

«Jetzt begreif doch endlich», hatte sie der damalige Vorsitzende des Fernsehens angeschrien, «der will praktisch nichts von uns. Der will uns nur was geben! So viel Geld, und wir sollen uns das durch die Lappen gehen lassen? Wieso machst du aus einer Mücke einen Elefanten? Es geht hier schließlich nicht um Politik, sondern um primitive Ökonomie!»

«Mein Lieber», antwortete Inna dem Vorsitzenden liebevoll und möglichst wenig kränkend. «Ökonomie ist alles unter einer Million Rubel. Alles, was über einer Million liegt, ist Politik. Deshalb sage ich dir: Solange wir das nicht geprüft haben, nehme ich von ihm kein Geld an.»

Die Hintergründe des Geschäftsmannes prüfte Gljeb Swonizkij, Muchins früherer Bodyguard, und zwar sorgfältig. Danach schlossen sich der Vorsitzende des Fernsehens und Inna einen halben Tag mit den Ergebnissen dieser Prüfung in seinem Arbeitszimmer ein. Als der Vorsitzende wieder ins Vorzimmer kam, war er blass. Er befahl der Sekretärin, den großen Geschäftsmann nie mehr mit ihm zu verbinden, schickte seinen Assistenten los, damit er ihm ein neues Mobiltelefon besorgte, und fuhr – aus Sicherheitsgründen – nicht in seinem Mercedes, sondern in einem knatternden Dienst-Wolga nach Hause. Gljeb hingegen sorgte dafür, dass Inna «für alle Fälle» sichere Wachen bekam, und begleitete sie später sogar selbst einige Male zu Verhandlungen mit anderen großen Geschäftsleuten.

Er war damals ein bisschen in sie verliebt – fast alle Männer um sie herum, unabhängig von Rang, Alter, Familienstand und Dienstgrad, waren ein bisschen in Inna verliebt, gerade so viel, dass es die gemeinsame Arbeit nicht beeinträchtigte.

Gina lag auf Katjas Schoß, schloss die Augen und drückte ihre pelzige Wange an den schwarzen Pullover. Inna sah sie böse an, sie war eifersüchtig.

«Sie kochen sehr lecker», erklärte Katja.

«Katja, von was für einer Schuld war die Rede?»

«Schuld?»

«Sie haben gerade gesagt, Ihre Mama hätte von Schuld und Sühne gesprochen.»

«Das ist ein Roman von Dostojewskij.»

«Ich weiß», erklärte Inna weich. «Meinte Ihre Mama den Roman?»

«Nein.» Katja sah erschöpft aus. «Als ich zu Papas Begräbnis hergeflogen bin, sagte sie zu mir, es gebe keine Schuld ohne Sühne. Sie dachte, die Schuld wäre schon bezahlt, aber in Wirklichkeit war es nicht so.»

«Womit wäre sie bezahlt?» Jetzt mischte sich Gljeb Swonizkij ins Gespräch. Katja sah ihn an und zuckte mit den Schultern.

«Ging es um Geld?», fragte Inna wachsam, wie ein Luchs auf der Jagd.

«Ich glaube nicht», antwortete Katja, nachdem sie eine Weile nachgedacht hatte. «Wissen Sie, es ging darum, dass man für seine Sünden bezahlen muss.»

«Aber für welche … Sünden?»

«Sie haben nicht gesündigt!», erklärte die Gouverneurstochter plötzlich scharf und richtete sich auf.

Gljeb Swonizkij sah sie verwundert an.

«Natürlich, Papa hat das ganze Leben lang hohe Posten bekleidet, er hat diese Region regiert und sich das Leben genommen! Jetzt werden alle sagen, er hätte Schmiergelder in Millionenhöhe genommen oder irgendwelche Konkurrenten auf dem Gewissen! Oder sie sagen, dass Mama ihn wie die Frau dieses Generals … Herrgott, wie hieß er noch?! … umgebracht hat. Ich will das alles nicht hören. Verstehen Sie? Ich will nicht!»

«Katja», sagte Inna leise. Sie tat ihr so Leid, dass ihr fast die Tränen kamen, doch sie wusste, dass sie ihr nicht helfen konnte. Keiner konnte ihr helfen. «Natürlich, jetzt wird viel Schmutz aufgewirbelt, und Ihre Eltern …»

«Meine Eltern waren die besten Eltern der Welt», sagte Katja scharf. «Haben Sie verstanden?»

«Ihr Vater hat mir Papiere hinterlassen wollen», sagte Inna ruhig. «Ich habe sie nicht erhalten. Ich muss unbedingt herausfinden, was das für Papiere waren und warum er sie ausgerechnet mir zukommen lassen wollte. Sie müssen mir helfen, Katja.»

«Papiere», murmelte die Gouverneurstochter. «Vielleicht wollte Mama Sie deshalb sprechen?»

«Ist Ljubow Iwanowna direkt von der Datscha aus zu dem Treffen mit mir gefahren?»

«Nein. Wir sind zuerst in die Stadt gefahren, während dort aufgeräumt wurde. Mitja war sehr betrunken. Mama ist nicht mit dem Auto gefahren. Der Fahrer war irgendwohin verschwunden, direkt nach dem Friedhof. Mama sagte, so würde es jetzt immer sein, denn uns bräuchte keiner mehr.»

Das stimmt, dachte Inna. Euch braucht jetzt keiner mehr.

«Aber ich habe die Papiere nicht gesehen.»

«Inna Wassiljewna», fragte Gljeb Swonizkij vorsichtig, «wovon sprechen Sie? Von was für Papieren?»

«Ich weiß ja selber nichts Genaueres», gab Inna zu. «Und dann hat Ihre Mama nicht mehr über Schuld und Sühne gesprochen, ja?»

Katja schüttelte den Kopf und strich sich ärgerlich eine Locke hinter das Ohr.

«Sie sagte, dass wir so schon genügend gestraft seien. Ich denke, damit meinte sie Mitja. Und dann hat sie noch gefragt, ob ich mich an Mascha Mursina erinnere. Ich sagte ja.»

«Wer ist Mascha Mursina?»

«Sie ist ins Wasser gegangen», erklärte Katja. «Vor etwa zwanzig Jahren. Papa war böse, dass Pater Wassilij angeordnet hatte, sie jenseits des Zauns zu beerdigen, wissen Sie, so wie man Selbstmörder beerdigt.»

Inna fror plötzlich am Kopf, direkt unter der Haardecke.

Himmel, was für unvorstellbare, seltsame Zufälle. Vor zwanzig Jahren war Muchin böse darüber gewesen, dass man die Selbstmörderin Mascha jenseits des Zauns beerdigt hatte. Gestern war er selbst beerdigt worden – zwar innerhalb des Zauns, wie es sich gehörte, und sogar mit Pauken und Trompeten –, aber auch als Selbstmörder.

Inna goss Wasser aus einem Kanister in den Teekessel. Es war besonderes Wasser, für das Ossip stets den weiten Weg gern auf sich nahm. Sie schnitten einen weißen Eiswürfel aus dem Jenissej, schlugen ihn in eine Zeltplane und fuhren ihn in die Stadt. Inna fand, es war das beste Wasser auf der ganzen Welt, gar kein Vergleich mit «Evian» oder «Vittel»!

«Katja, warum hat Ljubow Iwanowna von der Selbstmörderin Mascha gesprochen? Wissen Sie das vielleicht?»

Katja schüttelte den Kopf. Nein, sie wusste es nicht.

«Aber wovon war denn kurz davor die Rede?»

Katja überlegte ein bisschen.

«Davon, dass Gott die Dreieinigkeit liebt, und davon, dass alle drei gestraft sind. Und jetzt auch der Vater.»

«Wer … alle drei? Welche drei?»

Katja schüttelte den Kopf, sie wusste wieder keine Antwort.

«Und mich hat mein Mann verlassen», sagte sie unvermittelt. «Schon im Sommer. Mama hat mich beruhigt, sie sagte, er würde schon wiederkommen. Aber er hat jetzt Ilona, die Künstlerin. Sie muss malen, und Genja braucht meine Wohnung. Für Ilona.»

Inna hatte eine schnelle Auffassungsgabe.

«Hat die Wohnung Ihrem Vater gehört?»

«Ja, das hat sie. Und jetzt gehört sie mir.»

«War Ihr Mann bei der Beerdigung?»

«Nein, er ist erst heute hergeflogen. Wahrscheinlich hat er erfahren, dass die Mama gestorben ist.»

Inna nahm drei Tassen vom Regal – aus der einen hatte vor kurzem Jastrebow getrunken – und stellte sie auf den Tisch. Dann überlegte sie einen Moment und stellte die Tassen anders hin: Die, aus der er getrunken hatte, nahm sie für sich.

«Um wie viel Uhr landet das Flugzeug aus Moskau?», fragte sie Gljeb.

«Das Moskauer landet abends. Aber … ist Ihr Mann etwa aus Moskau gekommen?»

«Nein», sagte Katja verwundert, «aus Petersburg.»

«Das Flugzeug aus Petersburg landet um elf. Der Tod wurde um drei Uhr nachmittags bekannt gegeben. Er konnte also gar nicht wissen, dass … Ihre Mama gestorben ist. Er war zu diesem Zeitpunkt im Flugzeug», sagte Gljeb.

Katja zuckte mit den Schultern:

«Dann hat er es vielleicht nicht gewusst.»

«Das heißt, er ist nicht zur Beerdigung Ihres Vaters gekommen, sondern erst am nächsten Tag», schlussfolgerte Inna. «Und er will Ihre Wohnung haben. Wie heißt er?»

«Genja.»

«Und der Nachname?»

«Sossimow. Ich heiße Sossimowa nach ihm und nicht Muchina.»

Sie rührte ihren Tee mit dem Löffel um, pustete kurz in die Tasse und sagte entschieden:

«Nach Hause gehe ich trotzdem nicht. Ich muss bloß Mitja noch einmal sehen, dann fahre ich weg. Vielleicht kann ich ihn ja überreden, mit mir zu kommen.»

Inna hatte großes Mitgefühl mit Katja, und dieses Mitgefühl ließ ihre Entschlossenheit schmelzen.

«Ach nein!», sagte Katja plötzlich, als erinnerte sie sich an etwas. «Ich kann ja gar nicht wegfahren. Wir müssen Mama beerdigen. Mama ist tot.»

Ihr Gesicht sah plötzlich sehr konzentriert aus, fast schon verbissen. Dann schwoll es an wie eine Gewitterwolke. Die Lippen gingen auseinander, und in den Augen stand alle Trauer der Welt.

Sie fasste sich an die Wangen, beugte sich vor und fing verzweifelt an zu weinen, wie ein kleines Kind.

Gljeb schaute Inna düster an. Auch ihm tat Katja Leid, er hätte ihr gern geholfen und war böse, weil er ihr nicht helfen konnte.

Inna schüttelte den Kopf. Keiner konnte helfen.

Katja weinte lange. Dann rang sie schluchzend und wimmernd um Atem.

Inna goss ein halbes Fläschchen Valocordin in ein Glas

und flößte es ihr ein. Dann brachte sie sie zum Sofa im Arbeitszimmer.

Mehr konnte sie für die Gouverneurstochter nicht tun. Sie konnte ihr nur ein Dach über dem Kopf und ein Bett bieten, sie zudecken und das Licht ausschalten.

Gina kam und setzte sich in die Tür.

«So ist das», sagte Inna leise zu ihr. «So schrecklich ist das.»

Gina stimmte zu. Sie kletterte vorsichtig und graziös auf das Sofa, wo die erschöpfte Gouverneurstochter in tiefem Schlaf unter zwei Decken lag. Sie schaute nach einem Plätzchen, wo sie sich hinlegen konnte, und machte es sich zu ihren Füßen bequem.

Inna verließ das Zimmer und ließ die Tür einen Spalt offen.

18

GLJEB SWONIZKIJ saß in der Küche und trank Kaffee. Die braungoldene Dose, aus der wie in der Kaserne ein großer Löffel herausragte, stand vor ihm auf dem Tisch.

«Inna Wassiljewna, bitte verzeihen Sie, dass ich sie zu Ihnen … Ich wusste nicht, wohin sonst. Und sie hat gleich davon gesprochen, dass ihre Mutter Sie hatte sehen wollen.»

«Ist in Ordnung.» Inna setzte sich an den Tisch und umfasste mit beiden Händen ihre Tasse. Der Tee war schon fast kalt geworden, aber den Schluck Jenissej ins Waschbecken zu schütten war Inna zu schade.

«Was mag es mit Dostojewskijs Romanen und der Dreieinigkeit und all dem Zeug auf sich haben? Was ist ihr da in den Sinn gekommen?»

«Ich weiß nicht», antwortete Inna nachdenklich, «ich weiß nicht, Gljeb. Vielleicht hat Ljubow Iwanowna etwas gewusst oder geahnt …»

«Was denn?»

«Warum ihr Mann sich erschossen hat.»

«Wer zum Teufel soll da jetzt noch Klarheit hineinbringen!», schimpfte Gljeb plötzlich verbittert. Er schlug leise mit der Hand auf den Tisch, als wollte er einen Punkt setzen.

«Warum?»

«Weil alles streng geheim gehalten wird. Sogar von uns hat man keinen nah herangelassen!»

«Von euch? Wen meinst du damit?», unterbrach ihn Inna.

«Den Geheimdienst, den FSB, Inna Wassiljewna», erklärte er mit einem gewissen Hohn in der Stimme. «Es ist vollkommen unklar, wer hier was ermittelt hat, welche Beweismittel gesammelt wurden und wer eigentlich festgestellt hat, dass Muchin sich selbst erschossen hat. Der General wurde zu einer Besprechung beordert, auf der ihm alles erklärt wurde. Er hat anscheinend alles genauso an uns weitergegeben, aber wer weiß schon wirklich Bescheid?»

«Wer hat euch denn nicht nah herangelassen?»

«Wer? Jakuschew.»

«Jakuschew hat euch nicht nah herangelassen, weil er jetzt keinen Skandal in der Region will», sagte Inna ungeduldig. «Außerdem war er seit Ewigkeiten mit Muchin befreundet. Er wollte wohl verhindern, dass ihr in seinen Schränken, Papieren und Briefen herumwühlt! Nachher hättet ihr irgendwelche illegalen Händel, Geld oder sonst irgendwas gefunden ... So was gibt's schließlich bei jedem Gouverneur zuhauf.»

Gljeb schaute sie blitzend an, dann wurde sein Blick wieder sanft.

«Ich kenne Sie gut, Inna Wassiljewna, und weiß, dass Sie unsere Arbeit schätzen. Deshalb bin ich jetzt nicht beleidigt.»

«Gut. Sei nicht beleidigt, Gljeb. Hilf mir lieber.»

«Gern, mit allem, was in meiner Macht steht, Inna Wassiljewna!»

«Versuch etwas über Mascha Mursina herauszufinden, über die Frau, die ins Wasser gegangen ist. Vielleicht findest du in euren Archiven etwas über sie oder über ihre Familie.»

Gljeb war so überrascht, dass seine Augenbrauen zuckten.

«Aber … was wollen Sie von der Familie von Mascha Mursina?»

Inna sah ihn kühl an.

«Die Witwe hat am Tag der Beerdigung ihres Mannes von ihr gesprochen. Seltsam, dass sie sich überhaupt daran erinnert hat. Katja sagte, es ist vor … vor wie langer Zeit ist es passiert?»

«Vor zwanzig Jahren.»

«Vor zwanzig Jahren. Weißt du noch, was vor zwanzig Jahren war?»

Er schwieg eine Weile, dann sagte er plötzlich fröhlich:

«Ich weiß noch, wie ich Milch holen gefahren bin. In Bjelojarsk gab es keine, also bin ich mit dem Motorrad vierzig Werst weit aufs Dorf gefahren.»

Sie schwiegen einen Moment und hingen ihren Erinnerungen nach.

«Wahrscheinlich gibt es sowieso nichts darüber», sagte Inna nachdenklich. «Aber ich würde doch gern wissen, warum sie ins Wasser gegangen ist.»

«Wenn sie in der Kartei steht, erfahren wir es», versprach Gljeb.

«Und über diesen Ehemann. Genja, Gennadij Sossimow, wenn ich mich nicht irre. Aber er lebt nicht hier, sondern in Petersburg.»

Gljeb lächelte und rührte den Rest Kaffee in seiner Tasse um.

«Ist ja gut, Inna Wassiljewna. Was macht das für einen Unterschied. Von mir aus könnte er auch in Südkorea leben ... Es gibt nur eine Kartei für alle.»

Inna sah ihn an und lächelte ebenfalls.

«Welchen Dienstgrad hast du jetzt, Gljeb?», fragte sie plötzlich.

«Major.»

«Ist das gut?»

Er zuckte die Schultern in dem gemusterten Norwegerpullover.

«Bislang ist es gut. Dann sehen wir weiter.»

Sie schwiegen.

«Sie ...» Gljeb sah Inna fragend an, «... werden sie nicht verjagen, nicht wahr? Wo soll sie denn hin, wo sie nun auch noch die Mutter unter die Erde bringen muss! Außerdem lief wirklich einer hinter ihr her, ich hab es selbst gesehen, und ich neige nicht zu Halluzinationen.»

Inna wurde böse:

«Gljeb, ich habe nicht vor, irgendjemanden zu verjagen. Heilige Mutter Theresa, red keinen Mist! Find lieber so was wie Fakten heraus.»

Er stand auf.

«Dann geh ich jetzt, wenn Sie erlauben. Schließen Sie die Tür gut hinter mir ab.»

Inna schloss die Tür hinter ihm ab, machte das Licht auf der Vortreppe aus und schaute eine Weile in den Schnee hinaus, der unter dem riesigen, kalten, schrecklichen sibirischen Mond bläulich glänzte.

Irgendwo weit hinter dem Jenissej in der Taiga lag unter demselben Mond ein magerer, sehniger Wolf und versteckte die Nase in seinen verfrorenen Pfoten.

Irgendwo ganz nah gab es unter demselben Mond einen Menschen, der den Gouverneur und seine Frau ermordet hatte und den nächsten Schachzug plante. Inna wusste, dass er genau das tat, und zwar gerade jetzt.

Inna Seliwerstowa, die ihm in die Quere gekommen war, zählte nicht. Er musste überzeugt sein, dass er sich ihrer ebenso schnell und leicht würde entledigen können, wie er sich der Gouverneurswitwe entledigt hatte.

Inna zog den Rollkragen des Pullovers bis zu den Wangen hoch. Ihre Wangen waren heiß, die Hände kalt, und der Pulli kratzte.

Im selben Moment zog wahrscheinlich ihr Gegner den Korken aus einer quadratischen Flasche und goss sich ein Glas ein.

Er musste denken, dass er alles über sie wusste, denn er war sehr nah an sie herangekommen. Er musste überzeugt sein, dass es nicht weiter schwierig sein würde, sie aus dem Weg zu räumen. Muchin hatte es zwar fertig gebracht, ihm seinen idealen Plan zu vermasseln. Dann hatte sich die Witwe eingemischt, und jetzt kam sie, Inna, noch dazu, die ihm hinterherschnüffelte. Aber eine Frau konnte nicht klug sein. Sie konnte schlau sein, gerissen und verlogen, aber nicht so klug, ihn zu überlisten, dessen musste er sich sicher sein! Er wollte sie bestimmt ins Jenseits schicken, damit wieder alles nach Plan verlief.

Inna Seliwerstowa lächelte, während sie hinter dem Fenster stand, über dem der eine Mond hing, der für alle schien.

Sie spürte die ganze Zeit diese fremde Berechnung, die fremden Regeln und auch, wie geschickt er sie dazu brachte, nach diesen Regeln zu spielen. Das Schlimmste war, dass sie nicht darauf kam, wer er war!

Aber wer auch immer er war: Eins hatte er nicht bedacht. Sie war nicht die verschüchterte Gouverneurstochter, sondern eine ernst zu nehmende Gegnerin. Solange das Spiel nur in eine Richtung ging und nur er Punkte sammelte, musste er überzeugt sein, dass sich die Lage im Feld nicht geändert hatte. Es war gut, dass er das glaubte.

Solange er sich überlegen wähnte, hatte sie noch ein paar Tage Zeit.

Inna ballte einen Moment die Fäuste.

Sie rekapitulierte.

Das Zimmermädchen Natascha, von dem keiner in der Haushaltsabteilung etwas wusste. Der dunkle Wagen. Die Papiere, die die Witwe ausgerechnet ihr, Inna, hatte geben wollen. Das schwarze Loch in der Schläfe. Die Zeitungen, auf die der Gouverneur eigenhändig ihren Namen geschrieben hatte. Die offenbar so große Bedeutung hatten, dass sie aus ihrem Haus verschwunden waren. Nur die Liste mit den Namen der Journalisten war übrig geblieben und die Tatsache, dass die Initialen «SG» am häufigsten vorkamen. Schuld, Sühne, die Selbstmörderin Mascha Mursina, die sich vor zwanzig Jahren im Jenissej ertränkt hatte. Gott liebte die Dreieinigkeit, die Strafe für die Sünden. Was stand dahinter? Wer stand dahinter? Jastrebow? Jakuschew? Oder jemand, der mit der Politik nichts zu tun hatte?

Sie ging vom Fenster weg, dachte einen Augenblick nach und zog die Vorhänge zu, was sie sonst nie tat. Der Mond blieb jenseits des dichten dunklen Stoffs.

Inna sah misstrauisch zur Tür hinüber. Das falsche Zimmermädchen hatte einen Schlüssel gehabt, das hieß, Inna konnte nicht davon ausgehen, dass das Schloss die Feinde abhielt.

Sie stellte entschlossen das Zeitungstischchen an die Tür, dann zog sie das niedrige Schuhregal hinterher. Sie stellte es so auf das Tischchen, dass es bei der kleinsten Bewegung mit großem Lärm umfallen würde. Sollte es jemand wagen, ohne Einladung bei ihr erscheinen zu wollen, würde sie es wenigstens hören!

Dann schaute sie bei Katja herein. Sie schlief, ihr Atem war kaum zu hören.

Inna durfte die Ankunft von Adelaida nicht verschlafen – sie kam immer pünktlich um acht. Bis zu ihrem Kommen musste sie, falls die Nacht ruhig verlaufen würde, die Barrikade forträumen.

«SG» konnte jeder sein. Gljeb Swonizkij zum Beispiel, auch wenn er noch nie im Leben irgendwelche Zeitungsartikel geschrieben hatte.

Oder Genja Sossimow, Katjas Mann, der um jeden Preis seinen Anteil von Katjas Wohnung haben wollte. Und von dem keiner etwas wusste.

19

NOCH BEVOR SIE am nächsten Morgen zur Arbeit losfuhr, rief Jakuschew an und erinnerte sie daran, dass das besagte Fest für das Volk ein sehr wichtiges Vorhaben sei und Inna es nicht hinauszögern solle.

«Ich zögere nichts hinaus, Sergej Iljitsch. Ich beschäftige mich mit der Frage.»

«Vor allem, na ja, du siehst es ja selbst, ein Unglück jagt das nächste. Ljubow nun auch noch …»

«Gibt es irgendwelche Einzelheiten?»

«Was denn für Einzelheiten?», fragte Jakuschew verärgert. «Ljubow ist nicht mehr, sie ist Anatolij gefolgt. Sie hat seinen Tod nicht verkraftet.»

Natürlich würde Jakuschew mit ihr keine Einzelheiten besprechen, und er musste ihr zu verstehen geben: Was auch immer geschieht, es gibt eine offizielle Version.

«Also, ein bisschen mehr Dampf, Inna Wassiljewna! Und herzlichen Glückwunsch, dass du Jastrebow so geschickt bloßgestellt hast. Ich hab's mir gestern angeschaut. Hat mir gefallen.»

Inna erwartete, dass er vielleicht jetzt etwas über sein Lager sagen würde, über die großen Dinge, die anstanden, darüber, dass er für seinen Wahlkampf Innas Professionalität gebrauchen konnte, aber wieder sagte Jakuschew kein Wort darüber, er wiederholte nur seine Glückwünsche und hängte den Hörer auf.

Wozu hatte er angerufen?

Seltsam.

Adelaida sang in der Küche vor sich hin, etwas über einen Regentag und einen Hirsch, der durch die Stadt galoppiert. Inna hatte die Barrikade zwar vor ihrem Kommen weggeräumt, doch das Schuhregal hatte sie offenbar nicht an dieselbe Stelle zurückgeräumt, denn Adelaida bemerkte sofort, dass etwas nicht stimmte.

Von Katja war nichts zu hören.

Inna beschloss, noch einmal bei ihr hereinzuschauen, bevor Ossip kam.

Sie schlief nicht. Sie lag da, bis zum Kopf unter der Bettdecke, und starrte vor sich hin.

«Guten Morgen», sagte sie deutlich, ohne den Kopf zu drehen. «Und haben Sie vielen Dank. Ich mache Ihnen wohl viel Ärger.»

Inna schob einen Sessel heran, setzte sich und sah die Gouverneurstochter an. Ihre Stirn war ganz weiß, die Schläfen gelblich, unter den Augen hatte sie Ringe.

«Katja, hören Sie mir zu. Sie gehen am besten erst mal nicht aus dem Haus. Bleiben Sie hier.»

«Ich kann nicht. Mama ist tot. Ich muss alles organisieren.»

«Katja, das wird alles auch ohne Sie geregelt. Bleiben Sie wenigstens bis heute Abend hier.»

«Ich kann nicht. Wegen Mama.»

«Ich werde Sie notfalls hier einschließen», verkündete Inna ruhig. «Und vor den Fenstern sind Gitter.»

Katja drehte den Kopf zu ihr und sah sie an.

Inna schien, als wäre der friedliche Irrsinn von gestern aus ihren Augen verschwunden, nur Trauer war noch darin zu sehen, die Trauer der ganzen Welt. Wie war es nur möglich, dass so viel davon in einen einzigen Menschen hineinpasste?

«Ich muss Mitja auftreiben», sagte Katja mit Mühe. «Und ihm das mit Mama sagen. Er weiß wahrscheinlich von nichts.»

Inna war sicher, dass, selbst wenn Mitja gefunden würde und man ihm sagen würde, dass seine Mutter gestorben war, er nichts begreifen würde.

«Ich geh also lieber, Inna.»

«Sie gehen nirgendwohin», sagte Inna hart. «Oder wollen Sie noch vor dem Abend die dritte Leiche in Ihrer Familie sein?»

Sie konnte hart, unbeugsam und unerschütterlich sein, wenn es drauf ankam.

«Bis heute Abend bleiben Sie auf jeden Fall hier. Das Zimmermädchen geht jetzt bald. Wir stellen Ihnen etwas zu essen hin. Heute Abend kommt Gljeb, und dann denken wir uns etwas aus.»

«Ich kann trotzdem nicht hier bleiben. Man wird wahrscheinlich nach mir suchen. Mein … Mann ist gestern angekommen.»

«Ich rufe Ihren Mann an und sage ihm, dass Sie bei mir sind.»

Katja wandte den Blick ab und schaute wieder zur Decke.

«Ich will nicht, dass er hierher kommt.»

Inna seufzte ungeduldig. Es ärgerte sie immer, wenn eine Frau nicht für sich einstehen konnte.

«Katja, ruhen Sie sich aus, später sehen wir weiter.»

Katja schwieg. Inna wusste, dass sie ihr Ziel erreicht hatte.

Katja wollte diesen Zufluchtsort auch nicht wirklich verlassen und hinaus in den Kampf, wo sie schwierige Entscheidungen zu treffen hatte, Probleme angehen und lösen, die Verantwortung übernehmen musste. Sie brauchte eine Atempause, und genau die schlug ihr Inna vor. Sie musste ihren Schmerz richtig durchleben, um ihn annehmen und Frieden mit ihm schließen zu können. Dafür war Innas warmes und abseits gelegenes Arbeitszimmer der beste Ort.

Außerdem erinnerte sich Katja kaum noch daran, was tags zuvor geschehen war, und das machte ihr Angst.

Jetzt begann sie, darüber nachzudenken.

Nachts war sie auf einem fremden Sofa zu sich gekommen, in einem fremden, dunklen Zimmer. Sie war aufgeschreckt und hatte fliehen wollen, weil sie überzeugt gewesen war, sie wäre im Irrenhaus und alle wüssten jetzt, dass sie verrückt war. Aber da hatte sich ein warmes Wollknäuel zu ihren Füßen gerührt, und eine kleine Katze mit spitzen Ohren hatte den Kopf gehoben und ihr streng in die Augen gesehen.

Katja war sicher, dass genau diese Katze sie wieder zu Verstand gebracht hatte, auch wenn dieser Gedanke noch verrückter war als alle anderen, die ihr vorher im Kopf herumgespukt waren.

Die Katze sah sie bewegungslos an, und ihr Blick traf sie mitten ins Herz. Die unklaren und verschwommenen Bilder fielen von ihr ab wie Staub von einem alten Spiegel, sie verwandelten sich, bis sich Katja plötzlich wieder an alles erinnerte: an die Mama, die vereisten Bretter, das Hundegebell, den riesigen Menschen mit der Kapuze und der warmen Jacke, an Inna Seliwerstowa.

Die Katze wandte ihren Blick erst ab, als das Bild ganz geworden und auch Genja darin erschienen war und die violette Ilona mit den runden Pobacken und der betrunkene Mitja und der verschlossene Sarg, in dem der Vater beerdigt worden war – das ganze Elend ihres derzeitigen Daseins.

Dann erinnerte sie sich daran, wie sie Genja hatte umbringen wollen, und sie erinnerte sich an ihren Fiebertraum, in dem sie gesehen hatte, wie ihre Mutter umgebracht wurde.

Die Katze blinzelte mit den Augen, drehte den Kopf weg, gähnte herzhaft und drehte sich auf die andere Seite.

Katja fasste sich an die Stirn.

Ihre Stirn war heiß. Sie fühlte ihre Wangen und die Haare ganz so, als wären es nicht ihre, dann den Rollkragen ihres Pullovers, ihren Hals. Dann dachte sie ein wenig an den Mann mit der Kapuze und an Inna Seliwerstowa, die sie in ihrem Haus aufgenommen und weder einen Krankenwagen noch Jakuschew gerufen hatte.

Dann kam Inna herein.

Katja sah sie an. Sie sah sehr schön aus, sehr erwachsen, sehr selbstsicher.

«Ich schreibe meine Handynummer auf einen Zettel», sagte Inna leise, «dann können Sie mich anrufen. Und wir sind uns einig, ja? Sie bleiben hier, bis ich wieder da bin.»

«Ja», stimmte Katja zu.

Inna stand auf und verbreitete, als sie den Raum verließ, den Duft von unaufdringlichem Morgenparfüm.

Der getreue Ossip war schon auf seinem Posten, Inna

konnte durch das Fenster den Wagen sehen. Sie wollte nicht, dass er hereinkam und Katja vorfand, daher schlüpfte sie schnell in ihre Halbschuhe – für die Stiefel war nicht genug Zeit – und lief auf die Vortreppe hinaus. Ossip machte ihr die Tür zum Rücksitz auf.

«Zur Verwaltung?»

«Nein, Ossip. Zuerst zu den ‹Bjelojarskije Westi›.»

«Wozu denn das?», fragte Ossip neugierig. «Gestern hattest du das doch noch nicht vor?»

«Gestern nicht, aber heute schon.»

«Die Gouverneurstochter ist verschwunden», verkündete Ossip. «Ich habe heute den Wagen mit Wolodja zusammen gewaschen, das ist Jakuschews Fahrer. Er sagt, seit gestern früh sei sie verschwunden. Und sie scheint nicht ganz bei sich zu sein.»

«Was heißt ‹nicht ganz bei sich›?», fragte Inna nach und schaute aus dem Fenster.

«Das heißt, das Mädchen hat vor Kummer den Verstand verloren. Wolodja hat gesagt, man glaube, sie habe die Mutter … na ja.»

«Was?»

«Na ja … Inna Wassiljewna, als wir in der Lenin-Straße waren, hast du sie da gesehen? Die Tochter?»

«Nein.»

Wolodja sagt, Jakuschew sei über Nacht grau geworden. Er hat solchen Kummer, dass er gar nicht reden kann.»

«Er hat mich heute Morgen angerufen», sagte Inna scharf, «da konnte er ziemlich gut reden.»

Ossip sah sie durch den Rückspiegel an und sagte nichts.

Das Handy klingelte in der Manteltasche, Inna zog es heraus.

Es war Jura. Er war beunruhigt wegen der Änderungen in Innas Tageszeitplan und warf ihr vor, ihn nicht informiert zu haben.

Inna entschuldigte sich. Weil sie gewöhnt war, immer alles allein zu tun, vergaß sie oft, ihren Assistenten zu informieren.

«Inna Wassiljewna, ich habe alle Angaben zu den Zeitungen zusammengestellt, wie Sie gebeten hatten. Aus Priangarsk rief jemand an und fragte, ob Sie zu dem dortigen Festival erscheinen werden.»

«Muss das sein?»

Jura zierte und genierte sich – wahrscheinlich hatte er irgendetwas versprochen, wollte ihr das aber so direkt nicht sagen.

«Inna Wassiljewna, es ist eine gute Veranstaltung. Das Geld dafür haben der Besitzer des Sägewerks und der Vorsitzende des Direktorenrats der Traktorenfabrik aufgebracht.»

Inna seufzte.

«Und ich soll sie jetzt auch für unser Fest um Geld bitten?»

«Na ja, wenn das möglich wäre … Außerdem ist das eine gute Gelegenheit, um die lokale Geschäftswelt zu treffen.»

Nach diesen Worten war Inna alles klar.

Er hatte irgendwem versprochen, dass sie da sein würde. Wahrscheinlich wollte die Priangarsker Führungsschicht sie kennen lernen, um sich die Unterstützung der Presse zu sichern. Für das Frühjahr waren dort Wahlen angesetzt. Die Kandidaten für die obersten Posten in Priangarsk brauchten ebenso wie die Kandidaten für die obersten Posten in Bjelojarsk gute Journalisten, die für sie Reklame machten. Aber die waren teuer, vor allem, wenn man sie nicht im Paket, sondern stückweise kaufte.

Daher wollte die Führungsschicht sie bei Inna im Paket kaufen – sie hatte schließlich genügend Kontakte, mit ihr schien es leichter, sich abzusprechen.

«Jura», sagte sie fröhlich, «daraus wird nichts. Ich fahre jetzt nicht nach Priangarsk. Wenn Sie jemandem dort was versprochen haben, rufen Sie ihn an und vertrösten Sie ihn auf später, wenn es bei uns ruhiger zugeht.»

Jura schwieg, und in diesem Schweigen lag alles Mögliche: spöttische Reue, Achtung vor der Vorgesetzten, die so schnell und richtig begriffen hatte, worum es ging, und ein bisschen Nachsicht, verbunden mit der Gewissheit, dass der Assistent früher oder später seine Vorgesetzte schon noch dazu bringen würde, nach seiner Pfeife zu tanzen!

Inna lächelte in ihren Telefonhörer, Jura lächelte in seinen.

«Wann kommen Sie?»

«Wahrscheinlich in anderthalb Stunden.»

20

INNA VERTRAUTE DARAUF, dass der Chefredakteur der «Bjelojarskije Westi», der stets extrem gesprächig war, zu so früher Stunde noch nicht da wäre, sodass sie die für sie unentbehrlichen Informationen schnell erhalten würde.

«SG» – dieses Kürzel war es, was sie mehr als alles andere interessierte.

Sie wollte wissen, ob die geheimnisvollen Initialen in irgendeinem Bezug zu dem rätselhaften Tod des Gouverneurs standen oder ob sie sich das alles nur einbildete.

Sie stieg die kalte Treppe hinauf, deren Wände bis zur Hälfte mit grüner Ölfarbe gestrichen waren, und zog die quietschende Tür auf. Der Geruch nach abgestandenem Tabak, billigem Parfüm und Kaffee hing in dem niedrigen Korridor. Inna wusste, dass sie von diesem Geruch unweigerlich binnen kürzester Zeit Kopfschmerzen bekäme, die sie den ganzen Tag begleiten würden.

Sie steuerte zielstrebig auf die vorletzte Tür rechts zu, dort saßen der Chefredakteur und sein Vertreter. Inna klopfte mit dem Fingerknöchel an und trat ein, ohne die Antwort abgewartet zu haben.

«Inna!», donnerte es ihr vom rechten Tisch entgegen. «Hundert Jahre ist es her und hundert Winter!»

Der Chefredakteur, von dem Inna so sehr gehofft hatte, er möge abwesend sein, kam hinter dem Tisch hervor, zögerte einen Moment, ob er sie umarmen sollte, entschied sich dann aber dafür, ihr bloß mit beiden Händen die Hand zu schütteln.

«Ich freue mich. Ich freue mich sehr.»

Inna war überzeugt, dass Sidor Platoschko schon als Zeitungschefredakteur zur Welt gekommen war – in genau diesem zerdrückten und verstaubten braunen Anzug, in genau diesen schmutzigen Stiefeln, von denen der rechte nie zugeschnürt war, und mit der blau gestreiften Krawatte, die jetzt zu einer Schlinge verknotet am Stuhl hing. In besonders verantwortungsvollen Situationen steckte Sidor seinen Kopf in die Schlinge und zog sie so energisch am Hals zusammen, als wollte er sich ersticken. Er rauchte pausenlos und schrieb pausenlos, und man hatte den Eindruck, dass er, wenn man ihm die Zigarette oder den Stift wegnähme, ins Koma fiele – als wollte man ihm ohne Narkose ein Körperteil amputieren.

«Warum haben Sie mir nicht vorher Bescheid gesagt? Wir hätten uns … vorbereitet, uns freigenommen … in der letzten Woche hatten wir drei Artikel, diese Ausgaben hätten wir speziell für Sie … aber jetzt ist keiner da. Ich kann es natürlich versuchen, aber …»

Sidor sprang auf, stürmte an Inna vorbei zur Tür, riss sie auf und schrie durch den ganzen Korridor:

«Lida! Lida!»

Niemand reagierte, sodass der Chefredakteur nicht weiter rief, sondern zurückrannte, die Tür hinter sich zuwarf, an Inna vorbeiging und sich in einen Sessel fallen ließ.

«Keiner da», sagte er entschuldigend. «Und Sie wollten … sich die Umbrüche ansehen?»

Sidor erinnerte sich noch gut an die Zeit, als ohne die Billigung von oberster Parteistelle nicht das Geringste an die Öffentlichkeit gelangt war, noch nicht einmal in der Anzeigenrubrik.

«Nein», beruhigte sie ihn, «ich werde mir nicht die Umbrüche anschauen.»

«Dann trinken Sie vielleicht einen Kaffee?», fragte Sidor fürsorglich und schrie wieder ohrenbetäubend laut, diesmal aber, ohne sich von seinem Platz zu erheben:

«Lida, Lida!»

Natürlich kam niemand, und der Chefredakteur schaute Inna zerknirscht an.

«Nein, nein», lehnte sie schnell ab, «ich möchte keinen, danke. Ich hätte gern gewusst, wer diese Journalistin ist, die für Sie schreibt. Der Name lautet Sinaida Gromowa. Das ist doch ein Pseudonym, oder?»

Der Chefredakteur erstarrte. Das Telefon klingelte, er riss den Hörer hoch und knallte ihn gleich wieder zurück auf die Gabel. Dann sah er Inna taxierend an, als überlegte er, ob er das Geheimnis preisgeben musste. Dabei strich er sich über den Künstlerbart. Die Zigarette glomm vor sich hin, und Inna schien es, als würde er sich gleich verbrennen.

«Wie soll ich es sagen ...» Sidor strich sich zum wiederholten Mal über den Bart, dann führte er die Zigarette zum Aschenbecher, aber es war zu spät. Die Asche fiel auf sein Jackett. Er schielte hin und pustete entschieden das graue Pulver weg. «Was wollen Sie denn von dieser Gromowa?»

«Ach, nichts weiter», sagte Inna so überzeugend wie möglich. «Ich muss einfach mit ihr sprechen.»

«Wozu wollen Sie mit ihr sprechen? Ich empfehle Ihnen Ljew Roninson. Das ist unser fester Autor, Journalist seit 1953, er ist hundertmal besser als diese Moskauer Federfuchser. In der letzten Woche gab es gerade erst eine Rückschau von ihm …»

«Nein», unterbrach ihn Inna, «danke. Ich brauche die Gromowa oder wie sie heißt.»

«Wozu brauchen Sie die denn bloß? Ich kann Ihnen noch Klawa Medwedkowa empfehlen. Sie ist zwar jung, erst siebenundvierzig, aber sie schreibt Artikel über Kultur, da kommen einem glatt die Tränen!»

«Ich brauche keine Klawa! Was sind denn das für Geheimnisse, Sidor? Oder ist diese Gromowa eure Spionin?»

«Sie interessieren sich doch nicht einfach nur so für sie», murmelte der Chefredakteur seufzend vor sich hin.

«Sondern?»

«Entweder wollt ihr ihr an den Kragen, oder ihr wollt, dass sie über jemand Bestimmten schreibt! Aber bei uns ist die Presse demokratisch, unserer Zeitung vertraut die ganze Stadt. Als wir letztens schrieben, dass auf der Lesnaja-Straße ein Wasserrohrbruch war und sich keiner drum kümmerte, wurde schließlich der Vorsitzende der Haushaltskommission …»

«Ich weiß», unterbrach ihn Inna, «natürlich, ich weiß! Ihm wurde mit Pauken und Trompeten gekündigt. Sie haben eine gute Zeitung, Sidor, aber ich brauche trotzdem Sinaida Gromowa. Oder gibt es sie etwa gar nicht?»

Sidor schaute sie erst ohne Brille an, dann setzte er sie entschieden auf und schaute sie durch die Gläser erneut an. Durch die dicken, verschmutzten Brillengläser sah es so aus, als würde er die Augen weit aufreißen.

«Sie ist eine freie Mitarbeiterin», bekannte er. «Das

heißt, sie arbeitet nach Auftrag und kommt nie in die Redaktion. Aber was soll das? Oder hat sie irgendwas versaut? Sagen Sie nur, wir werden sie sofort …»

«Niemand hat hier irgendwas versaut!» Sie hatte gewusst, dass sie es mit dem Chefredakteur schwer haben würde. «Es ist alles in Ordnung! Ich muss nur einfach mit ihr sprechen, das ist alles!»

«Worüber wollen Sie denn mit ihr sprechen?»

«Darüber, dass ein Geisteskranker aus dem Irrenhaus ausgebrochen ist», platzte Inna mit dem Erstbesten heraus, was ihr aus den Muchin'schen Zeitungen noch in Erinnerung geblieben war. «Sie hat in Ihrer Zeitung darüber geschrieben.»

Sidor erinnerte sich sofort – er kannte die Themen auswendig, über die seine Zeitung in den letzten paar Jahren geschrieben hatte und über die sie schrieb. Er war tatsächlich der geborene Chefredakteur.

«Das ist doch ein ganz alter Hut!»

«Genau um diesen alten Hut geht es mir!»

«Wir haben ihr ja deshalb schon einen Verweis erteilt! Es ist alles in Ordnung.»

«Wem haben Sie einen Verweis erteilt?»

«Der Gromowa. Nur heißt sie nicht Gromowa, sondern Sachar Juschin. Und ist ein Er. Gromowa ist ein Pseudonym. Er hat noch mehr davon. Gruschin und Sejnara Gulina und …»

«Wofür haben Sie ihm einen Verweis erteilt?»

«Wofür? Für die Veröffentlichung von ungeprüften Informationen, wofür denn sonst!»

Je tiefer der Wald, dachte Inna, desto dichter die Bäume.

«Was denn für ungeprüfte Informationen?»

«Na, dass es überhaupt keinen Geisteskranken gab, der aus einem Irrenhaus ausgebrochen wäre!»

Inna sah den Chefredakteur an, als hätte er sich selbst gerade zum Geisteskranken erklärt.

«Was soll das heißen – es gab keinen?», fragte sie vorsichtig.

«Wissen Sie davon gar nichts?», fragte der Chefredakteur erstaunt. «Und ich dachte …! Es gibt diesen Geisteskranken nicht, er ist vor Jahren schon gestorben, und ich weiß wirklich nicht, wo ihn Sachar hergenommen hat! Er suchte nach einer heißen Story und stieß auf diesen Unsinn, es war Sommer, und da gibt's immer so wenig zu berichten. Dann rief uns wer von der Anstalt an und sagte: Was schreiben Sie denn da, von uns ist keiner weggelaufen, und der, über den Sie geschrieben haben, ist schon zehn Jahre tot!»

«Soso», sagte Inna. «Bitte suchen Sie diesen Artikel für mich heraus. Und dazu Sachars Telefonnummer und seine Adresse.»

«Ja natürlich», versprach der Chefredakteur, dem sichtlich mehr nach einem Nein zumute war, «aber wenn Sie mir sagen würden, Inna, wozu Sie ihn brauchen, dann könnte ich …»

Aber Inna war schon tief in Gedanken versunken und bekam von seinem Gestammel kaum noch etwas mit.

Die Nachricht von dem entflohenen Geisteskranken konnte Muchin eigentlich kaum eine solche Angst eingejagt haben, dass er sie unbedingt Inna zeigen wollte und sich dann vor Kummer erschoss. Hatte sie also nichts mit der ganzen Geschichte zu tun?

Außerdem kam es ihr komisch vor, dass die Geschichte mit dem Geisteskranken so große Folgen nach sich gezogen hatte. Jemand hatte also den Artikel gelesen, daraufhin in der Redaktion angerufen, Entschuldigungen eingefordert, woraufhin die Redaktion den Korrespondenten gerügt hatte – das passte gar nicht zu der Nichtigkeit des Anlasses. Außerdem war unverständlich, wie der Korrespondent überhaupt auf seine Falschmeldung gekommen war. Aus Erfahrung wusste Inna, dass Journalisten nie um des Lügens willen lügen, sie lügen immer nur aus Eigeninteresse oder aus Schlamperei.

Was konnte man für ein Interesse daran haben, zu schreiben, dass ein Geisteskranker geflohen sei, der tatsächlich schon zehn Jahre vorher gestorben war? Oder war tatsächlich jemand geflohen, und der Korrespondent hatte bloß die Namen verwechselt?

«Hier», erklang die Stimme des Chefredakteurs, «hier ist der Artikel, die Adresse … kommt gleich.»

Er atmete tief ein und brüllte:

«Lida!»

Er horchte und lächelte Inna entschuldigend an.

«Noch keiner da! So früh bin immer nur ich hier. Sie sind alle jung und faul! Warten Sie einen Moment, ich sehe selber nach.»

Mit einer glimmenden Zigarette in der einen und einem Stift in der anderen Hand eilte er aus dem Raum, und seine schweren Schritte verloren sich in der Weite der Redaktion.

Inna sah sich den Artikel an.

Es war eigentlich nur eine kleine Randnotiz. Darin hieß es, die Bewohner des Sabolozker Kreises sollten jetzt vorsichtig sein, denn der Geisteskranke habe eine Reihe schwerer Verbrechen begangen.

Keinerlei Details, keine Beschreibung der Verbrechen, keine an den Nerven zehrenden Einzelheiten über die Flucht, zu denen sich ein durch die Kargheit der sommerlichen Nachrichten abgehärmter Journalist hätte verleiten lassen können.

Dennoch hatte der Gouverneur gerade auf diese Zeitungsausgabe – Inna erinnerte sich noch genau – mit blauen Schnörkeln ihren Namen geschrieben.

Und Jastrebow? Wozu brauchte er die Randnotiz über den Geisteskranken und den ganzen Rest? Irgendetwas musste darunter sein, was ihn anging und eine Gefahr für ihn darstellte!

Der Chefredakteur kam atemlos zurück und winkte schon von der Schwelle aus Inna mit einem Zettel zu, auf dem Sachar Juschins Adresse geschrieben stand.

«Wir haben nur die Adresse, auf die er gemeldet ist», erklärte er in entschuldigendem Tonfall. Allerdings schwang darin eine gewisse Schadenfreude mit nach dem Motto: Wenn du ihn nicht findest, kann ich nichts dafür.

«Wie finden Sie ihn denn dann, wenn Sie ihn brauchen?»

«Er meldet sich immer selbst. Er ruft uns an. Wir laufen ihm nicht hinterher.»

Inna ahnte Böses.

«Sidor, kennen … kennen Sie ihn überhaupt persönlich?»

«Nein!», antwortete Sidor fröhlich. «Ich habe ihn noch nie gesehen! Ich sagte doch, er kommt nicht zu uns.»

«Und wie kommen Sie an die Artikel? Wie bezahlen Sie die Honorare?»

«Die Artikel kommen per Computer. Früher hatten wir einen ganzen Stab Stenotypistinnen, jetzt haben wir nur noch eine, weil alle inzwischen mit dem Computer umgehen können. Die Honorare schicken wir per Post als Überweisung, entsprechend den Angaben der polizeilichen Anmeldung und des Passes!»

«Aber er muss doch irgendwann auch mal hier gewesen sein!»

«Nicht, dass ich wüsste.»

«Auch nicht am Anfang der Zusammenarbeit? Wie sind Sie denn überhaupt auf ihn gekommen?»

Der Chefredakteur strich sich über den Bart und bekannte, dass er leider nicht sagen könne, wie der Korrespondent Juschin zu der Zeitung gekommen sei, denn nicht er habe mit ihm Kontakt gehabt, sondern seine Vertreterin, die im Frühjahr in Pension gegangen und inzwischen zu ihrem Sohn nach Nowotscherkassk gezogen sei. Oder war es vielleicht Nowokusnjezk?

Inna dankte ihm. Im Vertrauen auf die Regel, nach der man von einem Gespräch immer nur den letzten Satz behält, lud sie Sidor ein, auf der Sitzung der Literaturgesellschaft eine Rede zu halten.

«In Ihrer Beilage werden doch oft Texte junger Autoren abgedruckt», fügte sie hinzu, womit sie ihre ausgezeichnete Sachkenntnis bewies. «Erzählen Sie etwas über die allgemeinen Tendenzen des heutigen Buchmarkts in der Bjelojarsker Region.»

Sidor strich sich über den Bart, bot ihr wieder Kaffee an und versprach ihr, sich gleich «an die Arbeit zu machen».

Als sie auf der kalten, von allen Seiten der Zugluft ausgesetzten Treppe stand, faltete Inna den Zettel mit der Adresse auf. Es war eine Straße, von der sie noch nie gehört hatte.

Vielleicht war ja gar nichts komisch dabei, wenn der Korrespondent nie in der Redaktion auftauchte. Was sollte er dort, wenn er freier Mitarbeiter war, seine Aufträge per Telefon erhielt und sie «per Computer» erledigte? Trotzdem kam es ihr seltsam vor, dass der Chefredakteur ihn nicht persönlich kannte. So etwas gab es sonst nicht.

21

AUF DER STRASSE war es eiskalt, aber die Sonne schien. Inna atmete begierig die klare, reine Luft ein und aus, um den gelben Zigarettengestank aus der Zeitungsredaktion loszuwerden, der sich in ihren Lungen angesammelt hatte.

Ihr Wagen stand gleich vor der Eingangstür mitten in Wolken weißen Rauchs, und plötzlich ärgerte sie sich, dass sie ständig nur mit dem Wagen unterwegs war – sie wäre so gern noch etwas länger hier draußen, in dieser erhabenen, sonnigen, kalten Welt, geblieben.

Wenn sie einen Sohn hätte, würde sie mit ihm Ski laufen gehen. Sie würden ans Ufer des Jenissej fahren, dorthin, wo die wenigsten Eisblöcke aufgeworfen und die Hügel nicht so hoch waren. Dort würden sie Ski laufen und sich im Schnee wälzen und herumkreischen und müde werden und in der Dämmerung auf den Hügel steigen, um noch ein letztes Mal hinunterzufahren. Zu Hause würde das Essen auf sie warten und eine warme Decke und ein gutes Buch zum Vorlesen. Und schließlich würde er an ihrer Seite einschlafen, mit glühenden Wangen, wirrem blondem Haar und einem langen schmalen Rücken.

Sie öffnete die Wagentür und setzte sich auf den Rücksitz.

«Schon fertig?», fragte Ossip erstaunt. Er wusste, dass ihre Besuche bei den Redaktionen meist eine langwierige

Angelegenheit waren. «Wie gut, dass ich schon wieder da bin. Sonst hättest du warten müssen.»

«Du warst zwischendurch weg?», fragte Inna zerstreut.

«Ja, aber nicht weit von hier. Ich musste schnell in die Werkstatt und tanken, wir sind schon auf Reserve gefahren.»

Plötzlich schoss Inna ein ganz neuer Gedanke durch den Kopf: Vielleicht war ja gestern, während sie mit Jastrebow auf Sendung war, der getreue Ossip zu ihr nach Hause gefahren und hatte alle Zeitungen vom Boden aufgesammelt! Sie war ja, als sie nach dem Auftritt nach Hause gekommen war, nicht mehr ins Arbeitszimmer gegangen. Sie wusste also gar nicht, ob die Zeitungen zu diesem Zeitpunkt überhaupt noch da gelegen hatten!

Warum eigentlich ausgerechnet Jastrebow?

Warum nicht Ossip?

Oder Jura, der sie, obwohl die Straße ganz frei gewesen war, nicht eingeholt hatte?

Warum nicht das Zimmermädchen Natascha, das gar nicht existierte, zumindest nicht in der Liste der Angestellten der Wirtschaftsverwaltung?

Inna schloss die Augen.

Als die Sendung zu Ende gewesen war, hatte sie mit Jastrebow gesprochen und im Foyer den finster dreinblickenden Ossip vorgefunden, der böse auf sie gewesen war, weil sie Alexander Petrowitsch als Idioten bloßgestellt hatte. Aber vielleicht hatte er ja auch nur jemanden gefragt, wie es gelaufen war, ohne die Sendung selbst gesehen zu haben.

Jura und Ossip wussten beide, dass Inna nach bestem

sibirischem Brauch hinter dem oberen Querbalken einen Ersatzschlüssel versteckt hielt für den Fall, dass ihr Mann plötzlich käme – als dieser Fall noch im Bereich des Möglichen gelegen hatte – oder ihre Freundin Arina oder die Schwiegermutter, wenn sie mit einer Pfanne Koteletts aus Moskau herbeigeflogen wäre, was durchaus vorkam.

Ossip wusste auch von den Zeitungen.

Genau wie Jura. Er war vor der Sendung bei ihr vorbeigekommen und hatte den völlig mit Papier zugepflasterten Fußboden des Arbeitszimmers gesehen.

Jura wusste nichts von der Lenin-Straße, Ossip wusste davon.

Ossip hatte ihr gesagt, dass gemunkelt würde, hinter der ganzen Geschichte stecke Jastrebow. Ossip hatte gesagt, dass Jastrebow mit ihr abrechnen würde. Was hatte Ossip nicht alles gesagt!

Wie, zum Teufel, konnte sie die Wahrheit herausfinden?

«Du bist so still, Inna?»

«Es ist nichts. Ich denke nach, Ossip.»

Er schnaufte beleidigt vor sich hin, aber Inna achtete nicht darauf, sie schaute aus dem Fenster.

Die Lösung eines Rätsels beginnt mit der richtigen Fragestellung.

Welche Frage war die richtige?

Vielleicht: Wem nützte das Ganze?

Der Tod des Gouverneurs Muchin nützte seinen politischen Gegnern – also Jastrebow und Jakuschew, der automatisch vom Ersten Stellvertreter zum amtierenden Gouverneur geworden war, sei es auch nur bis zu den Wahlen. Solange Muchin noch lebte, war Jakuschew stets nur der zweite Mann gewesen. Unweigerlich. Auch Chrust zog im Hinblick auf die ausstehenden Wahlen großen Nutzen aus Muchins Tod.

Wer von ihnen wäre fähig zu einem Mord?

Keiner. Jastrebow zählte nicht.

Die Schwiegermutter sagte immer: «Da fehlt der Mumm» – und der Mumm fehlte ihnen allen.

Sie waren alle Politiker, mit Ausnahme von Jastrebow, der von Haus aus Industrieller war und, soweit ihn Inna kennen gelernt hatte, jemanden ohne mit der Wimper zu zucken umbringen würde, sofern er seine Familie, sein Geschäft oder seine Karriere bedrohte.

Und Ossip, zum Beispiel? Nützte Ossip der Tod des Gouverneurs?

Inna betrachtete den starken Schädel auf dem Vordersitz. Zum ersten Mal in ihrem Leben stellte sie fest, dass sie keine Ahnung hatte, womit sich ihr Fahrer eigentlich beschäftigte, wenn sie ihn nicht sah.

Es war durchaus möglich, dass er Inna nach einer Weile in den dunklen Aufgang des Kaufmannshauses und dann in die Wohnung des Gouverneurssohns gefolgt war und … und …

Nein, was konnte Ossip der Tod von Muchin und seiner Frau nützen? Er hatte keine Ambitionen auf den Thron und würde sich wohl kaum jemals für irgendwelche Wahlen aufstellen lassen!

Und die verschwundenen Zeitungen? Und der Journalist «SG», den keiner je gesehen hatte? Der geflohene Geisteskranke, den es nicht gab? Und das Zimmermädchen, das keins war?

Dazu kam noch die Gouverneurstochter mit ihren Fieberträumen. Und Gljeb Swonizkij, der einen Unbekannten beobachtet hatte, welcher Katja auf der dunklen leeren Straße gefolgt war! Und Jura, der erst sehr viel später im Fernsehstudio aufgetaucht war, als normal schien! Wieso hatte er nicht zehn, sondern geschlagene zwanzig Minuten für den Weg gebraucht?

Und was war mit Schuld und Sühne, den Sünden, der Buße und der Geschichte von der Frau, die ins Wasser gegangen war?

In ihrem Arbeitszimmer angekommen, zog Inna als Erstes die vom Schnee durchnässten Halbschuhe aus, bat um Kaffee und schaute zum Telefon, während sie überlegte, ob sie nicht zu Hause anrufen und sich nach Katja erkundigen sollte. Aber sie beschloss, es zu lassen. Inna hatte ohnehin nicht die Zeit, sich um sie zu kümmern.

Die Sekretärin brachte ein Tablett herein mit einer Kaffeekanne, einer Tasse und einer großen zottigen Kiwi auf einem kleinen Teller. Sie wusste, dass Inna weder Torten noch Piroggen aß, aber nichts gegen Obst hatte.

Inna aß die Kiwi in Gedanken versunken.

Sie wäre gern sofort zu Jastrebow gegangen, mitten in seine Besprechungen oder Versammlungen geplatzt, um ihn auf der Stelle zu fragen, wer Muchin umgebracht hatte und warum.

Sie wäre gern ins Vorzimmer gegangen, um Ossip an seinen ledernen Aufschlägen zu packen und die Wahrheit aus ihm herauszuschütteln.

Sie hätte gern Jura hinter dem Schreibtisch hervorgezerrt und ihn von Angesicht zu Angesicht gezwungen, ihr Rede und Antwort zu stehen.

Außerdem wäre sie gern eine Etage höher gegangen in Jakuschews Vorzimmer, um dort einen furchtbaren Krach zu schlagen, so furchtbar, bis sie schließlich sicher sein konnte, dass er nichts damit zu tun hatte!

Aber all das war unmöglich.

Wahrscheinlich beobachtete der Mörder jeden ihrer Schritte, während sie noch nicht einmal wusste, zu welchem Lager er gehörte!

Sie prüfte den Zettel, den ihr Sidor gegeben hatte, wählte die Telefonnummer, die darauf stand, und wartete lange in Habtachtstellung darauf, dass jemand abnahm.

Es nahm keiner ab. Der Korrespondent Sachar Juschin war nicht zu Hause, jedenfalls nicht dort, wo er laut Meldestelle wohnen sollte.

Inna suchte auf dem Tisch nach dem Telefonbuch der Bjelojarsker Region und begann darin zu suchen.

Die Bjelojarsker Region war riesig, ein Vielfaches von Belgien oder Holland, x-mal so groß wie das Fürstentum Monaco – und dabei war das Telefonbuch gar nicht so dick. Es gab nicht viele Menschen in der Region Bjelojarsk.

Nicht viele Menschen, nicht viele Telefone, nicht viele Häuser, nicht viele Autos.

Dafür umso mehr Taiga, Jenissej, Aluminium und Kohle – und alles Mögliche andere, was jeden reich machte, der ein Stück davon bekam. Russlands Reichtum würde durch Sibirien wachsen, das wurde schon in der Schule gelehrt, aber Russlands Reichtum interessierte keinen. Dafür würde sich der begehrte Bissen, nach dem sich alle so sehr die Finger leckten und der doch vielen nicht bekam, eines schönen Tages plötzlich wehren und den, der sich einen Brocken davon abgebissen hatte, ersticken.

Und Muchin hatte damit nichts zu tun. Muchin hatte die russische Automarke Wolga gemocht, den russischen «Hauptstadt-Salat» in der quadratischen Schüssel, polierte Schränke und grüne Türvorhänge nach sowjetischer Manier. Zugegeben, seiner Tochter hatte er eine Wohnung gekauft, seinem Sohn eine Arbeit besorgt, aber das waren Kinkerlitzchen im Vergleich zu der Möglichkeit, die ganze Welt zu kaufen – oder noch besser: zwei Welten zum Preis von einer! Und das war es, was der Bissen Sibirien hergab, wenn er privat genutzt wurde.

Dagegen zählte ein Mord nicht weiter. Auch zwei Morde oder zehn zählten dagegen nicht weiter.

Inna blätterte bis zum Sabolozker Kreis weiter, dann ging sie die Spalten durch. Es gab ein paar Krankenhäuser im Kreis, in Sabolozk selbst aber nur eines.

Bevor sie die Nummer wählte, schaute sie vorsichtig in ihr Vorzimmer hinaus.

Ossip war nicht zu sehen. Die Tür zum Zimmer des Assistenten war angelehnt. Die Sekretärin klapperte munter auf der Tastatur des Computers – bestimmt schrieb sie gerade eine Hausarbeit oder ein Referat für ihre nichtsnutzige Tochter.

Als der Hörer abgenommen wurde, bat Inna um die Telefonnummer des Chefarztes, worauf die muntere greisenhafte Stimme ihr versicherte, der sei am Apparat, und sich als Iwan Adamowitsch Jegorow vorstellte.

«Guten Tag, ich heiße Inna Wassiljewna Seliwerstowa und bin Leiterin der Presse- und Informationsabteilung der Region.»

«O nein», seufzte die Stimme am anderen Ende der Leitung tief, «die Presse will uns doch nicht schon wieder den Kampf erklären, oder?»

«Nein», antwortete Inna erstaunt, «will sie nicht.»

«Worum geht es denn dann?»

«Um Folgendes», setzte Inna an. «Kürzlich stand in einem Bericht, aus Ihrer Einrichtung sei ein Geisteskranker geflohen. Jetzt ist uns zu Ohren gekommen, dass das möglicherweise so nicht stimmte, auch wenn es von Ihrer Seite kein Dementi gab.»

«Also, verehrte Inna Wassiljewna?»

«Sagen Sie mir, was dran ist an der Geschichte.»

«Nichts», lautete die entschiedene Antwort. «Ganz und gar nichts. Erstens führen wir keine Isolationshaft zur erzwungenen Heilung von Kriminellen! Wir sind eine ganz normale psychiatrische Klinik! Eine friedliche Einrichtung! Bei uns gibt es nicht einmal gefährliche Geisteskranke, liebe Inna Wassiljewna! Bei uns gibt es psychisch instabile Patienten. Schizoide, hysteroide, paranoide und depressive Neurosen. Ja, und natürlich …»

Inna unterbrach ihn. Sie wollte nichts darüber wissen, auf wie viele Arten ein Mensch verrückt werden kann.

«Iwan Adamowitsch, soll das heißen, es ist überhaupt niemand geflohen?»

«Natürlich nicht. Bei uns passiert fast nie irgendwas. Es gab nur einen einzigen betrüblichen Fall, bei dem zwei Leute gestorben sind. Aber das ist schon über drei Jahre her!»

«Was war das für ein Fall?»

«Meine teuerste Inna Wassiljewna, ich erzähle Ihnen gerne alles, aber bitte sorgen Sie dafür, dass nichts darüber in die Zeitungen gelangt. Sonst heißt es nachher, dass es bei uns hier Totschläger und kriminelle Geisteskranke gibt. Sie sorgen doch für Diskretion, nicht wahr?»

«Natürlich, Iwan Adamowitsch.»

«Zwei aus unserer Anstalt sind ertrunken. Ein Kranker und ein Krankenpfleger. Wir waschen unsere Wäsche selbst, wissen Sie. In der Wäscherei arbeiten vor allem die ruhigen Kranken. Ich meine natürlich die Waschstelle am Fluss. Der Kranke spülte also die Wäsche aus, und plötzlich warf er sich ins Wasser! Der Krankenpfleger ihm nach, um ihn herauszuziehen, da trieb es sie beide weg. Das war im Frühjahr, als es noch kalt war. Sie haben diesen Unfall nicht überlebt. Aber Sie sehen, kriminell ist nichts daran.»

Der Patient der psychiatrischen Klinik, der vor drei Jahren ertrunken war, konnte wohl kaum irgendeine Verbindung zu dem Gouverneur oder seiner Familie oder dem Wahlkampf haben. Bloß aus Neugier fragte Inna:

«Wie hieß er denn, dieser Kranke?»

«Georgij Mursin.»

«Wie?!»

Iwan Adamowitsch zögerte einen Moment, als dächte er nach.

«Georgij Mursin. Ich erinnere mich noch gut an ihn, teure Inna Wassiljewna! Sogar sehr gut! Er war ein sehr freundlicher Mensch und eigentlich nicht besonders instabil.»

«Und … der Krankenpfleger?»

«Was soll mit dem sein?»

«Wie hieß er?»

«Er hieß … Ich weiß nur noch seinen Nachnamen. Juschin lautete er, und der Vorname … irgendwas Seltenes, Mokij oder so …»

«Sachar», schlug Inna trocken vor.

«Sachar», stimmte die andere Seite sofort zu. «Kannten Sie ihn etwa, verehrte Inna Wassiljewna?»

Zum Teufel, dachte Inna.

Ljubow Iwanowna hatte von Mascha Mursina gesprochen, die vor zwanzig Jahren ins Wasser gegangen war. Georgij Mursin, der Patient der psychiatrischen Klinik, sollte nun auch ins Wasser gegangen sein? Und dann auch noch zusammen mit seinem Krankenpfleger? Der in unerfindlicher Weise offenbar zu einer zweiten Existenz als Journalist gekommen war?

Himmel, wer wollte das verstehen?

«Inna Wassiljewna, Teuerste, hören Sie mich?»

«Ja, ja, Iwan Adamowitsch.»

«Ich dachte schon, die Leitung wäre unterbrochen! Also, damit ist die Sache geklärt, nicht wahr?»

«Ja», sagte Inna schnell. «Haben Sie vielen Dank!»

Dann sagte sie noch irgendwelchen Unsinn darüber, dass sie den Journalisten ihre Verantwortung für das gedruckte Wort in Erinnerung rufen würde. Der Chefarzt dankte ihr förmlich, und Inna legte den Hörer auf.

Das Telefon klickte leise, als die Verbindung nach Sabolozk unterbrochen wurde. Fast gleichzeitig leuchtete das Handy blau auf, summte dumpf und wanderte leise zuckend über den polierten Tisch.

Inna schaute es von der Seite an, ging aber nicht dran.

Es zuckte noch eine Weile und wurde dann still.

Inna nahm es in die Hand und sah nach der Nummer.

Ihr Exmann hatte angerufen.

Ein andermal hätte sie sofort zurückgerufen, ganz davon abgesehen, dass sie es nicht gewagt hätte, nicht dranzugehen. Aber jetzt hatte sie weder Lust auf ihren Mann noch auf seine Anrufe.

Georgij Mursin – hatte er etwas mit Mascha zu tun oder nicht? Wahrscheinlich schon, eine solche Übereinstimmung wäre schon eher ungewöhnlich, selbst wenn es in Sibirien Mursins wie Sand am Meer gab! Falls aber ein Zusammenhang bestand, dann welcher? War er der Vater, der Sohn, der Bruder? Zum Teufel, wieso hatte sie vergessen, Iwan Adamowitsch nach dem Alter des verstorbenen Mursin zu fragen?

Warum hatte der frühere Krankenpfleger Juschin in der Zeitung über die Flucht eines gefährlichen Geisteskranken geschrieben? Es hatte offenbar ein Kalkül dahinter gesteckt, das nichts mit der sommerlichen Nachrichtendürre zu tun hatte. Er hatte damit irgendwelche eigenen Ziele verfolgt, die ebenso unverständlich wie böse und beängstigend waren. Wieso kannte ihn niemand persönlich? Wieso ging bei der Nummer, die ihr die Redaktion gegeben hatte, keiner ans Telefon?

Jura steckte seinen Kopf ins Zimmer und fragte mit kläglicher Stimme, ob für den heutigen Tag irgendwelche wichtigen Dinge geplant seien.

«Warum?», fragte Inna abwesend.

«Ich fühle mich nicht gut», erklärte Jura pathetisch. Wie die meisten jungen Männer hatte er große Angst um seine zarte Gesundheit, fühlte sich ständig den Puls, hatte auf dem Schreibtisch ein Fieberthermometer und Aspirin liegen, schwor auf Vitamine, und wenn er nur ein klein wenig erkältet war, blieb er gleich zu Hause und bemitleidete sich selbst nach Herzenslust, machte sich Halskompressen, maß sich permanent die Temperatur und exerzierte alle im Fall einer Erkältung nur möglichen Bräuche und Rituale durch.

Inna, die alle ihre Unpässlichkeiten mit erhöhter Geschwindigkeit durchlief wie einen Kurzstreckenlauf, begriff nicht, wie man sich dem Kranksein so genussvoll hingeben konnte.

«Inna Wassiljewna», rief ihr Jura heiser zu. «Darf ich nach Hause gehen?»

«Natürlich», erlaubte sie ihm lächelnd, «gehen Sie nur, Jura. Wie hoch ist Ihr Fieber? Siebenunddreißig eins? Oder zwei?»

Jura schwieg ein verletztes männliches Schweigen, war aber offenkundig auch nicht bereit, durchzuhalten und bis zum Abend zu bleiben.

«Wahrscheinlich ist mit meinem Blutdruck etwas nicht in Ordnung», sagte er klagend und kniff die Augen zusammen, als könnte er sich kaum auf den Beinen halten. «Ich werde zum Arzt gehen.»

«Natürlich», entgegnete Inna, «es wird sonst sicher schlimmer. Fahren Sie nach Hause, trinken eine heiße Zitrone und kurieren Sie sich aus.»

«Ich danke Ihnen, Inna Wassiljewna», sagte Jura mit trauriger Genugtuung und verschwand aus dem Türrahmen.

Inna war der Umstand gar nicht so unrecht: Jetzt musste sie ihrem Assistenten wenigstens nicht ständig Bescheid sagen, wohin sie ging und was sie dort tat!

22

IN DEN REGIONALNACHRICHTEN im Fernsehen erfuhr Inna, dass Alexander Jastrebow, der von Wladimir Admiralow den Mehrheitsanteil von «BjelUgol» gekauft hatte, heute in die Fabrik gefahren und wenn auch nicht gerade feindlich, so doch extrem kühl empfangen worden war. Admiralow war bekannt, und man schätzte ihn. Jastrebow dagegen wollte keiner. Keiner kannte ihn, er war ein Zugereister, ein Fremder, und die Leute waren verärgert darüber, wie viel Staub er mit seiner Ankunft aufgewirbelt hatte, und darüber, dass er bei der Beerdigung in einer der ersten Reihen, fast neben dem Premierminister, gestanden hatte, obwohl er den Gouverneur überhaupt nicht gekannt hatte – kurz, sie nahmen ihm übel, mit welcher Unverfrorenheit er sofort seinen Platz unter den Zaren eingenommen hatte.

Die Bilder von Jastrebow waren wenig schmeichelhaft – finster, mürrisch, mit vorgestrecktem Kopf wie ein Stier, der sich nicht entscheiden kann, wen er als Erstes angreifen soll. Der lange schwarze Mantel stand ihm nicht besonders, in Pullover und Jeans in Innas Küche hatte er viel jünger und menschlicher ausgesehen! Im Übrigen hatte er ohne Pulli und Jeans in ihrem Bett noch ganz andere Qualitäten bewiesen.

Plötzlich fühlte sie sich verwirrt wie ein kleines Mädchen und schwor sich selbst, dass sie nie wieder an ihn denken würde, vor allem nicht daran, dass er … ihr Liebhaber gewesen war, dass sie wusste, wie er roch und wie er schmeckte, dass sie die Rauheit seiner Wangen und die Zartheit seiner Hände kannte – all das, was eine Frau besser nicht über einen Mann weiß, der sich am anderen Ufer des Flusses befindet!

Sie schaltete den Fernseher aus und ging in ihrem Arbeitszimmer auf und ab. Jedes Mal, wenn sie an einem der Fenster vorbeikam, blieb sie kurz stehen und sah nachdenklich hinaus.

Sie würde zu der Adresse fahren, die sie in der Redaktion erhalten hatte, und mit Sachar Juschin selbst sprechen, falls sie ihn dort antraf. Sonst würde sie nach Sabolozk fahren und Iwan Adamowitsch treffen, um sich Georgij Mursins Krankenbericht und die Personalakte des Krankenpflegers Juschin anzuschauen. Vorausgesetzt, der Chefarzt schenkte ihren Lügen Glauben.

Und vorausgesetzt, sie wäre dann noch am Leben.

Eine halbe Stunde später ließ Jakuschew sie zu sich rufen.

Sie ging zu Fuß die Treppe hinauf – mit dem Aufzug dauerte es ihr immer zu lange. In dem kurzen Flur, der zu Jakuschews Büro führte, traf sie auf Jura, der offensichtlich immer noch nicht weg war, um seine Erkältung zu pflegen.

«Inna Wassiljewna!», rief er verwirrt aus. «Jetzt hab ich endlich eine Zitrone aufgetrieben.»

Er hielt ihr die Zitrone vor die Nase.

«Das ist gut», lobte ihn Inna. «Haben Sie in Priangarsk angerufen?»

«Natürlich.»

«Haben Sie denen gesagt, dass ich krank bin und deshalb nicht kommen kann?»

Der Assistent schwankte nicht und wandte auch seinen Blick nicht ab.

«Aber nein, Inna Wassiljewna! Ich habe gesagt, dass die gesamte Führung der Region in Zusammenhang mit den tragischen Ereignissen jetzt auf ihren Posten bleiben muss.»

Führung der Region! Er fand es natürlich formidabel, Assistent der «Führung der Region» zu sein, während sie vor Scham im Erdboden versank.

«Jura, ich hatte Sie doch gebeten, mich nicht zur «Führung der Region» zu zählen! Ich bin weder der Vizegouverneur noch der Gouverneur selbst! Die sind die Führung der Region, wir zwei sind einfach nur Staatsbeamte, das ist alles.»

Jura sah sie aus seinen vom Schnupfen geröteten, sanften Augen an und nickte. Dabei hätte Inna schwören können, dass er ihr nicht einmal zugehört hatte.

«Inna Wassiljewna, darf ich Ihren Fahrer bitten, mich nach Hause zu bringen? Mein Fieber ist gestiegen, und ich habe meinen Wagen heute Morgen in die Werkstatt zur Wartung gebracht.»

Inna erlaubte es ihm, lief durch den kurzen Flur zu Jakuschews Büro und war zutiefst überrascht, als sie weder dessen Sekretärin noch den Assistenten an ihren Plätzen vorfand. Außerdem, dachte sie zerstreut, ist es doch sehr merkwürdig, dass …

Die Tür ging auf:

«Inna Wassiljewna!»

«Sergej Iljitsch, Sie haben mich rufen lassen?»

«Allerdings», bestätigte Jakuschew. Er sah besorgt und geschäftig zugleich aus. Er warf seine Nerzmütze auf den polierten Tisch der Sekretärin, die Mütze begann sich zu drehen und wäre fast vom Tisch gefallen. Dann klemmte er sich eine Aktenmappe zwischen die Knie und begann, ungeschickt darin herumzuwühlen.

Inna sah ihm zu.

Jakuschew schüttelte verärgert den Kopf, warf die Aktenmappe auf den Stuhl und wühlte – so war es offenbar bequemer für ihn – weiter darin herum.

«Ich gebe dir eine Adresse», sagte Sergej Iljitsch. «Er weiß schon Bescheid. Fahr zu ihm und rede mit ihm über die Finanzen von deinem Fest.»

Es ist also schon «mein» Fest, dachte Inna. Was für eine interessante Verschiebung! Und vor allem so unerwartet.

«Er kann dir zumindest Ratschläge geben, falls er selbst nichts gibt. Aber vielleicht gibt er ja auch was. Er mag solche Sachen, das verhilft ihm zu einem ... wie sagt man ... guten Ruf.»

«Hat er den denn nicht?»

«O doch, Inna Wassiljewna. Beim Business hat der einen guten Ruf, der seine Konkurrenz hereinlegt, ohne dass man ihm etwas nachweisen kann! Das ist der beste Ruf überhaupt!»

Er wühlte weiter in seiner Mappe.

«Ich habe ein Treffen für dich vereinbart, der Rest ist deine Sache. Na endlich, da ist sie ja, die Karte. Morgen Abend um sechs bei ihm.»

«Aber ich kenne diesen Menschen doch gar nicht!»

«Es reicht, wenn ich ihn kenne. Du berufst dich auf

mich und versuchst, ihn zu überreden, das kannst du am besten von uns allen.»

Inna schwieg. Jakuschew griff nach seiner Pelzmütze und stülpte sie sich energisch auf den Kopf.

«Ich muss los. Jetzt ist auch noch Katja verloren gegangen, wir wissen nicht, wo sie hin ist! Himmel, immer kommt es noch schlimmer, als man denkt!»

Sollte sie es ihm sagen oder nicht?

Wahrscheinlich schon. Jakuschew würde Katja wohl kaum an die geheimnisvollen Feinde ausliefern, die ihr in jener dunklen Nacht hinterhergelaufen waren. Aber jetzt würden sie auf der Suche nach ihr die ganze Stadt auf den Kopf stellen und sie nicht finden. Und damit hätten sie den nächsten Skandal, unter Einbeziehung der Öffentlichkeit, der Presse und so weiter.

«Sergej Iljitsch», begann Inna. «Machen Sie sich keine Sorgen, denn mir scheint, ich weiß ...»

Die Tür zum Vorzimmer sprang auf, und auf der Schwelle stand Simonenko mit irgendwelchen blauen Aktenordnern in den Händen.

«Falls du zu mir wolltest, Wassilij Iwanowitsch», sagte Jakuschew, «ich bin schon weg!»

«Es dauert nur fünf Minuten, Sergej Iljitsch!»

«Und wenn es fünf Sekunden wären. Ich sagte doch, ich bin schon weg!»

Er stürmte aus seinem Vorzimmer, als wollte er das Gesagte unter Beweis stellen.

«Er ist mir entwischt», sagte Simonenko bedauernd und schaute Inna feindselig an, als wäre es ihre Schuld.

«Ich muss auch los, Wassilij Iwanowitsch. Auf Wiedersehen.»

Inna griff mit den Fingernägeln nach der Visitenkarte auf dem Tisch und nickte aufs Geratewohl in den feindseligen Raum, den Simonenko um sich herum geschaffen hatte.

Wie im Flug rannte sie die Treppe hinunter und blieb plötzlich erstarrt stehen.

Ihr entgegen kam Jastrebow.

Sie war nicht darauf gefasst gewesen, ihn so plötzlich zu sehen. Es schien einen Moment lang so, als hätten sich ihre Gedanken materialisiert.

Als wäre sie die englische Königin Elisabeth, die dem Lordkanzler die Hand reichte, legte Inna ihre Hand auf das polierte Geländer und ging weiter die Treppe hinunter. Inna verstand sich ebenso auf diese unvergleichliche Geste voller Würde, Selbstgenügsamkeit und tiefster Gleichgültigkeit allem gegenüber, was nicht die äußere Form war, der man genügen musste.

Erst als sie auf einer Ebene mit ihm war, drehte sie den Kopf zu ihm:

«Guten Tag, Alexander Petrowitsch.»

«Guten Tag, Inna Wassiljewna. Bereiten Sie sich schon auf eine neue Sendung vor? Um die Interessen der demokratischen Presse zu verteidigen?»

Der Hieb saß ganz gut, war aber nicht sehr schmerzhaft.

Inna sah ihm in die Augen – sie waren dunkel wie der Nachthimmel über dem Jenissej –, dann riss sie sich von ihnen los, als wäre sie fast darin ertrunken, und überlegte kurz, ob sie fragen sollte oder nicht. Sie wollte es sehr, aber eine warnende Stimme in ihr schrie immer lauter: Tu es nicht, tu es nicht!

«Hast du gestern meine Zeitungen mitgenommen?»

Jastrebow war so erstaunt, dass es Inna schien, als zuckten seine Ohren.

«Was für Zeitungen?»

«Auf dem Boden im Arbeitszimmer lagen Zeitungen. Als du fortgingst, war keine einzige mehr da. Warum hast du sie mitgenommen?»

Er war schnell von Begriff und wusste jetzt, dass sie es ernst meinte.

«Ich habe keine Zeitungen genommen. Ich habe selber genug, deine brauche ich nicht.»

Inna war sich nicht sicher, ob er log oder nicht.

«Als du kamst, stand die Tür offen, stimmt's?»

«Ja.»

«Du bist ins Haus gekommen und hast mich auf der Treppe gesehen, stimmt's?»

«Bis hierher ja.»

«Auf dem Boden im Arbeitszimmer lagen Zeitungen ausgebreitet. Hast du die auch gesehen?»

Jastrebow versuchte sich zu erinnern und sagte:

«Es war dunkel.»

«Ich weiß!», sagte sie verärgert. «Aber wenn oben das Licht an ist, sieht man trotzdem unten was. Hast du auf dem Boden im Arbeitszimmer Zeitungen gesehen?»

«Nein.»

«Warum sagst du ‹nein›, wenn du gerade erst gesagt hast, dass es dunkel war?»

«Weil es dunkel war.»

«Das heißt, du hast die Zeitungen nicht gesehen, weil es dunkel war? Oder weil da keine waren?»

«Ach zum Teufel», sagte er plötzlich, «ich hatte gestern wirklich andere Dinge im Kopf als irgendwelche Zeitungen.»

Wieder schaute sie ihm – auf der Suche nach einer Gedanken- oder Gefühlsregung – in die Augen, aber sie waren ausdruckslos.

«Was ist denn mit diesen Zeitungen? Hast du sonst abends nichts zu lesen? Oder hast du die Altpapiernorm nicht erfüllt?»

«Ich … hab es eilig, Alexander Petrowitsch.»

«Ich verstehe, Inna Wassiljewna.»

Sie wollten sich gerade voneinander abwenden, da kam Simonenko die Treppe herauf.

Inna konnte sich ein Aufstöhnen gerade noch verkneifen, während Jastrebow gar nicht auf ihn achtete.

Simonenkos Augen sahen aus wie die von James Bond. Zuerst wurden sie zum Objektiv eines Fotoapparats, dann zu einem Zähler – die Ziffern des möglichen Vorteils drehten sich in jedem Auge einzeln –, dann traten Pistolenläufe aus ihnen hervor, als würde er sich auf die Verteidigung vorbereiten, schließlich wurden sie wieder zu Augen, die ziellos und unstet zwischen den beiden, die ihm den Weg versperrten, hin und her wanderten.

Was machten sie hier auf der Treppe zu zweit? Wieso redete diese gefährliche Frau mit Jastrebow, mit Jastrebow höchstpersönlich, den sie doch gar nicht kennen durfte – er stand in der Hierarchie weit über ihr. Was hatte sie ihm gerade zugeflüstert? Was hatte sie überhaupt mit ihm zu besprechen, und wieso redete er mit ihr?

Vor lauter Schreck, Zeuge dieses bedeutsamen Geschehens zu werden, war Simonenko ein wenig verwirrt und wusste nicht sofort, was er weiter tun sollte. Er wurde unruhig, stolperte, und Jastrebow fasste Inna unter den Ellenbogen, um sie ein wenig zur Seite zu ziehen. Er kannte Simonenko nicht, wusste nicht, welch ein Sturm in seinem Innern tobte, und bemerkte ihn kaum.

«Verzeihen Sie», piepste Simonenko, während er sein Gleichgewicht zurückgewann und verzweifelt zu ihnen hinüberschielte – er musste unbedingt feststellen, ob Jastrebows Hand sich immer noch an Innas Ellenbogen befand oder nicht, aber es gelang ihm nicht.

«Ich hab es eilig, Alexander Petrowitsch», hatte die Seliwerstowa gerade gesagt. Ihre Stimme war ihm unanständig tief und heiser erschienen, wie die Stimme dieser … wie hieß sie noch, verflucht nochmal … Sharon Stone.

Die Absätze klapperten, sie flog an ihm vorbei und verschwand eine Etage tiefer hinter der Tür, während Simonenko noch nicht einmal ein Drittel des Weges zurückgelegt hatte.

Weil er gerade ganz unverhofft etwas so Wichtiges erfahren hatte, gehorchten Simonenko die Beine nicht mehr. Wahrscheinlich diente sie dem feindlichen Lager nicht nur als Informantin, sondern arbeitete auch für die anderen, subversiv, nicht umsonst war auf der Trauerfeier auch diese Zeitung «Sowerschenno sekretno» aufgetaucht, die, wenn sie nur irgend konnte, alles durch den Schmutz zog. Und Jakuschew wusste von nichts, er hatte diese Schlange gerade noch in seinem Vorzimmer empfangen! Wahrscheinlich war der Gouverneur auf Befehl Jastrebows hin umgebracht worden, und diese Blonde hatte der Gegenseite die nötigen Informationen verschafft – wo er schlief, was er aß, mit wem er trank. Wahrscheinlich war sie auf einen hohen Posten aus, gleich neben ihrem Chef, und jetzt machte sie sich überall lieb Kind!

Dass Inna Seliwerstowa dem Gouverneur Muchin nie nahe gestanden hatte und gar nichts über sein Privatleben wissen konnte, weil sie ihn nur selten getroffen hatte, drang nicht zu Simonenko durch.

Innerhalb von einer Sekunde hatte er völlig vergessen, dass Muchin die Presse nicht sonderlich gemocht, sie nicht als vierte Macht anerkannt hatte und mit den Journalisten im alten Stil umgesprungen war – sie rufen ließ, bestrafte und wieder fortjagte, wenn ihm das nötig erschien. Und dass er auch Inna nicht besonders gemocht hatte. Ihre Gewänder, Pelze, Brillanten, Frisuren und die «Financial Times» auf dem Armaturenbrett des roten Volvo hatten ihn immer eingeschüchtert. Das wusste Simonenko.

Er wusste das alles, aber wie alle Staatsbeamten konnte auch er sich selbst jederzeit schnell und grundlegend von der Richtigkeit seiner Schlussfolgerungen und Handlungen überzeugen. Als er in der unteren Etage ankam, war er bereits davon überzeugt, dass Muchin eine heimtückische Schlange an seiner Gouverneursbrust genährt hatte.

Man musste Maßnahmen ergreifen. Er, Simonenko, würde Maßnahmen ergreifen, und dann würden sie sich seiner erbarmen, ihn wieder in ihre Dienste nehmen, und er könnte genauso weitermachen wie die letzten dreißig Jahre: sich ab und zu ein bisschen etwas in die eigene Tasche stecken, nach Herzenslust dem Nichtstun frönen und den Vorsitzenden der Kolchosen Steine in den Weg legen, damit sie ihn schmierten.

Als Muchin tot aufgefunden worden war, der ihn so viele Jahre gedeckt, hinter sich hergeschleift, auf die besten Plätze gesetzt hatte, war mit ihm auch Simonenkos ganzes Leben in sich zusammengebrochen wie ein Kartenhaus.

Erst jetzt wusste er, wie er es wieder zusammensetzen und sogar noch ausbauen konnte! Er ging in sein Arbeitszimmer, warf die kunstledernen blauen Aktenordner auf den Tisch, setzte sich, faltete die Hände, richtete sich auf und blickte – mit dem entschiedenen Ausdruck von Unversöhnlichkeit gegenüber dem Feind – in die Ferne. Dann wählte er entschlossen die Nummer von Jakuschews Assistenten.

Er musste so viele Leute informieren wie irgend möglich. Der Seliwerstowa war nicht zu trauen.

23

INNA KAM ZIEMLICH FRÜH nach Hause. Normalerweise kehrte sie nie vor zehn von der Arbeit heim, heute dagegen war es erst halb acht! Es brannte kein Licht im Haus, und als sie den Weg entlanglief, hatte sie plötzlich Angst, Katja könnte weggegangen sein oder jemand hätte sie gar entführt.

Wer und wohin jemand die Gouverneurstochter hätte entführen können, wusste sie nicht, aber der derzeitige Zustand der absoluten Ungewissheit ging ihr an die Nerven und ließ sie alle möglichen Dummheiten denken.

Ossip ging ein Stück hinter ihr. Er hatte ihr noch nicht verziehen, dass sie sich am Morgen geweigert hatte, ihm ihre Erlebnisse anzuvertrauen.

«Ossip», sagte Inna, als sie auf dem Absatz der Vortreppe die Handtasche von der Schulter nahm, «du kannst entweder nach Hause fahren oder hier bleiben, wir müssen erst später noch woandershin.»

Ossip schnaufte hörbar.

«Wann fahren wir?»

«In anderthalb Stunden.»

«Dann fahre ich lieber nach Hause. Also um neun?»

Inna folgte dem vertrauten Rücken mit den Augen.

Als der Volvo hinter den blauen Tannen verschwunden war, öffnete sie endlich die Tür, wie immer erst beim zweiten Versuch.

In der Diele brannte das Licht. Von der Straße aus

konnte man es wegen der jetzt dicht zugezogenen Vorhänge, die Inna sonst nie zuzog, nicht sehen. Gina kam aus dem Flur, der zur Küche führte, blieb an der Wand stehen und zuckte mit dem Schwanz.

Tonik saß auf einer Treppenstufe und gähnte, er hatte offenbar den ganzen Tag geschlafen.

«Hallo», sagte Inna zu ihren Katzen. «Wo ist Katja?»

Gina zuckte wieder mit dem Schwanz.

«Katja?»

Inna schaute ins Arbeitszimmer, aber die Gouverneurstochter lag nicht mehr auf dem Sofa, über das jetzt die Tagesdecke gespannt war. Die Decken lagen ordentlich zusammengefaltet übereinander.

Herrgott, wo steckte sie? Sie war doch nicht etwa weggegangen?

Plötzlich ahnte Inna Böses.

Wenn nun der Mörder die Tür mit demselben Schlüssel geöffnet hatte, mit dem das falsche Zimmermädchen hereingekommen war, und Katja in die Schläfe geschossen hatte?

«Katja, wo sind Sie?»

Ihre Handflächen wurden nass. Sie musste sofort das Haus verlassen, die Wache rufen und mit Ossip telefonieren! Nein, nicht Ossip, er konnte schließlich selber der Mörder sein, und dann …

Sie schloss die Augen und öffnete sie gleich wieder.

Katjas langer, dunkler Pelzmantel und ihre zierlichen westeuropäischen Stiefeletten standen an Ort und Stelle. Das hieß, sie war nirgendwohin gegangen. Sie war hier, irgendwo in der Stille und Tiefe des Hauses. Sie hatte Inna wahrscheinlich bloß nicht gehört.

Oder sie lag mit einem kleinen gleichmäßigen schwarzen Loch in der Schläfe auf dem Teppich.

Und der Scharfschütze? Wo war er? Wartete er hier auf Inna oder war er schon fort, um sein Werk morgen zu vollenden?

Nein. Sie würde jetzt nicht in Panik geraten. Sie war viel stärker, als ihr Gegner glaubte.

Im ersten Stock brannte irgendwo Licht, entweder im Schlafzimmer oder im Bad. Auf dem Weg zur Treppe machte Inna überall das Licht an.

Als sie etwa auf der Hälfte der Treppe angelangt war, hörte sie entfernt das gleichmäßige Rauschen von Wasser in den Leitungen. Sie blieb eine Weile stehen und lauschte. Kein weiteres Geräusch war zu hören. Im Schlafzimmer war das Licht aus.

«Katja!»

Auf Zehenspitzen lief Inna über den Treppenabsatz und öffnete die Tür zum dunklen Schlafzimmer. Das Wasserrauschen wurde lauter.

Im Schlafzimmer war niemand, und doch konnte sie sich lange nicht überwinden, die paar Schritte bis zur Badezimmertür zu tun. Vom Balkon mit dem Blick auf den Winter, auf den Jenissej, der zu harten Eiszungen erstarrt war, und auf den kleinen Garten mit der Laube, wo sie im Frühjahr und Sommer Schaschliks grillten, konnte man gut ins Zimmer sehen, und Inna wusste, dass sie gänzlich ungeschützt war, wenn sie durch das Zimmer zum Bad lief.

Das Glas ächzte leise unter dem Druck des Windes, der scharfe, kalte Eisstückchen dagegen schleuderte und durchs Schlafzimmer strich, als wollte er die Wärme hinausfegen. Am Morgen würde unter dem Fensterbrett ein kleiner Schneehaufen liegen, aber davon würde Inna nichts sehen, denn Leute mit einem Loch in der Schläfe sehen nichts mehr.

Schließlich überwand sie sich doch. Sie ging schnell bis zum Bad, es waren ja nur ein paar Schritte, und schon stand sie in hellem Licht, in feuchtem Wasserdampf, der nach Shampoo roch.

Katja lag bis zum Hals in Seifenschaum.

Sie sah erhitzt und sehr lebendig aus. Ausgesprochen lebendig sogar.

«Katja, der Teufel soll Sie holen!»

Die Gouverneurstochter zuckte zusammen und spritzte dabei einen ordentlichen Platsch Schaum auf den Boden.

«Katja, warum antworten Sie denn nicht, wenn man Sie ruft?»

«Das Wasser ist so laut», sagte Katja. «Außerdem habe ich Sie nicht so früh erwartet. Ich habe das Abendessen für uns vorbereitet. Danach möchte ich bitte gehen. Ich halte mich ja schon den ganzen Tag versteckt, während Mama … wieder allein ist.»

«Gljeb wird auch noch kommen», verkündete Inna. «Lassen Sie sich Zeit, ich gehe inzwischen hinunter. Soll ich Ihnen Jeans und einen Pulli geben?»

«Aber nein, Inna!», antwortete Katja erschrocken. «Meinen Sie etwa, mir passen Ihre Jeans?»

«Ich habe noch welche von meinem Exmann da. Sie sind völlig sauber und noch ganz neu. Und ein Pulli ist noch da. Englische Kaschmirwolle.»

Wieso sie das hinzufügte, wusste sie selber nicht, wahrscheinlich war es Katja völlig egal, aus was für Kaschmirwolle und ob er überhaupt aus Kaschmirwolle war. Aber Inna tat es plötzlich Leid um den Pullover, den sie in einem gemütlichen kleinen Laden gekauft hatte, wo auf dem Boden ein brauner Teppich gelegen und ein lustiges schneeweißes Schäfchen gestanden hatte! Sie hatte den Pulli sorgfältig für ihren Mann ausgesucht und sich daran gefreut, sie hatte ernsthaft überlegt, welche Farbe am besten zu seinen Augen passen würde – und jetzt würde die Gouverneurstochter, ein Niemand, eine wildfremde Person, diesen Pullover anziehen.

Aber gerade weil es ihr Leid tat um den Pullover und noch mehr um sich selbst, schlug sie entschlossen die Tür zum Kleiderschrank auf, zog ein Paar Jeans und ein großes knisterndes, mit festem Zwirn verschnürtes und mit Siegellack versiegeltes Paket heraus, auf das in einem Oval ein wunderbares Schafsgesicht aufgedruckt war. Der feste, mit Siegellack befestigte Zwirn hatte etwas sehr Englisches, Konservatives, Unerschütterliches. Sie war nicht dazu gekommen, ihrem Mann diesen dreimal verfluchten Pullover zu schenken, bevor er ihr an den Kopf geworfen hatte, sie habe «das große schöne Gefühl mit den Füßen zertreten», aber er werde sich jetzt endlich von ihr befreien und ein neues Leben anfangen! Inna löste entschlossen den Faden, klaubte die Siegellackplombe ab, schlug das knisternde Papier zurück und schüttelte den Pullover auf das Bett, wo er zu einem weichen, beigefarbenen Hügel zusammenfiel.

Als sie merkte, dass sie gleich laut anfangen würde zu heulen, packte sie die Jeans und den teuren Pullover mit beiden Händen und warf sie, ohne hinzusehen, auf den Korb, der direkt neben der Badezimmertür stand.

«Katja, hier, für Sie. Ziehen Sie das an und kommen Sie.»

Sie wartete die Antwort nicht ab.

Auf halber Treppe lief ihr dann doch noch eine Träne herunter, die sie mit der Faust fortwischte.

«Gina, Tonik, kommt, es gibt Abendessen!»

Sofort stürmten Gina von links und Tonik von rechts herbei, die genau wussten, dass Adelaida morgens wieder einen ganzen Topf mit Fisch mitgebracht hatte.

Inna füllte den Fisch in zwei Näpfe. Kurz darauf stand Katja unsicher in der Tür.

In der hellen Jeans und dem englischen Kaschmirpullover wirkte sie unvermutet groß und jung. Ihre dunklen Haare kräuselten sich in Locken auf dem Kopf und im Nacken, die Wangen waren noch gerötet vom heißen Wasser.

«Wie alt sind Sie, Katja?»

«Dreiunddreißig. Warum?»

Inna war erstaunt. Sie hatte geglaubt, die Gouverneurstochter wäre noch viel jünger.

«Und als was arbeiten Sie in Petersburg?»

«Ich … arbeite für eine Werbeagentur. Ich denke mir Worte und Bilder aus, damit sich Zahnbürsten oder Wurst besser verkaufen lassen.»

Inna kam es so vor, als würde sich Katja schämen, dass sie sich mit solchem Blödsinn beschäftigte.

«Ich habe das Abendessen vorbereitet, Inna Wassiljewna. Ich weiß nicht, ob ich alles nehmen durfte, aber …»

«Sie dürfen nehmen, was Sie wollen.»

«Ich habe Hähnchen und Salat gemacht. Der Salat steht im Kühlschrank. Das Hähnchen ist im Ofen.»

Inna staunte. Katja Muchina fand sich offenbar im Leben ganz gut zurecht.

Der Salat sah märchenhaft aus, und das Hähnchen war sehr lecker.

«Wir müssen Gljeb etwas übrig lassen», bemerkte Inna mit Bedauern. «Er muss bald kommen.»

«Sind Sie mit ihm befreundet?»

«Sozusagen. Er hat mir einmal geholfen, noch in Moskau. Ich kenne ihn schon lange. Wir haben beide zusammen hier in Bjelojarsk angefangen.»

Katja schwieg.

«Es ist gut, Freunde zu haben», sagte sie dann. «Ich habe niemanden.»

«Wie konnte das passieren, dass Sie niemanden haben?»

«Ich weiß nicht. Ich hatte Mitja, er war mein bester Freund, als wir klein waren. Dann bin ich zum Studium nach Petersburg gegangen. Wissen Sie, einerseits war ich sehr … provinziell und unsicher, andererseits war Papa immer ein hohes Tier. Wenn er kam, aßen wir mit dem Bürgermeister zu Abend oder gingen mit dem Gouverneur ins Mariinskij-Theater zum Ballett oder so. Er hat mir gleich eine Wohnung und ein Auto besorgt. Wer hätte sich da mit mir anfreunden sollen?»

«Katja», sagte Inna. «Sie sind doch nicht mehr im Kindergarten!»

Katja machte ein finsteres Gesicht und begann, mit der Gabel Figuren auf den Teller zu zeichnen.

«Finden Sie auch, dass ich ein Dummkopf bin?»

«Wer sagt, dass Sie ein Dummkopf sind?»

«Mein Mann. Er sagt, dass keiner sich mit mir anfreundet, weil ich eine Idiotin bin. Und dass mich keiner lieben kann, weil …»

«Sie eine Idiotin sind», führte Inna den Satz für sie zu Ende. Plötzlich kam ihr der Gedanke, dass es womöglich tatsächlich stimmte.

Katja schwieg eine Weile.

«Die Leute, die gesellschaftlich mit uns auf einer Ebene stehen, interessieren mich überhaupt nicht», gestand sie unvermittelt. «Ich laufe nicht Ski, habe nicht an der Sorbonne studiert, spreche kein Japanisch und kann auch tausend andere Dinge nicht, die man können muss, damit man in diesen Kreisen respektiert wird. Mir ist das alles furchtbar langweilig. Und die Leute, die … nicht zu unserer Schicht gehören, wissen nicht, wie sie ihre Kinder ernähren oder wovon sie Winterstiefel kaufen sollen. Während ich einen Fünfzigtausend-Dollar-Schlitten fahre.»

«Sie reden ja so, als würde Sie das ärgern.»

«Aber nein, es ärgert mich nicht! Es macht mich nur traurig, dass ich keine Freunde habe. In der Schulzeit war ich mit Lilja Lasarjewa befreundet. Sie hat einen vom Militär geheiratet. Er trinkt und schlägt sie, aber sie verlässt ihn nicht, weil sie nicht weiß, wohin. Aber obwohl sie wirklich selbst Freunde bräuchte – zu mir kommt sie nicht.»

«Geben Sie eine Anzeige auf», brummte Inna. Solche Gespräche stimmten sie immer ärgerlich. «Einsames Krokodil wünscht sich einen Freund.»

Katja schaute sie vergrämt vorwurfsvoll an.

«Als mein Mann fortging, ist etwas mit … meinem Kopf passiert, so als ob ich mich selbst ständig von oben sähe. Als ob ich nicht in mir drin, sondern außerhalb von mir wäre, verstehen Sie?»

Inna schüttelte den Kopf.

«Als Papa beerdigt wurde, schien es mir, als schwebte ich ziemlich hoch über dem Friedhof. Von dort konnte ich alle sehen – Sie und Onkel Sergej und Mama und Mitja.»

Plötzlich krallte sie die Nägel der einen Hand heftig in die andere. Aber dann riss sie sich doch wieder zusammen, und ihre Stimme klang relativ ruhig.

«Ich bin vollkommen allein jetzt. Mitja ist ja ganz verloren. Nur Mama wollte das nicht begreifen, sie hatte immer noch Hoffnung, aber ich weiß, dass er verloren ist.»

«Katja», fragte Inna vorsichtig, «wo war Ihr Bruder, als Ljubow Iwanowna losging, um mich zu treffen?»

«Ich weiß nicht. Er war auf der Datscha geblieben, aber da war er schon … Sie haben ihn doch gesehen.»

«Ja.»

«Na also. Ich habe auf sie gewartet und gewartet, und schließlich habe ich Onkel Sergej angerufen. Er sagte, ich solle mir keine Sorgen machen, Mama wolle vielleicht einfach nur allein sein …»

«Haben Sie ihm gesagt, dass sie zu mir wollte?»

«Ich sagte, sie sei in Mitjas Wohnung gegangen, um dort die Sachen zu packen, weil wir alle nach Petersburg fahren wollten.»

«Warum haben Sie Jakuschew nicht gesagt, dass Ljubow Iwanowna sich dort mit mir treffen wollte?»

«Mama bat mich, niemandem etwas davon zu sagen, und daran hab ich mich gehalten. Aber Onkel Sergej hat nichts damit zu tun, so viel ist klar! Papa und er haben schon in der Parteischule damals dieselbe Schulbank gedrückt, und er mag Mama und uns auch.»

«Ich weiß», stimmte Inna zu.

«Er kam, noch bevor es hell wurde, und sagte, dass Mama gestorben sei. Herzversagen bei Mitja in der Wohnung. An mehr kann ich mich nicht erinnern. Ich weiß nur noch, dass ich irgendeine Straße entlangging, über irgendwelche Bretter, dass da Hunde bellten und ich dachte, es wäre Alma. Wir hatten mal eine Hündin, die hieß Alma. Mitja und ich hatten sie gefunden, und er brachte sie zu uns ins Haus. Sie lebte zwölf Jahre bei uns, bis sie starb. Und ich dachte, dass ... Gljeb etwas sagte wie – Pfui, Alma! – Ich dachte, das wäre unsere Alma.»

Das Handy klingelte. Katja schwieg und starrte auf den Boden. Inna meldete sich.

«Inna Wassiljewna, hier ist Gljeb Swonizkij. Ich stehe auf der Vortreppe.»

«Gljeb», fragte Inna geistesgegenwärtig, «wie heißt dein Hund?»

«Wie bitte?»

«Dein Hund, wie heißt er?»

Katja hob schnell den Kopf und sah Inna hoffnungsvoll und erschrocken zugleich an, als hinge von der Antwort auf diese einfache Frage ihr gesamtes weiteres Leben ab.

«Mein Hund heißt Alma», sagte Gljeb Swonizkij auf Innas Vortreppe deutlich. «Wieso?»

«Wiederhol es bitte nochmal lauter», bat Inna, nahm den Hörer vom Ohr und hielt ihn Katja hin.

«Mein Hund heißt Alma!», rief Gljeb ins Telefon. «Was soll denn das?»

«Nichts weiter», sagte Inna in den Hörer und lächelte, «warte, ich mache dir gleich auf.»

Inna drückte auf den Knopf und schaute Katja an.

«Wie Sie sehen, lebt Alma wirklich, und es geht ihr gut. Das heißt, Sie haben sich nichts ausgedacht, es ist wirklich alles so geschehen.»

Katja lächelte breit und froh. Dann aber erstarrte sie plötzlich.

«Inna Wassiljewna», sagte Katja, und ihre Lippen zuckten heftig, «wenn ich mir das mit Alma nicht ausgedacht habe, habe ich mir das mit Mama vielleicht auch nicht nur ausgedacht. Dann habe ich wirklich gesehen, wie sie … umgebracht worden ist. Sie ist nicht am Herzen gestorben, sondern … wie Papa? Und ich hab das gesehen? Das heißt, ich war dort?!»

24

INNA KOCHTE EINE GANZE KANNE KAFFEE und goss ihn in drei gleich große Becher.

«Danke», sagte Katja höflich.

«Katerina Anatoljewna», sagte Gljeb unvermittelt, «jetzt seien Sie doch nicht so verzweifelt! Es ist ja direkt lächerlich. Es ist doch egal, was die Leute denken!»

Inna stieß unter dem Tisch mit dem Fuß an sein Bein, um ihn zu etwas mehr Feingefühl zu animieren. Gljeb verstand die Aufforderung nicht.

«Sie haben einfach Halluzinationen, und das ist alles. Sie müssten ein Gläschen trinken und bis morgen durchschlafen. Morgen wachen Sie dann auf, und wir reden ein bisschen miteinander. Vielleicht kriegen wir dann heraus, wer was gesehen hat und wer hinter wem her war und wieso ...»

«Ich muss nach Hause», erklärte Katja beharrlich. «Niemand weiß, wo ich bin. Und Mama ist dort allein. Mitja zählt nicht. Ihm kann man überhaupt nichts anvertrauen.»

«Ihre Mama ist nicht allein», erklärte Inna ruhig, «Jakuschew ist dort. Er sagte mir heute, Sie seien verschwunden. Ich wollte ihm Bescheid sagen, hab es aber nicht geschafft.»

«Er muss Bescheid wissen», mischte sich der Major entschlossen ein, «sonst werden noch die Sondereinheiten alarmiert, und überflüssigen Lärm können wir wirklich nicht gebrauchen. Die Lage in der Region ist so schon schwierig genug.»

«Sie kann nicht nach Hause zurück», verkündete Inna. «Auf gar keinen Fall.»

«Das stimmt», bestätigte Gljeb. «Sie kann nicht zurück, aber wir müssen Bescheid sagen.»

«Wenn wir anrufen, kriegen sie sofort die Nummer heraus, und alles ist klar», sagte Inna kalt.

«Keiner kriegt irgendwas heraus. Wir werden von einem sicheren Ort aus anrufen und alle notwendigen Maßnahmen treffen.»

Sie schwiegen.

«Gljeb, hast du etwas über diese Mascha Mursina in Erfahrung gebracht, die ins Wasser gegangen ist?» Inna hatte Mühe, den Namen auszusprechen, ihr war, als würde sie Steine im Mund zerkauen.

«So gut wie nichts, Inna Wassiljewna. Es gibt nirgendwo eine Akte über sie. Es war eben einfach eine junge Frau. Allerdings ist das Unglück nicht erst zwanzig Jahre, sondern schon siebenundzwanzig Jahre her.»

«Seltsam», sagte Katja nachdenklich. «Und ich dachte, ich wäre damals schon groß gewesen. Ich weiß noch, wie böse Papa war, dass die Oma uns zur Beerdigung mitgeschleppt hat, und wie dann Mama dazukam und auch böse war … Kann es sein, dass ich … wie viel macht das … damals erst sechs Jahre alt war?»

«Ach ja», sagte Gljeb plötzlich, als würde er sich gerade erinnern, «und sie hatte einen Sohn. Der ist dann in einem Waisenhaus gelandet.»

Halt, befahl sich Inna. Bleib jetzt ganz ruhig.

«Und … wo ist er heute?»

«Keine Ahnung. Es gibt keine Papiere mehr. Als sie in den Jenissej sprang, war er noch in der Entbindungsstation. Daraufhin hat man ihn ins Waisenhaus gegeben.»

Mascha Mursina hatte einen Sohn. Man brauchte kein großartiger Detektiv zu sein, um den Schluss zu ziehen, dass Georgij Mursin genau dieser Sohn gewesen sein musste.

Aber auch er war ertrunken, ebenfalls im Jenissej, vor drei Jahren.

Gott liebt die Dreieinigkeit. Es gibt keine Schuld ohne Sühne.

Sie musste etwas tun. Irgendwie die Aufmerksamkeit der anderen ablenken, solange sie noch nicht darauf gekommen waren.

Sie sprang plötzlich auf und rannte aus der Küche.

Als sie zurückkam, warf sie vor Gljeb eine Visitenkarte auf den Tisch.

«Hier ist noch so ein Held für dich. Gibt es über den irgendwelche Akten, oder ist er auch lupenrein wie die Mursina?»

Gljeb drehte die Karte um, las den Namen, schnaubte und hielt sie gegen das Licht wie eine Hundertdollarnote.

«Wo kommt der denn her? Oder bietet er Ihnen auch Geld an so wie der damals fürs Fernsehen, erinnern Sie sich?»

Inna lächelte:

«Bislang bietet er noch keins, aber ich soll ihn darum bitten. Was meinst du, wird er welches geben?»

«Der da?», sagte Gljeb fröhlich. «Aber klar doch. Ich würde es allerdings lieber nicht annehmen.»

«Warum?»

«Erstens ist seine Lage äußerst unsicher. Wie viel Zeit ist seit 1993 vergangen? Zehn Jahre? Damals war er noch der Zar und der Gott, der Einzige und Alleinige in der ganzen Region, jetzt dagegen gibt es viel Stärkere als ihn. Zum Beispiel Jastrebow. Der hat unschätzbar viel Geld hinter sich, während dieser hier nicht einmal mehr so besonders begütert ist …»

«Ja wie?», fragte Inna erstaunt. «Er hat noch nicht mal Geld?»

«Doch», sagte Gljeb verärgert, «aber das Geld, das er hat … wie soll ich sagen, es sind Außenstände.»

«Was heißt das?»

«Er hat Gläubiger. Die einen sitzen ein, die anderen kommen gerade hinter Gitter, die Dritten sind im Untergrund, und die Vierten sagen jetzt zu ihm: Wer bist du überhaupt? Du bist eine zwielichtige Gestalt, ein Niemand. Wir kennen dich nicht und haben dich nie gekannt. Und wenn du Geld von uns verlangst, dann werden wir dich …», Gljeb machte eine eindeutige Handgeste. «Jetzt weiß er also nicht, was er tun soll: Soll er einen Krieg anfangen oder sich still und leise nach Kreta oder Tschechien absetzen, was durchaus eine gute Idee wäre.»

«Das heißt also», sagte Inna nachdenklich, «ich sollte lieber nicht zu ihm gehen und ihn um Geld bitten?»

Gljeb sah sie schräg von der Seite an und trank seinen Kaffee in einem Zug leer.

«Mit ihm sollte man am besten überhaupt nichts zu tun haben. Sie würden sich nur Ihren Ruf ruinieren.»

Komisch, dass Jakuschew ihr eine so fragwürdige Gestalt als Sponsor vorgeschlagen hatte. Wusste er nichts davon? Hatte er nicht daran gedacht? Oder ging es ihm gerade darum, dass ausgerechnet *dieser hier* Geld gab?

Sie musste sich jetzt langsam fertig machen – Ossip würde gleich kommen.

«Katja, bitte geh noch nicht nach Hause», bat Inna sie und ging jetzt auch ihr gegenüber zum «du» über. «Gljeb hat Recht. Ruf an, sag, dass du gesund und am Leben bist und dass du Zeit brauchst, um dich zu fangen.»

«Ich muss zu Mama.»

«Ich glaube, Ljubow Iwanowna würde es vorziehen, wenn du am Leben bliebest.»

Katja schaute Inna an, ihre Augen füllten sich plötzlich bis zum Rand mit Tränen.

Inna wollte nicht, dass sie anfing zu weinen, und fragte daher schnell Gljeb, von wo aus Katja zu Hause anrufen konnte, ohne dass jemand ihren Aufenthaltsort herausbekam.

«Mach dir darüber keine Sorgen. Das regele ich schon.»

«Dann will ich am liebsten gleich telefonieren», sagte Katja. «Inna, darf ich die Jeans und den Pullover anbehalten?»

«Natürlich, Katja», murmelte Inna, während sie ihre kurze Pelzjacke überzog. «Gljeb, nimm meinen Hausschlüssel mit, ich hab noch einen zweiten. Wenn du kommst, ruf mich wieder an, damit ich weiß, dass du es bist. Sollte ich noch nicht zurück sein, kommt rein und wartet auf mich. Macht euch Kaffee. Spielt Schach.»

«Das kann ich nicht!», schrie Katja von fern.

«Kann sie nicht», erklärte Inna Gljeb, stützte die Hand auf seine Schulter, als sie sich aus ihrem Sessel erhob, und stampfte mit dem Fuß auf, um festzustellen, ob sie den Stiefel richtig angezogen hatte. «Hast du etwas über ihren Mann herausgefunden?»

«Nichts. Er hat die Kunsthochschule absolviert und galt eine Zeit lang als Naturtalent. Jetzt stellt er Computerprogramme für Geschäfte her. Für die Lagerhaltung und so weiter. Er hat selbst nie besonders viel Geld verdient, dafür aber mit Katja natürlich eine gute Partie gemacht. Auch wenn ihn Muchin nicht besonders gemocht haben sollte und ihm zumindest keinen Posten im Aufsichtsrat einer Bank besorgt hat wie seinem Sohn.»

Inna nickte. Sie hatte keine Lust wegzugehen, lieber hätte sie Gljeb um Hilfe gebeten. Zusammen mit einem Geheimdienstmajor des FSB müsste sie nicht so viel Angst haben.

Aber sie konnte nicht um Hilfe bitten, sie tappte noch zu sehr im Dunkeln. Plötzlich fiel ihr etwas wie Schuppen von den Augen: Auch Gljebs Initialen waren «SG»!

Sinaida Gromowa, Sejnara Gulina und noch irgendein Gruschin.

Aber wieso zum Teufel Gromowa, Gruschin und Gulina, wenn doch sein eigener Name mit der Silbe «Ju» – Juschin – begann? Sachar Juschin, der Exkrankenpfleger der Sabolozker Psychiatrie, inzwischen Journalist geworden.

Inna griff nach den Handschuhen und dem Handy, trug Gljeb auf, Katja nicht aus den Augen zu lassen, und lief über den kleinen Weg zum Wagen.

Gljeb sah ihr hinterher.

«Hallo, Ossip.»

«Guten Abend, Inna. Wohin soll's gehen?»

«In die Tschernyschewskij-Straße 15.»

Ossip sah sie durch den Rückspiegel an und stellte das Radio leiser, aus dem gerade ein monotoner Singsang über irgendeine Landung von Sondereinheiten herausdrang.

«Was willst du denn da?»

«Ich habe dort ein Treffen mit einem Journalisten, Ossip. Wieso, was ist damit?»

«Nichts weiter, es ist nur eine … ziemlich zweifelhafte Gegend.»

«Ich werde nicht lange brauchen.»

Am liebsten wäre sie einfach in ein Restaurant gegangen und hätte sich ganz ungezwungen gehen lassen, sich eine Atempause, ein Time-out, gegönnt.

Inna zuckte zusammen, als das Telefon klingelte. Aber dann stellte sie fest, dass es gar nicht ihres war.

«Hallo», sagte Ossip. «Nein, ich bin auf der Arbeit. Ich fahre gerade meine Chefin … zu einem bestimmten Ort. Nein, kennst du nicht. Ja, ich sag es ihr.»

Er schaute zu Inna hinüber und sagte:

«Das war meine Schwester. Sie lässt dich grüßen.»

«Danke.»

Inna hatte noch nie gehört, dass Ossips Schwester ihn auf seinem Handy anrief. Sie hatte Ossips Handy überhaupt noch nie klingeln gehört. Ihr war es immer so vorgekommen, als würde nur sie ihn anrufen, und auch das nur äußerst selten, denn eigentlich waren sie ja die meiste Zeit zusammen.

«Aber diesmal komme ich mit dir mit», verkündete Ossip finster und entschlossen. «Allein lasse ich dich nicht gehen.»

«Wir werden sehen.»

«Nichts werden wir sehen, ich komme mit. Was ist eigentlich los mit dir, Inna?»

«Was soll los sein?»

«Du sagst nichts, schaust immer zur Seite, hörst mir nicht zu. Ich habe dir vorhin gesagt, dass ich Geld brauche für die Autoreparatur. Und du?»

«Was, ich?»

«Du hast noch nicht mal gefragt, was denn repariert werden muss! Und wenn ich nun das Geld einfach einstecke?!»

Da lachte Inna los. Das war so sehr ihr lieber, vertrauter Ossip, den sie so gut kannte, dass es plötzlich dumm und beleidigend und überhaupt unmöglich schien, ihn zu verdächtigen. Plötzlich schämte sie sich und wäre ihm am liebsten um den Hals gefallen.

«Da wären wir. Hier ist deine Tschernyschewskij-Straße 15.»

Es war ein zweistöckiges Haus, das irgendwann einmal gelb angestrichen gewesen war, bevor die Farbe abgeblättert war und nur pockenartige Flecken hinterlassen hatte, als hätte das Haus unter Beschuss gestanden. Davor ein winziger Vorgarten. Inna wunderte sich immer über so winzige Vorgärten. Warum konnte es nicht ein schöner, stattlicher Garten sein?

Die Haustür, die an einer einzigen Angel hing, schaukelte hin und her, hinter ihr lag undurchdringliche Dunkelheit.

«Ossip, du bleibst im Auto.»

«Was hast du denn bloß vor? Hast du ein Rendezvous oder was? Dein Rendezvous interessiert mich überhaupt nicht, ich bring dich nur ordnungshalber bis zur Tür und geh dann zum Wagen zurück.»

Ach, wenn sie ihm doch nur trauen könnte! Wenn sie doch nur mit Sicherheit wüsste, dass er ihr in der Dunkelheit nicht in den Kopf schösse, direkt in die Schläfe. Sie fühlte sich für einen Augenblick völlig schutzlos.

«Nein. Wenn wir nun plötzlich … ganz schnell hier wegmüssen, und du musst erst die Tür aufschließen, den Wagen anlassen und so weiter? Nein, bleib bitte im Wagen, Ossip!»

«Tu ich nicht», murmelte er, aber in einem Tonfall, der Inna begreifen ließ, dass er sehr wohl begriffen hatte, wie ernst sie es meinte.

Jetzt war die Hauptsache, auf alles zu achten, keine Gefahr zu übersehen, dem Gegner keine Sekunde eine Chance zu geben. Auch nicht, falls der Gegner … Ossip war.

Hätte sie doch nur eine Pistole.

Sie stieg aus dem Wagen und zog aus irgendeinem Grund ihre Handschuhe an. Es wäre gut, zu wissen, ob sie ins Erdgeschoss musste oder in den ersten Stock.

«Ossip, warte auf mich, fahr nirgendwohin und halt die Augen offen, verstanden?»

Das sagte sie nur, weil sie Angst hatte, so viel Angst wie noch nie in ihrem Leben.

Die Haustür schwang und quietschte in den Angeln. Der Motor des Volvos knurrte fröhlich und siegreich vor sich hin wie ein Tiger, der sich gerade satt gefressen hat.

Noch nie in ihrem Leben hatte sie solche Angst gehabt.

Was sollte sie tun, wenn sie unversehens einem großen

knochigen Menschen mit einem kahlen, grob geformten Schädel gegenüberstünde – Sachar Juschin? Denn so stellte sie ihn sich vor. Was würde sie ihm sagen? Haben Sie Georgij Mursin ertränkt? Wieso haben Sie über den Verrückten geschrieben? Wer hat Gouverneur Muchin und seine Frau umgebracht?

Sie ahnte gar nicht, wie nah sie des Rätsels Lösung schon gekommen war.

So nah, dass der Mensch, der von weitem das rot glänzende Auto sah, begriff, dass es schlecht für ihn stand.

Was sollte er tun? Wenn er sie in der Wohnung oder im Aufgang umbrächte, würde er den Verdacht auf sich lenken. Sie auf der Straße zu töten war gefährlich. Es konnte immer gerade irgendein Idiot mit seinem Hund vorbeikommen oder jemand aus dem Fenster schauen.

Nein. Er musste warten.

Er durfte sie hier nicht entwischen lassen.

Ein Schauder überlief ihn, vor Kälte und vor Hass.

Sie hätte auf keinen Fall bis hierher kommen dürfen und hatte es doch geschafft – fast! Gut, dass er im letzten Moment den roten Wagen entdeckt hatte!

Ohne seine gewohnt kräftige Gangart zu drosseln, lief er um die Ecke und versteckte sich in einem dunklen, geschützten Hof hinter den Mülltonnen. Dann rannte er schnell über die freie Fläche, die von dem hellen Mondlicht überflutet war, und sah hinüber.

Der Wagen stand noch dort, aber von ihr war nichts zu sehen. Sie war also schon ins Haus gegangen.

Von hier war der Abstand zu dem kleinen Weg und zum Hauseingang ziemlich groß, aber wahrscheinlich musste er sie erschießen, damit sie keinen Ärger machte.

Die Pistole – das Symbol seiner grenzenlosen persönlichen Macht, die viel grenzenloser war als die Macht irgendeines Gouverneurs – hatte er wie immer bei sich. Er zog sie liebevoll hervor, streichelte sie zärtlich und nahm sie aus der Schutzhülle. Mit dieser Pistole war er der Mittelpunkt des Universums. Er hatte Leben und Tod in der Hand. Wie Gott konnte er strafen oder Gnade walten lassen, hinrichten oder verschonen. Die Menschen hörten auf, Menschen zu sein, sobald er ihnen die Pistole vorhielt. Wenn ihr Blick glasig wurde und die Augen zu zittern begannen wie Gallert, dann überkam ihn ein triumphales Gefühl: Er war der Sieger.

Das war seine Rache.

Und er verschonte niemanden, so wie auch ihn niemand verschont hatte.

25

NIEMAND MACHTE DIE TÜR AUF. Eigentlich war schon längst klar, dass keiner zu Hause war, aber Inna klingelte trotzdem weiter – sie wusste selber nicht, warum.

Von den Wänden im Treppenhaus ging eine durchdringende Kälte aus, als gäbe es hinter ihnen statt der Wärme einer menschlichen Behausung nur die Eiseskälte von Bunkern, in denen die Winterwinde übernachten.

Durch ihre Haare wehte so etwas wie Zugluft, und schließlich begriff sie, woher diese kam: Neben dem Haupteingang gab es noch eine zweite, ziemlich morsche und im Wind heulende Tür.

Inna zog sich den Schal über die Wangen, schlich fast auf Zehenspitzen durch die zusätzliche Tür und fand sich schnell auf dem dahinter liegenden Weg wieder.

Hier war es dunkel. Es gab keine Straßenlaternen.

Hinter den drei dunklen Fenstern im Erdgeschoss musste wohl Sachar Juschins Wohnung sein. Inna trat näher heran, der Schnee knirschte unter ihren Füßen.

Ossip stand mit dem Wagen auf der Vorderseite des Hauses, er konnte Inna nicht sehen. Auch sie sah weder Ossip noch den Wagen, aber sie konnte den Motor hören und sah die in der Kälte dampfenden starken Scheinwerfer.

Sie schaute nach oben.

Der Balkon war nicht hoch – sie könnte sich hochziehen und wäre schon da. Das Oberlicht von einem der Zimmer stand offen.

Sollte sie es probieren? Oder nicht?

Nein, nein, nein, sagte sie zu sich selbst, tu's nicht, du bist verrückt, du stürzt dich ins Unglück, schließlich bist du weder ein Milizionär noch die Feuerwehr, du kannst nicht einfach in fremde Häuser einsteigen, woher willst du wissen, was dich da drinnen erwartet, sie werden dich umbringen, hüte dich.

Mit einer einzigen Bewegung stand Inna auf dem Balkon, hinter dem niedrigen Gitter. Sie kniete sich auf das Fensterbrett – dabei durchfuhr sie sofort ein Schmerz im rechten Knie, das sie sich vor langer Zeit beim Skilaufen verletzt hatte –, reckte sich und rüttelte am Fensterrahmen. Der war schon alt und bebte nachgiebig in den Fugen.

Das Fenster war mit zwei Riegeln verschlossen, einem unten und einem oben, so viel konnte Inna erkennen. Sie musste sie aufbekommen, denn durch das Oberlicht passte sie nicht hindurch.

Sie zog einen Handschuh aus und steckte ihn in die Tasche, dann umfasste sie den kalten metallenen Riegel und zog ihn nach unten. Zuerst wollte er nicht, aber dann fiel er mit einem metallischen Klirren herunter. Jetzt den unteren.

Inna wusste nicht, wie viel Zeit vergangen war – fünf Minuten, fünf Sekunden oder gar fünf Stunden –, bevor sie die Fensterflügel aufstieß und ins Zimmer sprang.

Hier war es etwas dunkler, aber die Augen gewöhnten sich rasch an die Dunkelheit, und sie wollte lieber das Licht nicht anschalten.

O Gott, was hatte sie sich da bloß einfallen lassen? Und wieso? Wonach sollte sie im Dunkeln in dieser fremden Wohnung suchen?

Panik durchfuhr sie, scharf wie ein Speer.

Nein, sagte sie zu sich selbst. Ich habe keine Angst. Ich muss etwas finden: Papiere, Aufzeichnungen, weiß der Teufel was, irgendeinen Beweis dafür, dass Sachar Juschin in irgendeiner Beziehung zum Gouverneur steht.

Die Wohnung war winzig, ausgekühlt und armselig. Die Wände waren bis zur Hälfte mit dunkler Farbe gestrichen. Im Mondlicht konnte Inna sie nicht richtig erkennen, aber sie hätte wetten können, dass es grün war. In der winzigen Küche stand ein vorsintflutlicher schwerer Tisch, auf dem ein verschnittenes Wachstuch lag. Auf dem Wachstuch stand ein Durcheinander von Töpfen und Tellern. Auf dem Herd ein Teekessel aus Aluminium. Der Kühlschrank war so alt, dass er wahrscheinlich schon seit vielen Jahren nicht mehr funktionierte. Er diente als Schrank: Die Tür stand offen, darin standen Töpfe.

Irgendetwas kam Inna komisch vor.

In der Küche gab es keinerlei Spuren von Lebensmitteln, außer einer Verpackung dänischer Cracker im Mülleimer und einer Dose löslichem Kaffee auf dem Tisch. Keine Flaschen, keine Abfälle, keine Krümel, keine Kartoffelschalen. Nichts.

Inna versuchte gar nicht erst, das winzige Zimmer der Reihe nach zu durchsuchen. Sie warf nur einen flüchtigen Blick auf die Liege von vor dem Krieg, den gelben, bauchigen Kleiderschrank, das Sofa mit den Sofarollen und der verschmutzten Rückenlehne. Sie zwang sich dazu, tief durchzuatmen, und schaute sich gezielt um, bis sie die einzige bewohnte Ecke fand.

Der weiße Küchentisch stand weit abgerückt, sodass man ihn vom Fenster aus nicht sehen konnte. Ihn musste sie sich genau ansehen.

Inna trat näher.

Unter einer Lampe mit rissigem Lampenschirm lagen hier ein Stapel mit Papieren und ein paar ordentliche, mit Bändern zusammengebundene Aktendeckel.

Inna sah schnell durch das Fenster nach draußen – nichts war zu sehen, alles war still und dunkel. Von der Ecke her war durch den Schnee der Widerschein des Scheinwerferlichts ihres Wagens zu sehen, was irgendwie sehr zivilisiert aussah.

Inna griff nach den Aktendeckeln und las auf dem oberen den Namen «Muchin». Sie hatte mit etwas Derartigem durchaus gerechnet, gewusst, dass es so sein würde, aber dennoch bekam sie plötzlich Atemnot und Ohrensausen.

Das reichte. Sie musste fort.

Sie musste die Akten mitnehmen und auf demselben Wege verschwinden, auf dem sie gekommen war.

In dem Licht, das vom Fenster einfiel, entdeckte sie noch einen ziemlich großen rechteckigen Fleck auf dem Tisch. Sie suchte ringsum, was diese Spur hinterlassen haben konnte, fand aber nichts. Sie zog den Papierkorb hervor, in dem drei Korken, ein Kerzenstummel, eine weiße Papierblume und ein Stück Nylon lagen, dessen großmaschige Struktur wie ein Spinnengewebe wirkte. Inna steckte alles in ihre Tasche.

Sie musste fort. Und zwar schnell.

Mit den Aktendeckeln unter dem Arm lief sie in die Küche und erstarrte, als sie hörte, wie der Schlüssel im Schloss der Wohnungstür gedreht wurde.

Ihr Mund füllte sich im Nu mit schaler Spucke. Ihr wurde heiß und so bange, dass ihr die Beine versagten.

Er kam. Er kam und würde sie jetzt endlich umbringen, gerade jetzt, wo sie fast alles begriffen hatte! Er würde sie umbringen, und nie würde jemand das Geheimnis um den Mord an der Gouverneursfamilie lüften.

Sie stürzte zum Fenster und zog daran, doch aus unerfindlichen Gründen ließ es sich plötzlich nicht mehr öffnen. Jetzt rutschten die Aktendeckel unter ihrem Arm weg und fielen polternd zu Boden. Sie bückte sich und kroch auf den Knien herum, weil einer weit davon fortgefallen war, als in der Diele das Licht anging und sie blendete.

«Wo bist du?», fragte eine leise, verächtliche Stimme. «Wo bist du, he?»

Sie begriff, dass sie auf den Aktendeckel verzichten musste, rannte zurück, sprang auf das Fensterbrett und ließ sich auf die andere Seite fallen.

Ein Schatten tauchte vor ihren Augen auf – er hatte sie gehört und kam zielstrebig in die Küche.

Direkt neben ihrem Ohr schlug etwas ein, leise und leicht, so als hätte die Luft gezuckt.

Er schießt, dachte Inna. Er schießt auf mich.

Sie hatte weder Zeit, um nachzudenken, noch, um sich zu fürchten.

Sie stützte sich mit der Hand auf das Balkonmäuerchen und sprang darüber hinweg, fiel hin, stand auf, fiel wieder hin. Der Schnee neben ihrem Kopf wirbelte plötzlich in einer kleinen Fontäne auf und schneite ihr kurz darauf ins Gesicht.

Er schießt. Er sieht mich und schießt. Und ich kann ihn nicht sehen!

Auf allen vieren kroch sie weiter, sprang auf und rannte um die Ecke, wo ihr Wagen stand.

Ein Schritt. Noch einer. Noch einer.

Sie riss die Vordertür auf und fiel ins Auto hinein.

Ossip erstarrte vor Schreck. Im Licht des Armaturenbretts konnte sie seine aufgerissenen Augen erkennen.

«Los, schnell!», keuchte sie. «Fahr schon! Los!!»

Ossip tastete nach der Handbremse. Sein Mund stand ungläubig offen.

«Er hat eine Pistole! Nun mach schon, schnell!!»

Ossip fand die Handbremse, drückte sie nach unten, trat das Gaspedal durch, und der Wagen sprang fast in einen Schneehaufen hinein, geriet ins Schleudern, kam dann aber wieder in die richtige Spur, und Inna fiel auf Ossip. Sie warf die Akten auf den Fahrzeugboden, zog den Sicherheitsgurt vor und schnallte sich fest.

Dann schaute sie zurück. Auf der Straße hinter ihnen war niemand zu sehen. Der Schnee, der von unten durch die Rücklichter rot und böse angestrahlt wurde, wirbelte auf.

«Was ist passiert?», stammelte Ossip heiser.

Inna schwieg und lehnte den Kopf an die Lehne.

«Inna», begann Ossip mit zitternder, aber auch beleidigter Stimme. «Jetzt hör auf, Versteck mit mir zu spielen! Sag endlich, was passiert ist!»

«Ossip, hast du zufällig gesehen, ob jemand ins Haus gegangen ist?»

«Nein, da ist definitiv keiner reingegangen!»

«Ganz sicher?»

«Ganz sicher. Du warst keine zehn Minuten weg. Selbst wenn ich vorgehabt hätte, eine Runde zu schlafen, wäre ich noch nicht dazu gekommen!»

Nur zehn Minuten. Ihr kam es vor wie ein ganzer Tag.

Inna schloss die Augen und schluckte. Das hatte ihr gerade noch gefehlt! Sie musste sich übergeben, und das vor Ossips Augen. Eine solche Schmach und Schande hatte sie noch nicht erlebt!

«Ossip, halt an», murmelte sie mit einer fremden, klebrigen Stimme.

Er gehorchte, ohne nachzufragen.

Mit glitschigen, kalten Fingern löste Inna den Gurt, lehnte sich mit der Schulter an die Tür und wäre fast aus dem Wagen gefallen.

Die eisige Luft brannte im Gesicht, und ihr wurde ein wenig leichter.

Die Fahrertür schlug zu.

Inna beugte sich vor und stützte die Hände auf die Knie. Direkt vor ihrer Nase lag Schnee, den der Wind in Stößen aufgeworfen hatte.

Ihr Magen rutschte nach oben und kehrte sein Innerstes nach außen. Inna hielt sich an einem Baumstamm fest und begann zu hecheln. Dann ging sie ein Stück weiter, bückte sich, schöpfte ein wenig Schnee und hielt das Gesicht hinein.

Auf dem Schnee breitete sich das Licht der Autoscheinwerfer aus. In ihren Stiefeln steckte Schnee, in die Lungen drang die Kälte, sie half ihr beim Atmen.

Sie stand noch ein Weilchen da, dann sah sie sich um. Ossip trat in einiger Entfernung hilflos von einem Bein aufs andere – er war feinfühlig genug, um nicht näher zu kommen.

«Lass uns fahren, Inna», rief er leise. «Sonst wirst du noch krank.»

«Ich werde nicht krank.»

Sie stand noch eine Weile da und lief dann zum Wagen, wobei sie mit den Stiefeln fast im Schnee stecken blieb. Ossip ließ sie vorbei.

Sie öffnete die Vordertür und schaute auf die Fußmatte vor dem Sitz. Dort lagen die Aktendeckel mit den Bändern. Zum Teufel mit ihnen. Alles drehte sich um diese Aktendeckel.

Sie setzte sich nicht auf den Beifahrersitz, stattdessen schlug sie die Tür zu und setzte sich hinten hinein, auf ihren gewöhnlichen Platz.

Ossip schaute sie durch den Rückspiegel an.

«Also, was ist denn da nun passiert?»

«Nicht jetzt, Ossip, in Ordnung?»

«Ja, wann denn dann?! Seit wir aus Moskau zurück sind, hast du mir kein Wort gesagt! Du benimmst dich mir gegenüber, als wäre ich ein Fremder für dich!» Er schnaufte eine Weile viel sagend. «Und im Übrigen mache ich mir Sorgen, ich schlafe nicht mehr gut …»

Inna lächelte. Armer Ossip.

«Es ist fast zu Ende, Ossip. Und bitte verzeih mir.»

«Was soll ich dir verzeihen?»

Inna schwieg und sah aus dem Fenster. Sie konnte ihm nicht sagen, dass sie ihn noch bis vor einer Stunde ernsthaft des Verrats verdächtigt hatte.

Die schwarzen Bäume flogen am Fenster vorbei.

Inna ballte die Fäuste und schlug mit voller Kraft gegen den Bezug des Vordersitzes. Er brachte sie dazu, vor allen Angst zu haben, dieser Bastard, dieser unbekannte Gegner, sie, die nie vor irgendetwas Angst gehabt hatte!

«Wer hat geschossen? Ich habe nichts gehört! Wo bist du überhaupt hergekommen? Jedenfalls doch wohl nicht durch die Eingangstür!»

«Ich bin durch die Hintertür herausgekommen.»

«Und dabei hat ein Verrückter auf dich geschossen?»

Inna sah im Spiegel Ossips Gesichtsausdruck. Er wusste ja gar nicht, wie nah er der Wahrheit kam!

«Inna», begann Ossip noch einmal teilnahmsvoll, «was sind das nur für Sachen! Du brauchst einen Bodyguard, stattdessen rennst du überall allein herum!»

«Was denn für einen Bodyguard?»

«Was für einen? So einen wie in Moskau natürlich! Damals hattest du einen!»

«Ossip, das war 1993. Damals hatten alle einen Bodyguard. Die Zeiten haben sich geändert.»

«Nichts hat sich geändert, wenn man mit einer Pistole auf dich zielt! Das nächste Mal lasse ich dich nicht allein gehen, hörst du?»

«Ich höre.»

«Außerdem hab ich was für dich!» Ossip zog etwas aus der Tasche und hielt es ihr hin. Es war ein kleines Fläschchen aus dunklem Glas.

«Was ist das? Whisky?»

«Das ist kein Whisky, sondern Nowo-Passit. Trink ruhig, trink!»

«Was ist das?»

«Nowo-Passit», sagte Ossip wichtig. «Im Fernsehen reden sie Tag und Nacht darüber, es soll die beste Medizin gegen Stress sein. Nun trink schon, du wirst dich nicht dran vergiften!»

Inna drehte den weißen Verschluss ab und roch daran. Es roch nach bitteren Kräutern.

«Ach Ossip», begann Inna, «von deiner Fürsorge …», aber er unterbrach sie:

«Ich weiß, ich weiß, verrückt werden kann man davon! Nun trink schon, dann sehen wir weiter!»

Inna kniff die Augen zusammen und trank. Es schmeckte gar nicht schlimm, nur süß und dickflüssig. Das wundersame Mittel gegen Stress rann die Speiseröhre hinunter. Inna schloss die Augen.

«Und?», fragte Ossip aufgeregt. «Wirkt es?»

Er meinte wohl, dass sie nun sofort fröhlich lachen und allen Stress vergessen würde.

«Wieso trägst du das mit dir herum …» Inna sah das Etikett an, «dieses Nowo-Passit?»

«Was heißt hier ‹wieso›?», fragte Ossip erstaunt. «Was ist, wenn einem was zustößt, und man hat nichts dabei?»

Ihr Handy klingelte, wie immer unerwartet. Inna ließ das Fläschchen mit dem Wundermittel fallen. Es rumpelte dumpf auf dem Fahrzeugboden.

Gljeb war am Telefon.

«Inna Wassiljewna, störe ich Sie gerade bei irgendwas?»

«Was ist passiert, Gljeb?»

«Katja … Katerina Anatoljewna … sie sagt, sie muss sofort nach Hause.»

«Sie darf nicht nach Hause!», schrie Inna so laut, dass Ossip vor Schreck zusammenzuckte. «Gljeb, was redest du da?! Bist du übergeschnappt? Wenn sie ausreißen will, kette sie mit Handschellen an die Tür!»

«Ich hab es ihr ja gesagt, aber sie lässt nicht locker. Sie will unbedingt zu ihrer Mutter.»

«Wenn sie heute Nacht zu Hause schlafen will», sagte Inna müde, «können wir morgen früh ihre Leiche gleich mit der von der Mutter zusammen begraben. Das ist so klar wie Kloßbrühe.»

«Was geht hier eigentlich vor?», fragte Gljeb plötzlich laut. «Ich verstehe überhaupt nichts! Können Sie mir das vielleicht mal erklären?»

«Nein», antwortete Inna bestimmt. «Ich kann dir nichts erklären.»

«Inna Wassiljewna, womit kann ich Ihnen helfen?»

Das war ja gerade das Widerwärtige, dass sie nicht wusste, womit man ihr helfen konnte. Sie wusste nur, dass sie es garantiert nicht allein schaffte.

«Wo ist Katja jetzt gerade?»

Er seufzte.

«In meinem Arbeitszimmer. Sie hat mit ihrem Mann telefoniert und jetzt …»

«Weint sie?»

«Schlimmer. Sie starrt ein Loch in die Wand.»

«Pass auf, du bringst sie jetzt zu mir nach Hause und bewachst sie. Anders geht es nicht.»

«Aber sie kommt nicht mit!»

«Das kriegst du schon hin», sagte Inna.

Bevor er widersprechen konnte, drückte sie auf den Knopf und beendete die Verbindung. Dann strich sie nachdenklich mit dem Daumen über die warme Oberfläche des Handys.

«Ossip», fragte sie nachdenklich. «Weißt du zufällig, wo Jastrebow wohnt?»

«Wie?!», schrie Ossip wie vom Donner gerührt auf.

«Du hast richtig gehört. Wo wohnt Jastrebow? Und lüg mich nicht an, du musst es wissen.»

«Er wohnt im Hotel ‹Ural›, dem Gazprom-Hotel, das wissen alle», murmelte Ossip, als wäre er plötzlich vollkommen erschöpft. «Was willst du da?»

«Wie lange braucht man dorthin?»

«Hängt davon ab, von wo.»

Inna lachte:

«Von hier, Ossip, von hier.»

«Vielleicht zehn Minuten.»

«Und von der Tschernyschewskij-Straße?»

«Etwa zwanzig Minuten, schätze ich. Wieso? Denkst du, dass er auf dich geschossen hat?»

«Wozu sollte er auf mich schießen, wenn er dafür doch jemanden engagieren kann, der das professionell erledigt?»

Ossip schwieg erschrocken.

«Los, Ossip. Fahr mich zum Hotel ‹Ural›.»

«Was fällt dir bloß ein, Inna?»

«Sag ich nicht», erklärte sie bestimmt. «Frag nicht. Weißt du, es gibt da so eine Taktik.»

«Eine Taktik?»

«Sie nennt sich Provokation. Los, fahren wir.»

26

DIE EMPFANGSCHEFIN an der Rezeption stand gleich auf, als sie Inna an der Tür sah. Der Portier in Livree verbeugte sich ernst.

Inna knotete ihren Schal auf, ging zur Rezeption und sagte mit fester Stimme:

«Bitte verbinden Sie mich mit Herrn Jastrebow.»

«Eine Sekunde», murmelte die Empfangschefin, ganz erdrückt von all den wichtigen Leuten, denen sie hier begegnete.

Während sie mit ihren manikürten Fingern die Nummer wählte, sah sich Inna um.

Das Gazprom-Hotel «Ural» hatte mindestens einige Sterne mehr verdient als das Hotel «George V.» auf der Place de la Concorde in Paris. Wenn man auch nur einmal im Hotel «Ural» abgestiegen war, würde man sich wohl in der Zukunft kaum auf eine so trostlose Herberge einlassen wie das berühmte «George». Es wirkte dagegen uralt, zwar reich und prächtig, aber langweilig traditionell, vorhersehbar wie Schnee im Dezember, mit immer denselben Juweliersvitrinen, der himbeer- und goldfarbenen Bar in der Hotellobby, den konservativen Koffern und den ebenso schlauen wie faulen französischen Portiers, die alles über das Leben wussten. Das «Ural» war aufregend jung und unsagbar viel reicher. Trotzdem waren die Besitzer klug und geschmackvoll genug gewesen, ihm kein ordinäres, neureiches, ultramodernes Flair zu geben. Das «Ural» erinnerte am ehesten an die Residenz des englischen Gouverneurs in Kalkutta.

Wintergärten mit Lianen und Palmen. Fahrstühle aus glitzerndem Kristall mit Panoramablick. Ein weißer «Steinway» im Schatten einer Magnolie. Schreibpulte aus Mahagoni. Persische Teppiche – oder stammten sie vielleicht aus Kairo? Marmorstufen, Spiegel, goldene Theken. Wasserbecken mit bunten Fischen, Kerzen auf wertvollen Kerzenständern. Ruhesessel, Glastische, hell gemustertes Parkett. Eine Treppe von einem Ende bis zum anderen, Holzpaneele aus geschnitzter Eiche und Kupferzapfen, die so gut poliert waren, dass sie glänzten wie verrückt.

Jemand, der auf das Interieur des «Ural» nicht vorbereitet war, würde direkt auf der Schwelle, direkt nach der Verbeugung des höflichen Portiers in Livree und noch vor der Begrüßung der Schönheit in Jackett und konservativer Bluse überwältigt ins Straucheln kommen und in tiefes Nachdenken über die eigene, nichtige Existenz versinken.

Inna war vorbereitet. Außerdem waren ihr Interieurs vollkommen egal.

Die Empfangschefin reichte ihr den Hörer so, als wäre es der Davis-Pokal.

«Ja bitte», klang es schroff durch den Hörer.

«Seliwerstowa, Inna Wassiljewna. Guten Abend.»

Schweigen auf der anderen Seite. Inna starrte auf ihren Handschuh.

«Guten Abend. Soll ich herunterkommen, oder willst du hochkommen? Nummer 627.»

«Ich komme hoch», antwortete Inna und gab der Empfangschefin den Hörer zurück.

Im Hotel «Ural» brauchte man sich keine Sorgen zu machen, dass Staatsgeheimnisse ausgeplaudert werden könnten – in diesem Fall also etwa die Einzelheiten über den nächtlichen Besuch Inna Seliwerstowas im Zimmer des Oligarchen Jastrebow. Hier ging es ganz betont keinen etwas an, wer mit wem wie und wie viel Zeit verbrachte, wer zu wem kam, wer bei wem blieb oder nicht blieb. Und niemand wollte seinen Job verlieren, schon gar nicht um des Klatsches willen.

«627», fragte Inna nach, «das ist in welcher Etage?»

«In der sechsten. Wollen Sie begleitet werden?»

«Nein danke, ich finde es allein.»

Über die breiten marmornen Stufen stieg sie zur Beletage hinauf, betrat den Aufzug und betrachtete das glitzernde Paneel.

Sie war schrecklich aufgeregt, begriff es aber erst, als sie merkte, dass sie schon viel zu lange vor diesem verdammten Paneel gestanden hatte.

Sie riss sich zusammen, löste sich aus ihrer Erstarrung und drückte auf den blitzenden Knopf.

Jetzt war es zu spät. Außerdem gehörte Inna nicht zu den Leuten, die eine einmal getroffene Entscheidung wieder rückgängig machten. Der Aufzug fuhr gleichmäßig in den sechsten Stock hinauf, wo sie auf den kostbaren Perserteppich hinaustrat. Im Spiegel an der gegenüberliegenden Wand erschien eine Frau in einem kurzen Mantel aus Schafspelz, in Jeans und Stiefeletten. Die Frau hatte bleiche Wangen, helles, ein wenig zerzaustes Haar, einen wüsten Blick und unpassende Akten unter dem Arm.

Das musste sie selbst sein.

Sie trat näher.

Ja, ja. Das war sie. Sie schaute in einen Spiegel und sah sich selbst.

Sie rückte die Aktendeckel zurecht, und die Frau im Spiegel rückte ebenfalls die Aktendeckel zurecht. Ihre Gedanken waren wie eingefroren.

Sie wusste offenbar, was mit Muchin und seiner Familie passiert war. Sie hatte offenbar alles erraten. Am liebsten täte sie so, als ginge es sie nichts an, aber das war unmöglich, weil sie selbst, ebenso wie Katja, schon längst verurteilt war.

Sie konnte nur sich selber retten. Falls sie ihr Schutzengel nicht im Stich ließ. Falls sie alles richtig bedachte, denn schließlich konnte sie sich ja auch irren. Und was dann?

Natürlich war vollkommen klar, was dann.

Sie kniff die Augen zusammen – im Spiegel trat Jastrebow auf sie zu, allein in dem leeren Korridor, der vielleicht direkt ins Paradies führte.

Man sagt, jeder hat sein eigenes Paradies.

Inna wollte in ihrem Paradies keine tropischen Pflanzen, weißen Klaviere und kostbaren Steine. Sie wollte eine Rodelbahn, heißen Tee mit Zitrone, goldschimmernde Piroggen, einen lustigen zottigen Hund, ein paar Katzen, eine warme Decke, ein Kaminfeuer, Lärchenholzwände, eine Tanne zu Neujahr und Geschenkschachteln darunter, einen Schneesturm, der wie ein Bär ums Haus strich, einen flachsblonden kleinen Jungen, der – neben sich einen angebissenen Apfel! – auf dem Teppich lag und ein zerfranstes Buch las, und diesen Mann, der jetzt aus der Tiefe des Spiegels auf sie zukam und nur dort drinnen existierte. Hier draußen war er jemand ganz anderes.

«Hallo.»

«Hallo.»

«Was ist passiert?»

Sie riss sich von dem los, der da im Spiegel stand, drehte sich um und sah den an, der hinter ihr gestanden hatte.

«Nichts.»

«Lüg nicht», sagte er müde. «Ich seh es doch.»

«Ich muss mit dir sprechen.»

Sein Blick fiel auf die Akten, dann sah er ihr wieder ins Gesicht.

«Über Geschäfte?»

Irgendwo ganz in der Nähe wurde Billard gespielt, man hörte das leise, angenehme Klackern der Elfenbeinkugeln, Ausrufe und schnell gesprochenes Englisch.

«Über Leben und Tod.»

Jastrebow wunderte sich kein bisschen.

«Jetzt sofort, über Leben und Tod?», fragte er ein bisschen spöttisch. «Na schön.»

Er zog die Aktendeckel unter ihrem Arm hervor, nahm sie bei der Hand und zog sie wie ein kleines Mädchen hinter sich her.

«Aber zuerst muss ich lesen», warf sie ihm, kaum war die Tür hinter ihnen ins Schloss gefallen, in den Rücken. «Es dauert nicht lange.»

«Dies hier?» Er warf die Aktendeckel auf den Schreibtisch.

«Ja.»

«Was ist das?»

«Ich weiß es selber noch nicht.»

«Wo hast du das her?»

«Ich hab's gestohlen», erklärte Inna kaltblütig. «Aus einer armseligen kleinen Wohnung an der Tschernyschewskij-Straße. Besorg mir einen Tee. Oder bekommt man hier nur einen ‹Napoleon›, Jahrgang 82?»

«Hier kriegt man sogar Selbstgebrannten, wenn man ihn will», murmelte er. «Auch was zu essen? Magst du?»

Durch seinen Tonfall, der so klang wie der eines besorgten Ehemannes, spürte sie plötzlich ihre Müdigkeit, eine entsetzliche Müdigkeit, so groß, dass sie gleich losweinen würde, weil sie keine Kraft mehr hatte und weil ihr kaputtes Knie schmerzte und weil sie in ihrem Kopf immer noch die Schüsse hörte, ohne dass sie – die starke Frau! – etwas dagegen ausrichten konnte!

Sie musste nur noch ein wenig durchhalten. Und sie würde es schaffen. Sie hatte es immer geschafft – allein. Seit ihrem achten Lebensjahr.

«Einen Tee hätte ich gern, mehr brauche ich nicht. Wo kann ich … mich hinsetzen?»

«Wo du willst. Oder brauchst du Abgeschiedenheit?»

«Das wäre schön.»

«Dann geh ins Arbeitszimmer.»

Er schloss sogar die Tür hinter ihr – was war ihr da doch für ein feinfühliger politischer Gegner untergekommen!

Zerstreut sah sie sich um. Und ganz nach ihrer Gewohnheit, nicht auf die Dinge zu achten, die sie nicht interessierten, achtete sie weder auf die kostbar verkleideten Wände noch auf die stuckverzierte Decke und die

Bronzeverzierungen – sie sah nur den riesigen Schreibtisch voller Papierberge.

Er hatte nichts weggeräumt. Wieso vertraute er ihr so sehr? Oder nahm er sie einfach nicht ernst? Oder wusste er, dass es Inna Seliwerstowa eigentlich schon nicht mehr gab und dass die Tatsache, dass sie noch atmete, herumlief und Dinge sah, schon keine Bedeutung mehr hatte?

Sie ging gar nicht erst zum Tisch, sondern setzte sich auf den Boden und band flink die Aktendeckel auf. Es waren nur drei – den vierten hatte sie dort in der Küche fallen gelassen –, und zwei davon waren voll mit Zeitungen. Inna zog sie heraus und sah sie schnell durch. Sie hasste sie, diese verdammten Zeitungen, mit denen alles angefangen hatte!

Offensichtlich sammelte Sachar Juschin, der frühere Krankenpfleger der psychiatrischen Anstalt, alles, worüber er je geschrieben hatte. In jeder Zeitung standen dieselben Initialen «SG», immer in den verschiedensten Varianten, mal als Sinaida Gromowa, dann als Sejnara Gulina oder sonst wie, sie erinnerte sich nicht mehr an den letzten Namen.

In der letzten, schmalsten Akte befanden sich Papiere. Graue, hart gewordene, langweilige Behördenpapiere. Ein Gesundheitszeugnis. Eine Milizionärsbescheinigung. Eine Todesurkunde. Noch eine. Die Kopie der Geburtsurkunde. Das war's.

Sie ruhte sich einen Moment aus, dann legte sie die Bescheinigungen rund um sich auf dem Teppich aus und las jede noch einmal aufmerksam durch.

«SG». Sachar Juschin. Warum Juschin, wenn das Pseudonym den Anfangsbuchstaben «G» trug?

Jastrebow rief leise hinter der Tür.

«Dein Tee ist da.»

Inna sammelte schnell die Papiere vom Teppich auf, steckte sie zurück in die Mappe und band sie ganz fest zu, als wollte sie die Büchse der Pandora verschließen.

«Inna?»

Sie stand auf, öffnete die Tür und ging so nah an ihm vorbei, dass sie mit ihrer Brust fast den dunklen Pullover streifte. Sie setzte sich aufs Sofa und goss sich Tee in die feine weiße Tasse.

«Das da ist schwarzer, hier ist grüner», sagte er verlegen und zeigte auf den Tisch. «Für alle Fälle. Ich hab noch nicht begriffen, welchen du normalerweise trinkst.»

«Normalerweise trinke ich Kaffee. Aber davon hab ich ein Loch im Magen.»

Mit kleinen Schlucken trank sie schnell ihre Tasse leer und goss sich aus der anderen Teekanne nach. Egal, ob nun schwarzer oder grüner Tee, sie konnte sie sowieso nicht unterscheiden.

«Erzählst du jetzt?»

«Deshalb bin ich gekommen, um ehrlich zu sein.»

«Weshalb? Um zu erzählen?»

Sie sah zur Seite.

«Ja. Zum jetzigen Zeitpunkt komme ich wohl kaum noch … allein zurecht.»

«Aber wieso? Du kommst doch die ganze Zeit wunderbar allein zurecht.»

«Ich verstehe schon, dass du nicht besonders interessiert daran bist, mir zu helfen», sagte sie scharf, «aber ich bin auch in deinem Interesse hier.»

«In meinem Interesse?»

«Ja.»

Er zuckte die Achseln und nahm seine Tasse in die Hand. Die Tasse sah im Vergleich zu der Hand, die riesig und sehr männlich war, winzig und sehr weiblich aus.

«Muchin hat sich nicht selbst in den Kopf geschossen. Er ist umgebracht worden.»

«Das wussten alle sofort.»

«Ja. Aber es ist kein politischer Mord.»

«Sondern? Weißt du mehr darüber?»

Pass auf, sagte sie zu sich selbst.

«Nein», sagte Inna entschieden. «Das heißt, ich weiß wohl, wer ihn umgebracht hat, aber ich weiß nicht … was das für ein Mensch ist.»

Verblüfft fragte Jastrebow:

«Was soll das heißen?»

Inna atmete tief ein und mit aller Kraft aus:

«Sein eigener Sohn hat ihn umgebracht.»

«Dieser Alkoholiker? Wie hieß er noch … Dima? Wassja?»

«Mitja», verbesserte ihn Inna. «Aber der hat damit nichts zu tun.»

«Inna», sagte Jastrebow verärgert. «Muchin hat bloß den einen Sohn, und das ist dieser Mitja.»

«Er hat noch einen zweiten Sohn. Von einer Frau namens Mascha Mursina, die vor siebenundzwanzig Jahren im Jenissej ertrunken ist.»

«Du phantasierst», konstatierte Jastrebow.

«Nein. Willst du die Unterlagen sehen?»

«Was für Unterlagen?»

«Ich habe in dieser Wohnung Akten gestohlen. In zweien sind nur Zeitungen, aber einer enthält Unterlagen.»

Jastrebow starrte sie an. Dann nahm er die Brille ab und starrte sie weiter an. Jetzt waren seine Augen lebhaft, in ihnen stand alles Mögliche geschrieben. Alles, was man sich nur vorstellen konnte.

«Warte mal», sagte er leise, nahm ihr die Tasse aus der Hand, stellte sie auf den Tisch und umklammerte ihre Finger. Es tat ihr weh, denn er drückte fest zu. «Ich verstehe überhaupt nichts. In welcher Wohnung? Wo hast du das gestohlen? Und wieso hast du überhaupt eine Wohnung ausgeraubt?»

Jetzt hielt sie es nicht mehr aus, sie entzog ihm ihre Hand und fuchtelte mit gespreizten Fingern vor seiner Nase herum.

«Ich möchte, dass du mir einfach nur zuhörst, Sascha! Unterbrich mich nicht, es ist schon so schwer genug für mich! Verstehst du denn nicht, zum Teufel?»

«Sascha», murmelte er, «Sascha ...»

Sie wirkte auf ihn wie eine harte Droge. Er sah sie an, und sein Verstand funktionierte nicht mehr.

Als sie ihn jetzt auch noch bei seinem Namen nannte, war es um ihn geschehen.

Man konnte sich allerdings kaum einen ungeeigneteren Zeitpunkt, einen ungeeigneteren Ort und eine ungeeignetere Frau für eine Romanze vorstellen.

Inna schaute ihn schräg von der Seite an – er sah seltsam aus.

«Du glaubst mir immer noch nicht, nicht wahr?»

Er begriff zuerst gar nicht, wovon sie sprach. Was sollte er glauben oder nicht glauben?

«Bislang verstehe ich überhaupt nichts», sagte er kühl. «Könntest du es mir vielleicht erklären?»

«Das versuche ich ja! Katja Muchina hat mir gesagt, ihre Mutter hätte über Schuld und Sühne gesprochen. Sie hat Katja auch gefragt, ob sie sich noch an Mascha Mursina erinnerte, die ins Wasser gegangen war. Katja dachte, es wäre zwanzig Jahre her, in Wirklichkeit sind es schon fast dreißig.»

«Na und?»

«Katja erinnert sich sehr gut an Mascha Mursina. Sie erinnert sich, wie verstimmt und verärgert ihr Vater reagierte, als sie ins Wasser ging.»

«Ich wäre auch verstimmt, wenn jemand vor meinen Augen ins Wasser gehen würde.»

Inna sah ihre Hände an – sie waren rot. Weil sie damit im Schnee gewühlt hatte.

«Sascha, hier geht es um eine unangenehme, um nicht zu sagen, tragische alte Geschichte. Muchin hat mir aus irgendeinem Grund irgendwelche Papiere hinterlassen. Er sammelte sie und schrieb darauf «Für Seliwerstowa», und dann wurde er erschossen. Ljubow Iwanowna versuchte, sie mir zu übergeben, und dann wurde sie erschossen. Nur die Zeitungen waren noch da. Die Zeitungen sind mir inzwischen gestohlen worden, aber ich hatte vorher die Namen der Journalisten herausgeschrieben – eher auf Verdacht hin, weil ich sonst nicht viel anfangen konnte mit dem Material. Es sind viele Namen, aber die Initialen wiederholen sich meist. Am häufigsten kommt «SG» vor. Ich fand heraus, dass «SG» Sachar Juschin bedeutet, obwohl ich bisher nicht weiß, warum «G», da sein Nachname Juschin ist. Er ist ein freier Mitarbeiter. In der Redaktion hat ihn nie jemand von Angesicht zu Angesicht gesehen, die Honorare wurden ihm überwiesen, aber er hat eine Adresse: Tschernyschewskij-Straße 15.»

«Und daraus hast du den Schluss gezogen, dass Muchin von dem Sohn, den er mit Mascha Mursina hatte, ermordet worden ist?»

Inna wurde böse:

«Wenn Sie mir nicht bis zu Ende zuhören wollen oder können, Alexander Petrowitsch, dann gehe ich jetzt besser. Ich habe keine Zeit zu verlieren.»

Sie stand auf, um zu gehen, doch er fasste sie bei der Hand.

«Inna. Setz dich. Erzähl weiter.»

«In den Zeitungen, die mir Muchin hinterlassen hatte, gab es eine Notiz über einen Verrückten, der aus einer Irrenanstalt geflüchtet war. Ich fand heraus, dass diese Meldung eine Ente war. Als ich bei der Anstalt anrief, erfuhr ich aber zufällig auch, dass vor drei Jahren bei ihnen ein Kranker und ein Krankenpfleger gestorben waren. Sie waren im Jenissej ertrunken.»

«Zum Teufel», sagte Jastrebow wütend. «Alle ertrinken im Jenissej. Das ist ja eine richtige Epidemie.»

«Der Kranke hieß Georgij Mursin, der Krankenpfleger Sachar Juschin. Unter diesem Namen ist er auch gemeldet, und aus der Wohnung habe ich die Akten.» Sie wies mit dem Kinn in Richtung des Arbeitszimmers. «Dabei sind auch die Geburtsurkunde von Georgij Mursin und irgendwelche Milizionärsbescheinigungen. In der Geburtsurkunde steht, dass Georgij Mursins Mutter Maria Stepanowna Mursina ist und sein Vater Anatolij Wassiljewitsch Muchin. Natürlich nach den Angaben der Mutter.»

«Zum Teufel auch», wiederholte Jastrebow.

Sie schwiegen einen Moment.

«Aber wieso hat Muchin dir irgendwelche Papiere hinterlassen? Hat er darauf gehofft, dass du Detektiv spielen würdest? Hat er vielleicht damit gerechnet, umgebracht zu werden?»

Inna schüttelte den Kopf:

«Das ist eine gute Frage, Sascha. Aber ich weiß noch nicht mal die Antwort auf die erste Frage: wer dieser Sohn von Muchin ist. Nur eins weiß ich: Er ist ein Mörder.»

«Das sind aber wilde Spekulationen», widersprach ihr Jastrebow.

«Er hat seinen Vater mit einem Schuss in die Schläfe ermordet», erinnerte ihn Inna erbarmungslos. «Außerdem hat er eine schutzlose Frau umgebracht, die gerade erst ihren Mann beerdigt hatte. Und er hätte fast auf einer dunklen Straße die Gouverneurstochter umgebracht, also seine Halbschwester. Sie ist ganz zufällig durch jemand anders gerettet worden.»

«Was hat ihm denn die Gouverneurstochter getan?»

«Ihr könnte er den Mord an der Mutter am besten anhängen, falls die Journalisten ihm auf die Spur kommen sollten. Denn den Selbstmord des Gouverneurs haben sie noch geschluckt, aber den Tod der Witwe am Tag nach der Beerdigung – das ist zu viel. Das glaubt keiner mehr.»

Jastrebow dachte einen Augenblick nach.

«Das heißt, Sachar Juschin ist in Wirklichkeit Georgij Mursin?»

Inna stand vom Sofa auf und begann, auf dem kostbaren Teppich auf und ab zu gehen.

«Weißt du, ich bin mir nicht ganz sicher», bekannte sie und blieb kurz stehen. Dann ging sie weiter auf und ab. «Ich glaube, ja. Zuerst dachte ich, dass der Krankenpfleger, als er von dem Geheimnis des Gouverneurs erfuhr, ihn ganz einfach erpresste, aber dann hab ich begriffen, dass das eher unwahrscheinlich ist ...»

«Sondern, wie war es dann?»

«Ich denke, dass Georgij Mursin den anderen ertränkt hat. Ganz kaltblütig geplant.»

«Wozu?»

«Er wollte Juschins Identität annehmen. Für ihn war es unverzichtbar, sozusagen spurlos zu verschwinden, verstehst du? Als wäre er begraben. Als hätte es nie einen Georgij Mursin gegeben. Niemals. Und als es ihn sozusagen nicht mehr gab, begann er, seinen Plan zu verwirklichen.»

«Welchen Plan?»

«Rache zu nehmen. Was denn sonst?» Sie sah Jastrebow flüchtig an. «Deshalb glaube ich auch, dass eben dieser Sachar Juschin in Wirklichkeit Georgij Mursin ist. Mursin wollte sich an seinem Vater rächen für den Tod der Mutter, die vermutlich aus Kummer Selbstmord begangen hatte, und dafür, dass er wie ein Waisenkind aufgewachsen war. Sachar Juschin hätte keinen Grund gehabt, sich an dem Gouverneur zu rächen, verstehst du?»

«Und wenn es Erpressung war?», schlug Jastrebow vor.

Inna ging wieder eine Weile nachdenklich auf und ab.

«Ein Erpresser bringt normalerweise sein Opfer nicht um. Wozu auch – dann würde er ja nichts mehr kriegen.»

«Aber ich verstehe immer noch nicht, was du damit zu tun hast», sagte Jastrebow stirnrunzelnd.

«Muchin hat mir irgendwelche Papiere hinterlassen.»

«Was für Papiere?»

«Ljubow Iwanowna hat es mir gesagt. Bei der Trauerfeier.»

«Und hast du aus diesen Papieren mehr erfahren?»

Wieder wurde Inna böse:

«Nein! Ich habe sie nicht bekommen! Ich ging zu ihr, um die Papiere in Empfang zu nehmen, aber sie wurde erschossen. Direkt vor meinen Augen. Jedenfalls fast.

«Was sagst du da?», fuhr Jastrebow sie an. «Bist du verrückt geworden?!»

Inna schaute ihn an, mit aller Kraft darum bemüht, die Fassung zu bewahren.

«Was soll das heißen: ‹vor deinen Augen›? Wie konnte das passieren?»

«Ich fuhr zu ihr. Wir saßen in der Küche, dann lief sie hinaus, um die Papiere zu holen, und kam nicht mehr wieder. Ich ging ihr nach, um sie zu suchen, und fand sie mit einem Loch in der Schläfe.»

«Ich glaube langsam, du bist nicht ganz normal. Wenn irgendwer davon erfährt, ist das dein Ende! Du wirst nie beweisen können, dass du damit nichts zu tun hast! Wieso bist du überhaupt zu ihr gefahren?»

«Weil sie gesagt hat, sie hätte Papiere für mich!»

«Und wenn's ein Sack Gold gewesen wäre, verdammt nochmal! Du bist doch kein kleines Mädchen, du verstehst doch, worum es geht! Du arbeitest in der Politik, verflucht nochmal! Was wird aus deiner Karriere, wenn …»

«Meine Karriere war mir schnurzpiepegal», schrie Inna jetzt zurück, «schnurzpiepegal! Ich musste einfach hin! Ihr Mann war umgebracht worden, und sie hatte Papiere, die für mich bestimmt waren! Wie hätte ich da nicht hingehen können!»

«Die ganze Sache war nicht dein Problem!»

«Jetzt ist es meins!», schnitt ihm Inna das Wort ab. «Nur meins. Denn von den Muchins ist keiner mehr übrig.»

Jastrebow schwieg. Er beruhigte sich erstaunlich schnell.

«Das wusste ich nicht», sagte er nachdenklich, «hast du so ein edles Gemüt, oder was?»

Inna stöhnte auf.

«Schon gut», sagte Jastrebow lang gezogen und fragte mit gefasster Stimme: «Möchtest du noch Tee?»

Er goss ihr eine widerlich gelbe Flüssigkeit in die Tasse und stellte die Teekanne wieder ordentlich hin.

«Das ist dein Ende», sagte er ruhig. «Wenn du ihn entlarvst und an die Sicherheitsorgane übergibst – obwohl ich nicht verstehe, wie du das schaffen willst –, dann kann dieser Verrückte dich zwar nicht umbringen. Aber deine Arbeit bist du für immer und ewig los. Die Karriere auch. Bist du dazu bereit?»

«Von der Politik hab ich sowieso genug. Ich hab keine Lust mehr, in Dienstwohnungen zu hausen, wo einem die Zimmermädchen die Unterwäsche auflisten!»

Jastrebow verzog das Gesicht.

«Was machen die Zimmermädchen?»

«Sie listen meine Unterwäsche auf. Punktweise. Wird deine nicht aufgelistet?»

«Bislang nicht.»

«Das kommt noch, wart's nur ab.»

«Das heißt, du bist um des verstorbenen Gouverneurs Muchin und seiner Familie willen bereit, deine Karriere an den Nagel zu hängen?»

Inna zuckte die Achseln. Er stand auf.

«Sehr gut. Und was willst du von mir?»

Plötzlich hatte sie es vergessen. Die ganze Zeit war es ihr bewusst gewesen, und jetzt – in dem Moment, wo er distanziert fragte: «was willst du» – hatte sie es vergessen.

«Inna?»

«Ich möchte, dass du mich ein bisschen beschützt.»

«Wie?»

Am liebsten hätte sie jetzt geweint und gar nichts erklärt.

«Wahrscheinlich ist dieser Mensch nicht allein. Wahrscheinlich ist er ... wie sagt man doch gleich, das unterste Glied in der Kette.»

«Woraus schließt du das?»

«Irgendjemand verschafft ihm seine Informationen, und zwar sehr zuverlässig. Das liegt, denke ich, auf der Hand. Hast du Bekannte beim FSB, die ziemlich weit oben stehen? Ich hab zwar selbst einen Bekannten dort, aber er ist nur Major.»

«Und dann? Sollen wir auf den Vizepremier losgehen? Hat er etwa Muchins Witwe in der Nacht erschossen?»

«Du brauchst nichts zu befürchten», sagte Inna kalt, «weder für dich noch für deine Karriere. Ich nehme alles auf mich.»

«Die edle Heldin!», murmelte Jastrebow unzufrieden. Sie zog es vor, das nicht gehört zu haben.

«Ich brauche nur … ein bisschen Beistand.»

«Na gut», ließ er sich plötzlich mit grimmiger Liebenswürdigkeit darauf ein, «du sollst deinen Beistand haben, zum Kuckuck. Aber jetzt erzählst du mir erst mal ganz genau, worin der bestehen soll.»

27

ÜBER DEM JENISSEJ ging in rosa durchsetztem Nebel eine gläserne Sonne auf. Selbst hier, hinter den Lärchenholzwänden, war die Kälte zu spüren.

Die Kälte und die Zeit. Sie kam zu spät zur Arbeit, wahrscheinlich zum ersten Mal in ihrem Leben.

Adelaida war schon lange fort, sie hatte auch den Katzen zu fressen gegeben. Ossip hatte schon dreimal angerufen, immer mit irgendeiner neuen, phantasievoll ausgedachten Frage. Katja war leise nach unten geschlichen – ob sie das Frühstück zubereitete? Inna wollte nicht frühstücken. Sie wollte überhaupt gar nichts.

Heute war der letzte Tag des Dramas.

Nein, so sagte man nicht. Heute war der letzte Akt des Dramas.

Interessant, was heute – sie sah auf die Uhr –, heute Abend um sechs aus ihr geworden sein würde? Jetzt war es elf. Gar nicht mehr lang bis sechs Uhr. Sie schickte ein Stoßgebet zum Himmel. O Gott, bitte steh mir bei! Nur noch ein bisschen. Bis sechs. Ab sechs mach ich wieder allein weiter – wie immer, wie schon mein ganzes Leben lang. Aber bis sechs – steh mir bei, lieber Gott!

Sie zog sich besonders sorgfältig an, als ginge es um den wichtigsten Empfang oder Ball in ihrem Leben, nicht um einen Kampf. Aber sie wollte sich auf keinen Fall mit den Umständen abfinden.

Sie war stärker als die anderen. Heute würde sie so

schön sein, dass der Feind allein durch ihren Anblick besiegt wäre.

Brillanten in die Ohren. Brillanten an die Finger. Ein bisschen Glanz auf die Lippen. Ein bisschen Blau auf die Lider.

Das war's. Sie war bereit.

«Inna!», rief Katja erstaunt aus, als diese kaum die Schwelle zur Küche überschritten hatte. «Was ist denn mit Ihnen los?»

«Guten Morgen. Ich habe heute einen wichtigen Tag, das ist alles.»

«Und ich habe das Frühstück gemacht. Ich habe gewartet, bis Ihr Zimmermädchen fort war. Dann bin ich aufgestanden und hab es gemacht.»

Katja hatte wieder den Pullover und die Jeans von Innas Exmann an. Inna lächelte.

«Katja, ich wollte dir sagen, dass du bitte, falls ich heute Abend nicht nach Hause komme, Gljeb anrufen musst. Versprich es mir! Hast du seine Telefonnummer?»

Die Gouverneurstochter sah sie aufmerksam an.

«Wieso meinen Sie … dass Sie vielleicht nicht nach Hause kommen?»

«Ach, ich hab viel zu tun», erwiderte Inna vage und ruhig und goss sich Kaffee in einen großen Becher. Zum Teufel mit dem Loch im Magen. Die Hauptsache war, es bis zum Abend ohne Loch in der Schläfe zu schaffen, mit dem Loch im Magen würde sie schon irgendwie zurechtkommen.

«Also, hast du die Telefonnummer?»

Katja goss sich ebenfalls Kaffee ein und setzte sich mit entschlossenem Gesichtsausdruck hin.

«Ich brauche seine Telefonnummer nicht. Er hat mir versprochen zu kommen.»

«Wann?»

Wie Katja in die Tasse schielte, sah sehr komisch aus. Inna musste lächeln. Obwohl ihr Altersunterschied eigentlich nicht besonders groß war, fühlte sie sich doch viel älter, unendlich viel älter.

«Er hat vor zwanzig Minuten angerufen und gesagt, dass er in einer Stunde kommt. Er bringt mich nach Hause und … hilft mir mit Mama.»

«Er hat angerufen?», fragte Inna erstaunt. Sie hatte das Telefon nicht gehört.

Katja wurde ein bisschen rot.

«Er hat mich auf dem Handy angerufen», sagte sie nachlässig. «Gestern hat er mir seins dagelassen. Ich war doch ohne aus dem Haus gegangen …»

«Ach ja», stimmte Inna zu.

Natürlich, es hatte schon alles seine Richtigkeit. Katja hatte kein Handy dabei, und Gljeb hatte ihr seins dagelassen und gesagt, er würde kommen und ihr helfen. Nichts konnte einfacher und logischer sein.

«Der Pullover gefällt mir so sehr», bekannte Katja und strich mit der Hand über den Ärmel. «Leider hab ich nie solche Sachen besessen. Genja – das ist mein Mann – meinte immer, ich solle ein Kostüm tragen.»

«Trag kein Kostüm mehr», schlug ihr Inna vor. «Den Pullover schenke ich dir.»

Sie trank ihren Kaffee aus und stand auf.

«Und was ist mit dem Frühstück?», rief Katja.

«Wenn Gljeb kommt, frühstückt ihr zusammen. Ich bin sowieso schon zu spät dran.»

Sie strich Gina, die ihr gerade über den Weg lief, über den Kopf.

Die Katzen hätte sie der Schwiegermutter geben sollen. Wenn nun etwas Unwiderrufliches passierte, was würde dann aus ihnen? Vor wem würden sie ihren Katzenbuckel machen, und wem würden sie zu verstehen geben, dass sie genau wussten, wie viel Fisch noch im Kühlschrank war?

Und wer sollte für die Schwiegermutter sorgen? Innas Ex natürlich, aber der zählte nicht.

Inna hatte schon ihre Pelzjacke übergeworfen, als das Telefon klingelte.

Es war Jura, der erklärte, er sei «ernsthaft krank» und könne auf keinen Fall zur Arbeit kommen. Um überzeugender zu wirken, schniefte und hustete er demonstrativ.

Inna sagte ihm, sie nehme sein Schniefen und Husten zur Kenntnis, sei überzeugt von der Unausweichlichkeit seines nahenden Todes durch Erkältung, und er brauche sich nicht zu beeilen, wieder gesund zu werden.

«Katja, hast du einen Hausschlüssel?»

Katja erschien im Flur. Wie sie Gina im Arm trug, versetzte Inna einen heftigen Stich: Sie war eifersüchtig.

«Ja. Gestern haben Sie ihn Gljeb gegeben. Er ist in meiner Pelzjacke.»

«Gut. Wenn Sie wegfahren, schließen Sie ab.»

Katja wurde plötzlich unruhig.

«Inna, etwas ist passiert, nicht wahr? Mitja? Oder wer?»

«Nichts ist passiert», beruhigte sie Inna. «Schlimmer kann's jetzt schon nicht mehr werden, Katja. Es kann nur noch besser werden.»

Sie winkte ihr mit der Hand, während sie schnell die Vortreppe hinunter zum Auto lief, das in einer weißen Abgaswolke hinter dem schmiedeeisernen Zaun stand.

Darin saß, wie immer, Ossip. Ossip sah, wie immer, düster aus.

«Wieso so spät heute, Inna?»

«Dir auch einen guten Morgen, Ossip.»

Ossip murmelte etwas, es sollte wohl ein Gruß sein.

«Wohin?»

«Zur Arbeit.»

Eine Weile, bis zum Wächterhäuschen mit dem Schlagbaum, fuhren sie schweigend.

«Man sagt, die Gouverneurstochter sei wieder aufgetaucht.»

«War sie verschwunden?»

«Jetzt tu nicht so! Alle wussten davon.»

«Wo ist sie denn wieder aufgetaucht?»

«Weiß der Kuckuck. Sie ist irgendwohin fortgerannt und sitzt jetzt dort herum. Die Mutter muss beerdigt werden, und sie ist nicht da!»

Inna schwieg, sie sah aus dem Fenster. Sie hatte Mitleid mit Katja.

Auf halbem Weg fiel ihr plötzlich ein, dass sie ihren Assistenten gar nicht mehr nach der Liste mit den Zeitungen gefragt hatte, die er vorbereitet hatte.

Juras Handy war abgeschaltet, und seine Festnetznummer von zu Hause stand im Notizbuch der Sekretärin, die aber gerade nicht ans Telefon ging. Inna begriff, dass es schneller gehen würde, wenn sie einfach bei Jura vorbeiführe.

«Ossip, weißt du, wo Jura wohnt?»

«Unser Jura?»

«Natürlich.»

«Weiß ich, ich hab ihn gestern erst mit Fieber nach Hause gefahren.»

«Bring mich zu ihm.»

Ossip drosselte die Geschwindigkeit, bremste und ordnete sich auf der linken Spur ein.

«Wir sind gleich da», murmelte er vor sich hin. «Das ist hier gerade um die Ecke.»

Jura wohnte wirklich gleich um die Ecke, in zwei Minuten waren sie da. Als Inna gerade aus dem Wagen sprang, klingelte das Handy in ihrer Tasche.

«Wohnung Nummer achtundfünfzig», rief Ossip durch das offene Fenster.

«Ja!»

Der Anrufer war Jakuschew. «Inna Wassiljewna», sagte er. «Wo bist du?»

«In der Stadt, Sergej Iljitsch.»

«Komm her zu mir.»

Seine Stimme klang angespannt.

Inna zögerte einen Moment.

«Was ist passiert, Sergej Iljitsch?»

«Was ist passiert, was ist passiert. Ich erwarte dich. Und zwar schnell.»

Etwas musste geschehen sein. Jakuschew sprach sonst nie in diesem Ton mit ihr.

Zunächst öffnete niemand. Als sie gerade die Hand hob, um erneut zu klingeln, ging die Tür auf, und vor ihr stand ihr Assistent Jura – in einer karierten Unterhose und mit einem dekadenten Haarnetz auf dem Kopf. Er fiel aus allen Wolken.

«Inna Wassiljewna!», schrie er auf und versteckte sich hinter der Tür. «Um Himmels willen! Wie können Sie … ohne jede Ankündigung …»

Inna musste lächeln.

«Eins zu eins, Jura», sagte sie zur Tür hin. «Neulich war ich in Strumpfhosen, jetzt sind Sie in Unterhosen.»

«Ich bin gleich so weit, nur eine Minute … Aber kommen Sie, kommen Sie …»

«Jura, sagen Sie mir nur, wo die Listen sind, die Sie für mich vorbereitet haben. Sie erinnern sich, die Pressegeschichten, und was da …»

«Die Listen? Himmel, was denn für Listen? … Ich erinnere mich nicht. Brauchen Sie sie sofort?»

«Jakuschew hat gerade angerufen. Er sagte, dass er etwas Dringendes hat. Ich denke, er macht sich wieder Sorgen um unser Fest.»

Die Nachbarstür hinter Innas Rücken ging einen Spalt auf. Es schaute zwar keiner heraus, aber Inna konnte sich gut vorstellen, wie das neugierige Ohr hinter der Tür immer größer wurde.

Die Nachbarn waren auf dem Posten. Sie waren immer und überall auf dem Posten.

«Treten Sie ein, Inna Wassiljewna!»

Sie trat ein, etwas verärgert darüber, dass sich der Besuch beim Assistenten zu einer solchen Zirkusveranstaltung auswuchs.

In der schmalen Diele roch es nach Parfüm und nach Kaffee. An der Garderobe hingen ein Damenmantel und ein blaues Teilchen mit Trägern. Jura, der sich inzwischen in einen gestreiften Morgenmantel gehüllt hatte, stürzte darauf zu und versteckte die Kleidungsstücke hinter seinem Rücken.

Jetzt starrte er Inna an, in seinen Augen lag grenzenlose Ergebenheit gegenüber der Vorgesetzten.

«Jura!», rief es zärtlich aus dem Zimmer. «Wer ist da?»

«Jemand für mich», erklärte er laut zur Decke hin. «Es geht um Arbeit.»

«Jura, wo sind die Presselisten? Sagen Sie es mir, ich muss los. Außerdem wartet Jakuschew schon auf mich.»

«Die Listen, die Listen …», mit einer Byron'schen Geste legte sich Jura die Hand an die Stirn, bemerkte dort das Haarnetz, lief rot an, zog es fort und steckte es sich in die Tasche. «Die Listen liegen bei mir im Büro», erinnerte er sich plötzlich. «Rechts, wenn ich mich nicht irre, in der mittleren Schublade. Ja, genau. Inna Wassiljewna, aber morgen kann ich, glaube ich, selber, also wenn es nicht gleich sein muss, dann …»

«Werden Sie in Ruhe gesund, Jura», sagte Inna freundlich. «Und stellen Sie Ihr Handy nicht ab, sonst … hätte ich nicht so viel Ärger gemacht.»

Sie ging zurück ins Treppenhaus und lief nach unten. Jura schaute ihr von der Tür aus hinterher.

«Morgen komme ich bestimmt!», schrie er ihr hinterher, aber sie blieb weder stehen, noch drehte sie sich zu ihm um.

In Jakuschews Vorraum wählte Inna eine Nummer, die sie extra auswendig gelernt hatte, und unterbrach in dem Moment die Verbindung, als auf der anderen Seite der Hörer abgenommen wurde.

«Treten Sie ein», sagte die Assistentin schon zum zweiten Mal mit säuerlicher Stimme, und Inna trat ein.

Jakuschew blickte finster drein. So finster, dass sein Gesicht aussah, als wäre es mit grauer Farbe bestrichen, die sich von dem arktischen Glanz des Winters vor den hohen Fenstern abhob.

Falls sie bis sechs Uhr noch am Leben sein sollte, hieß das, dass sie mit ihrem Sohn irgendwo Ski laufen gehen würde an einem ebensolchen, vor Frost rauchenden Tag, wo die Sonne einem Stück Eis in einem bunten Glas ähnelte und der Schnee heller glänzte als alle ihre Brillanten zusammen.

«Inna Wassiljewna», begann Jakuschew, ohne ihr guten Tag zu sagen oder ihr einen Stuhl anzubieten. «Man sagt, du würdest mit Jastrebow irgendetwas aushecken!»

«Wer sagt das?», fragte Inna.

«Der Geheimdienst hat es mir zugetragen», knurrte Jakuschew. «Los, sag schon, ob das stimmt oder nicht!»

«Was denn genau, Sergej Iljitsch?»

Jakuschew schlug ganz leicht mit der Hand auf den Tisch. Inna kam es so vor, als wehte mit dieser Bewegung ein eisiger Wind durch das Arbeitszimmer.

Sie starrte ihn aus aufgerissenen Augen an. Früher hatten sich die Chefs in ihrer Anwesenheit nie erlaubt, mit den Händen auf den Tisch zu schlagen.

«Spiel nicht die Ahnungslose, Inna Wassiljewna. Erklär mir zusammenhängend, was du hinter meinem Rücken ausgeheckt hast! In meinem Lager gab es noch nie Verräter und wird es auch nie welche geben.»

«Bin ich etwa mit in diesem Lager?»

Jakuschew verschluckte sich vor lauter Überraschung,

schwieg und starrte Inna mit rollenden Augen an. Er sah aus, als würde er gleich einen Schlaganfall bekommen – wie in der brasilianischen Fernsehserie – mit nachfolgendem Gedächtnisverlust und unfähig, noch zu laufen und zu sprechen.

«Sergej Iljitsch, Sie haben mich als Allererste angerufen, als Muchin umgebracht worden war! Warum haben Sie mir diese bescheuerte Arbeit vorgeschlagen? Ein Fest fürs Volk, zur Begrüßung des Winters, einen fröhlichen Karneval? Was soll der Blödsinn? Ich habe mich noch nie im Leben mit Festen beschäftigt und verstehe überhaupt nichts davon. Dafür verstehe ich sehr viel von PR-Arbeit in der Politik! Aber die brauchen Sie nicht, oder?»

«Ich weiß selber, was ich brauche und was nicht! Du bist da eingeteilt, wo du am dringendsten benötigt wirst. Und deine Unzufriedenheit darüber behalte ruhig für dich, Inna Wassiljewna! Falls du zu Jastrebow überwechseln willst, ist noch die große Frage, ob er dich nimmt oder nicht, bei deinem üblen Ruf. Ich von meiner Seite verspreche dir jedenfalls, dass von diesem Ruf nichts übrig bleibt, falls du so mit unserem Vertrauen umspringst!»

Inna ging bis zur Mitte des langen Tisches, zog einen Stuhl hervor, setzte sich und schlug die Beine übereinander. Sie wusste, dass Jakuschew diese Pose nicht leiden konnte – er hielt sie für eine Provokation. Ihre vollkommenen Knöchel mit der kleinen Wölbung boten sich dem Blick dar, und der Rocksaum rutschte über die Nylonstrümpfe bis über das Knie. In aller Ruhe zupfte Inna den Rock zurecht.

«Jastrebow wollte mich in seinem Lager haben», sagte sie leise. «Ich habe ihm eine Absage erteilt. Ich dachte, dass ich erst mit Ihnen sprechen sollte. Stattdessen haben Sie mich als Clown eingeteilt, Sergej Iljitsch!»

«Ich habe dich dort eingeteilt, wo dein bester …»

«Soll ich Ihnen sagen, warum Sie mich dort eingeteilt haben? Weil Sie mich dort am besten ganz loswerden können. Still und leise und für immer. Stimmt's?»

Jakuschew sah sie plötzlich scharf an, sein Zorn schien mit einem Mal versiegt.

«Sie wollten mir die Organisation dieses Volksfestes aufhalsen, mich zu diesem Menschen da schicken, dessen Visitenkarte Sie mir hingeschmissen haben, und dann wollten Sie mir eine Strafsache anhängen, stimmt's? Sie hätten irgendwelche Ausgaben im Budget gefunden, so viel ist schon mal klar, und dann wäre meine Verbindung zu einem Kriminellen herausgekommen! Denn dieser Typ mit der Visitenkarte ist ein Krimineller, und zwar was für einer!»

«Du musst übermüdet sein, Inna Wassiljewna. Du redest Unsinn und verziehst noch nicht mal dein Gesicht dabei! Oder hat dich Jastrebow gegen deine alten Freunde aufgehetzt?»

«Sie sind nicht mein Freund, Sergej Iljitsch! Und ich bin nicht Ihre Freundin. Der verstorbene Muchin war Ihr Freund, und auch für ihn haben Sie kein Erbarmen gehabt.»

Für den Bruchteil einer Sekunde dachte er nach. Er schwankte nur den Bruchteil einer Sekunde, wie er sich jetzt weiter verhalten sollte. Dann traf er eine Entscheidung, aber diesen Bruchteil einer Sekunde hatte sie mit jenem unfehlbaren, hoch empfindlichen Radar erfasst, der sich Intuition nennt.

Sie hatte ihn erfasst und begriff mit fröstelndem Herzen – sie hatte ins Schwarze getroffen.

Bis zu diesem Moment war sie angespannt gewesen wie ein Pfeil, der auf der Armbrust liegt, beim nächsten Herzschlag aber war ihr plötzlich alles egal.

Jetzt hatte sie keine Zweifel mehr und wusste nur noch eines: Das Ziel war nahe. Dort hinein musste sie treffen, und zwar pfeilschnell.

«Inna Wassiljewna, ich schone dich nur, weil … du eine Frau bist und weil … das schwache Geschlecht … verdammt nochmal! Pass auf, was du sagst, meine Geduld ist … Die Tatsachen einfach so zu verdrehen!»

«Sie brauchen meinen Platz, um Ihren Mann darauf zu setzen. Zuerst wollten Sie mir einfach nur irgendeine blödsinnige Arbeit zuschieben in der Hoffnung, dass ich sie ausschlage, sodass Sie mich hätten zwingen können, meine Kündigung selber zu schreiben und von der Bildfläche zu verschwinden. Aber am Tag der Beerdigung haben Sie erfahren, dass Muchin mir irgendwelche Papiere hinterlassen hatte, die mir die Witwe überreichen wollte. Ich wurde gefährlich, nicht wahr, Sergej Iljitsch? Da fiel Ihnen dieser Mensch mit der Visitenkarte ein. Mit seiner Hilfe hätten Sie mich noch viel sicherer und weiter weggejagt als bis nach Moskau.»

«Inna Wassiljewna, sind Sie krank, oder was?!»

«Kein bisschen krank bin ich, zum Teufel», antwortete Inna verärgert. «Es reicht. Sie eignen sich nicht zum Schauspieler, Sergej Iljitsch, glauben Sie mir. Vor allem nicht, wenn man sich so … ohne Zeugen von Angesicht zu Angesicht gegenübersteht.»

«Soll ich dir vielleicht Wodka einschenken?», schlug

Jakuschew friedfertig vor und streckte die Hand in Richtung des Schränkchens aus. Seine Hand zitterte. «Sonst legst du dir keine Rechenschaft darüber ab ...»

Unter dem Fenster, weit unten, hupte ein Wagen.

Inna stellte sich vor, wie Ossip im Volvo saß und ein dickes Buch las und traurig seufzte, wenn die Geschichte in dem Buch nicht so weiterginge, wie er, Ossip, es wollte.

Was würde er tun, wenn er allein übrig bliebe? Wie würde es ihm mit einem anderen Vorgesetzten ergehen? Würde er sich an ihn gewöhnen, würde er sein Leben so mit ihm teilen, wie er es mit Inna teilte?

«Und die ganze Zeit über haben Sie sich gefragt, was für Papiere das sein konnten, die Muchin mir hinterlassen hatte, denn Sie waren sicher, dass Muchin ... Sie nie im Leben verdächtigte. Sie waren immer sein bester Freund und sein wichtigster Kampfgefährte gewesen. Immer, das ganze Leben lang, nicht wahr? Er konnte sich nicht vorstellen, was für ein Spiel Sie ausgeheckt hatten!»

«Was für ein Spiel habe ich ausgeheckt?»

Inna lächelte kurz auf.

«Das Spiel um die Macht. Sie sind schließlich ein kluger Kopf, Sie wussten genau, dass Sie nie imstande wären, Muchin die Macht aus den Händen zu nehmen. Erstens hätte er sie Ihnen freiwillig nie abgetreten. Zweitens hatten Sie Angst vor ihm. Drittens – und das ist die Hauptsache – hatten Sie nicht das Geld, um legal an die Macht zu kommen! Sie können es sich nicht erlauben, Journalisten, Zeitungen, Fernsehsendungen und Radiokanäle zu kaufen, nicht wahr? Sie können sie nur sozusagen erben. So wie jetzt, da Sie nach Muchins Tod das

Gouverneursamt bis zu den Neuwahlen übernommen haben, und seitdem steht Ihnen das ganze Haushaltsgeld zur Verfügung! Und nicht nur das Geld! Sondern auch die staatlichen Massenmedien, die Zeitungen, die Sie ganz lieb und brav zum Gouverneur machen werden.»

Es herrschte Schweigen.

«Jaja», sagte Jakuschew nachdenklich. «Anatolij Wassiljewitsch hatte Recht. Er sagte immer, die Seliwerstowa sei klug, und ich habe ihm nie besonders geglaubt.» Jakuschew kratzte sich hinter dem Ohr, als wäre nichts weiter, und sah Inna an. «Und was machen wir jetzt mit dir, mein Täubchen? Wo soll ich hin mit dir?»

«Sie haben jemanden, der genau weiß, wohin mit mir. Dem Sie meinen Platz versprochen haben. Vor dem Sie selber eine Heidenangst haben, weil er … nicht bei Verstand ist. Seine Psyche ist krank. Das heißt, er ist vielleicht nicht völlig verrückt, aber hat offenbar ein gewisses Vergnügen am Tod. Und Sie selber haben ihn herausgelassen in die freie Wildbahn, wie einen Geist aus der Flasche.»

«Sei still!», fuhr Jakuschew auf. «Halt deine Klappe, du Aas, du Miststück!»

Inna sah ihn kaltblütig an.

«Zu spät, Sergej Iljitsch. Sie schreien zu spät. Das war's. Sie wussten, dass Muchin eine Romanze mit einem Mädchen vom Land hatte. Damals kam man für solche Romanzen zwar nicht gerade hinter Gitter, aber man wurde aus der Partei ausgeschlossen, vom Arbeitsplatz verjagt und so weiter. Muchin verließ das Mädchen natürlich, das Mädchen brachte einen Jungen zur Welt und ertränkte sich, wie in einem billigen Schundroman. Muchin vergaß den Jungen. Aber dann tauchte er plötzlich auf, dieser Junge. Siebenundzwanzig Jahre später. Ich weiß nicht, womit er Muchin bedroht hat …»

«Bedroht, ist das nicht ein bisschen übertrieben?», fragte plötzlich hinter ihrem Rücken ihr eigener Assistent Jura, der eine Stunde vorher mit einem Haarnetz auf dem Kopf und in Unterhosen durch seine schmale Diele gerannt war. «Ich habe ihn lediglich ein bisschen erpresst.»

Inna sah ihn über die Schulter hinweg an. Er stand mit der Schulter an den Türpfosten gelehnt, ein geschniegelter, gepflegter, lächelnder Schönling, und plötzlich dachte sie mit wildem Schrecken, dass sie sich in ihm getäuscht hatte.

Das konnte nicht sein. Doch nicht er.

Jura drehte den Schlüssel im Schloss um, ging langsam auf Inna zu und hockte sich vor ihr hin.

«Ich habe in der Zeitung über den Verrückten aus dem Irrenhaus geschrieben und Muchin Briefe geschickt darüber, dass dieser Verrückte sein Sohn sei, weiter nichts!»

Jura lächelte ein gütiges Lächeln und sah Inna direkt in die Augen. Ihr wurde schwindlig von diesem Blick.

«Der alte Bock hat es geglaubt! Er hat es geglaubt, verdammt! Zuerst fand ich es bloß lustig, Geld von ihm zu nehmen – und er gab es mir, die ganze Zeit zahlte er, weil ich damit drohte, allen zu erzählen, dass der gemeingefährliche Irre in Sabolozk das Söhnchen unseres Väterchens, des Gouverneurs, ist, noch dazu unehelich und von ihm im Stich gelassen, dem Bösewicht! Und er hat es geglaubt! Er hat noch nicht mal versucht, in der Irrenanstalt anzurufen, um es zu überprüfen! Dieser Vollidiot! Er fühlte sich schuldig, zum Teufel! Ich wäre fast krepiert, als ich merkte, was für ein Dummkopf mein Vater ist!»

«Und dass Muchin Ihr Vater ist, hatte Ihnen natürlich Sergej Iljitsch erzählt!», sagte Inna interessiert, während sie unerschrocken in die vor Zorn flammenden Augen schaute.

«Genau. Ich war im Krankenhaus zusammen mit lauter Idioten und Missgeburten. Onkel Sergej hat mich gerettet. Er hat mich eines Tages besucht und mir alles erzählt – wer ich war und woher ich kam. Nach diesem ersten Mal kam er oft. Er sagte, er an meiner Stelle würde sich sofort rächen wollen. Da begriff ich, dass ich mich rächen musste, anstatt zu sterben! Dass ich meinen Vater zertreten musste wie eine giftige Natter, und das habe ich getan! Ich war vollkommen normal, das hat keiner begriffen, auch er nicht!» – Damit nickte Jura mit dem Kinn zu dem vollkommen verstummten Jakuschew hin. – «Ich ertränkte den Krankenpfleger, um IHM zu beweisen, dass ich stark bin, dass ich klüger bin als alle anderen, dass ich hundert Schachzüge im Voraus planen kann! Das hätte er», wieder deutete er auf Jakuschew, «mir gar nicht zugetraut. Sie hätten sein Gesicht sehen sollen, als ich in seinem Vorzimmer stand! Er gab mir dann zwar Arbeit und half mir, aber es war alles mein eigener Plan gewesen, und ich bin stolz darauf, richtig stolz!»

«Nachdem Sie den Krankenpfleger umgebracht hatten, haben Sie also seine Identität angenommen, erst mit Ihren Briefen möglichst viel Geld aus Muchin herausgepresst und ihn schließlich ermordet», sagte Inna.

«Genau», sagte Jura, «Sergej Iljitsch gab mir einen neuen Nachnamen, einen Pass und eine neue Wohnung.

So hatte ich alle Handlungsfreiheit, die ich mir wünschen konnte. Ich bin schließlich klug, meine teure Inna Wassiljewna. Auch wenn man mich in die Irrenanstalt gesteckt hat, weil man befürchtete, ich würde ausquatschen, dass ich der eigentliche Erbe bin!»

«Jura», fragte Inna, «was reden Sie da? Was denn für ein Erbe? Wovon?»

«Von allem», antwortete Jura ungerührt. «Ich und nicht diese Missgeburten! Und ich hab ihn umgebracht wie bei Shakespeare! An meinen Händen klebt das Blut des Vaters!»

Er war deutlich geistesgestört, und Inna konnte seinen Erläuterungen nur mit Mühe folgen.

«Nachdem Sie Muchin also durch Ihre Artikel darauf vorbereitet hatten, teilten Sie ihm mit, dass sein Sohn ihn sehen wollte, und legten eine Zeit fest, zu der Muchin in seinem Arbeitszimmer sein sollte.»

«Genau», bestätigte Jura fröhlich. «Ich habe ihm gesagt, sein Sohn würde ihn anrufen! Himmel, war das komisch, als der alte Sack dasaß und wartete und zitterte vor Angst, und dann kam ich und brachte ihn um! Aber ich sagte ihm natürlich, dass ich sein Sohn sei und dass er meine Mutter im Fluss ertränkt habe!»

«Ich wusste sofort, dass ihn jemand ermordet hatte, den er kannte», sagte Inna nachdenklich. «Nachts im Arbeitszimmer des Gouverneurs konnten keine Fremden sein! Sie haben ihn in die Schläfe geschossen, sind in Sergej Iljitschs Arbeitszimmer gegangen und haben sich dort versteckt. Und als die Miliz und alle anderen kamen, haben Sie ganz einfach das Zimmer verlassen und sich zu den anderen gesellt, stimmt's?»

«Genau», antwortete Jura stolz. «Wissen Sie, Sie gefallen mir direkt, Inna Wassiljewna. Ich würde Sie heiraten, wenn ich Sie nicht umbringen müsste.»

«Wie war eigentlich Ihr Leben, bevor Sie in die Irrenanstalt kamen? Sind Sie in einem Kinderheim aufgewachsen?», fragte sie plötzlich.

«Ein Kinderheim?», fragte ihr Assistent überrascht. «Nein, nein! Wunderbare Leute haben mich aufgenommen. Sie nahmen mich zu sich wie einen Welpen, den man sonst ertränkt hätte! Ein Professor und seine Frau. Aber was soll's, sie sind bereits lange tot.»

«Wo haben Sie gelebt?»

«In Tomsk. Ich war zehn Jahre alt, als ich erfuhr, dass meine Eltern nicht wirklich meine Eltern waren, dass sie Fremde waren, vollkommen fremde Leute, und ich begann sie zu hassen! Ich wollte von Vater und Mutter geliebt werden, und dabei waren das wildfremde Menschen! Sie hatten mich bloß bei sich aufgenommen, damit sie von allen für großherzige Menschen gehalten wurden, die Schweine!»

Inna fasste ihn, einer plötzlichen Eingebung folgend, bei der Hand und drückte sie fest – als hoffte sie, dass sie ihn damit zur Besinnung bringen könnte.

«Haben sie Sie … beleidigt? Geschlagen?»

«Hätten sie mich auch nur mit einem Finger angerührt … ich hätte sie umgebracht.»

«Wie sind Sie in Sabolozk gelandet, Jura?»

Er zuckte mit den Achseln und schüttelte ihre Hand ab.

«Nach der Uni kam ich hierher, nach Bjelojarsk. Natürlich war ich an der Uni gewesen, wie meine Pflegeeltern es sich gewünscht hatten! Ich war der beste Student an der Tomsker Universität, an der soziologischen Fakultät! Sie können jederzeit dort anrufen und sich vergewissern! Das sagt Ihnen dort jeder!»

«Hießen Sie damals noch Georgij Mursin?», fragte Inna vorsichtig.

«Allerdings!» Jura lachte unvermittelt los. «Ich nahm den Familiennamen meiner Mutter an, sobald ich konnte, schließlich wollte ich mit meinen Pflegeeltern nur noch so wenig wie möglich zu tun haben. Später half mir Onkel Sergej dann, den Namen zu wechseln, aber damals …!»

«Onkel Sergej» schwieg hartnäckig, und sein Schweigen gefiel Inna gar nicht. Sie sah ihn flüchtig an und begriff: Er hatte tödliche Angst vor diesem Menschen. Sie hatte alles richtig geraten.

«Sind Sie … hier krank geworden, in Bjelojarsk?»

«Ich war nicht krank! Ich bin auch heute kerngesund! Ich war immer gesünder und klüger als alle anderen! Man wollte mich in der Irrenanstalt verstecken, aber ich bin geflohen!»

«Jura, wie sind Sie in die Psychiatrie des Krankenhauses in Sabolozk geraten?»

Er verschob plötzlich wieder ihren Stuhl, fasste mit den Händen die Rückenlehne und beugte sich so nah über sie, dass sie ihm ausweichen musste.

«Ich wollte sterben, aber das kannst du nicht verstehen! Ich wollte mehrmals sterben, weil ich wusste, dass ich anders bin als alle anderen! Und jedes Mal hat man mich … gehindert! Erst da begriff ich, dass Gott nicht will, dass ich sterbe! Für ihn ist es wichtig, dass ich hier bin!»

«Für wen?», fragte Inna verständnislos.

«Für Gott», antwortete Jura und atmete geräuschvoll aus. «Er hat mich extra hier behalten, damit ich an Schweinen wie meinem Vater Rache übe! Aber das wusste keiner außer Gott und mir, und sie haben mich ins Krankenhaus verfrachtet. Sie verfrachten alle ins Krankenhaus, die versuchen, sich umzubringen!»

«Waren Ihre Pflegeeltern zu dem Zeitpunkt schon tot?»

«Weiß der Teufel. Ich glaube, ja. Sie haben mich nicht mehr interessiert, seit ich wusste, dass sie nicht meine leiblichen Eltern sind. Sie schickten mir Geld und Briefe … ich weiß nicht mehr.»

«Wo haben Sie gearbeitet?»

Jura lachte los.

«Im Rathaus. In der demographischen Abteilung. Ich berechnete, wie viele Rentner es in der Region gibt, wie viele Kinder geboren werden, wie viele davon mehr als ein Jahr alt werden, mehr als fünf Jahre alt, und weiter bis fünfzehn! So ein Blödsinn, das können Sie sich gar nicht vorstellen! Mehr als alles in der Welt wollte ich sterben.»

«Ja», stimmte Inna zu. «Das wäre das Beste gewesen.»

«Aber ich bin nicht gestorben», fügte Jura hinzu. «Stattdessen bin ich ins Krankenhaus gekommen. Und dann habe ich mich zu befreien gewusst.»

Inna seufzte. Endlich kannte sie die ganze Geschichte.

«Eine kleine Frage habe ich noch, Jura. Was haben Sie aus Mitja Muchins Wohnung mitgenommen, als Sie Ljubow Iwanowna umgebracht haben?»

«Na ja ... die Briefe. Meine Briefe an ihn, in denen es zuerst um das Geld ging und dann um das Wiedersehen mit dem vor langer Zeit verlorenen Kind, das heißt also mit mir!» Jura warf den Kopf zurück und lachte los. «Das alte Miststück. Und die Frau musste ich wegen ihm umlegen. Wie viele Leute wegen ihm verreckt sind!»

«Wieso haben Sie die Zeitungen nicht mitgenommen? Die Briefe schon, aber die Zeitungen nicht?»

Jura verzog das Gesicht, als hätte er Zahnschmerzen.

«An die Zeitungen habe ich nicht gedacht!», klagte er. «Da hab ich wirklich nicht dran gedacht! Ich dachte, da liegt nur Müll herum. Den hab ich liegen lassen. Ich hatte zu tun», fügte er plötzlich wichtigtuerisch hinzu. «Ich musste die Frau umbringen. Und ich wollte es tun, bevor Sie kamen. Ich wollte, dass Ihnen klar war, dass ich ... in der Nähe war! Da ist sie, die noch warme Leiche, ganz frisch! Ich wusste, dass Sie sich zu Tode erschrecken würden, und das wollte ich! Das fand ich großartig.»

«Sie wussten natürlich, dass er Ljubow Iwanowna umgebracht hatte», wandte sich Inna nun an Jakuschew. «Sie haben ihn wahrscheinlich deshalb ausgeschimpft. Aber dann haben Sie einen Schreck bekommen, denn offensichtlich fand er allmählich Gefallen daran, zu morden, während Sie schon beim Anblick einer Pistole das große Zittern kriegen, nicht wahr, Sergej Iljitsch? Obwohl Sie selber ihm die Pistole besorgt haben. Ebenso wie die, mit der sich Muchin angeblich selbst erschossen hat, stimmt's?»

«Jura», sagte Jakuschew besorgt, «wir müssen irgendwas mit ihr machen. Aber nicht hier.»

Jura schlug geschäftig sein Jackett auf und zog aus dem Rockschoß eine Pistole mit Schalldämpfer heraus.

Er ließ sie keck um den Finger kreisen wie im Kino und schlug vor:

«Ich schlag ihr den Kolben gegen die Schläfe, und dann lassen wir sie bis heute Abend liegen und bringen sie unbemerkt raus, machen ihr den Garaus und verscharren sie. Ja?»

Inna ließ sich nicht beirren und fuhr an Jakuschew gerichtet fort, die Ereignisse zu rekapitulieren:

«Der Tod der Witwe hat Ihnen Angst eingejagt, und Sie haben beschlossen, ihn auf die Tochter zu schieben. Sie wussten, dass die Tochter ziemlich außer sich war, und hofften wohl darauf, später erzählen zu können, sie habe in einem Anfall von Wahnsinn ihre Mutter umgebracht und sei dann vom Dach oder von einer Steilwand in den Abgrund gesprungen, oder wie hatten Sie sich das gedacht? Sie haben ihr sogar erzählt, wie Ljubow Iwanowna gestorben ist, nicht wahr? Während sie schlief. Damit sie allen mitteilte, sie hätte gesehen, wie ihre Mutter starb. Und als sie dann das Haus verließ, schickten Sie Jura hinter ihr her. Aber hier half ihr der Zufall – ein Mann mit einem Wagen, der sie zu mir brachte. Sie hat mir übrigens auch erzählt, dass sie Ihnen sofort telefonisch Bescheid gesagt hatte, nachdem ihre Mutter nachts nicht zurückgekehrt war.»

«Na und?», fragte Jakuschew. Er war überhaupt erstaunlich kaltblütig.

«Nichts weiter. Aber mir gegenüber taten Sie am nächsten Morgen so, als erführen Sie gerade erst am Telefon von Ljubow Iwanownas Tod. Dabei sind Sie ein Freund der Familie, da war es nur logisch, dass Katja zuallererst Sie anrief. Sie mussten also längst Bescheid wissen.»

«Und das mit Jura? Wie hast du das herausgekriegt?»

Jakuschew stand auf, ging zum Schrank, holte ein Glas heraus und schenkte sich aus einer großen Karaffe Wasser ein.

Inna wechselte den Platz, schlug die Beine übereinander und wischte sich eine unsichtbare Staubflocke von ihrem tadellosen Rock.

«Dass die Meldung vom Ausbruch des Verrückten eine Ente war, erfuhr ich zufällig. Ich rief in Sabolozk an, Iwan Adamowitsch Jegorow erzählte mir …»

«Die alte Ratte», gab Jura seinen Kommentar ab, «diese widerliche Laus, zum Henker mit ihm.»

«… dass Georgij Mursin ertrunken sei, zusammen mit seinem Pfleger Sachar Juschin. Aber ich wusste, dass der fragliche Artikel von Sachar Juschin unterzeichnet gewesen war, obwohl niemand diesen Sachar persönlich kannte. Der Rest war ganz einfach. Wer wusste, dass Ljubow Iwanowna das Treffen mit mir in die Wohnung ihres Sohnes verlegt hatte? Katja, die mir davon erzählte, Ljubow Iwanowna selbst, ich und Jura, der neben uns stand. Aus meinem Haus wurden alle diese Zeitungen entwendet, an dem Abend, als wir zu dieser Fernsehsendung eingeladen waren – Jura kam zu mir, sah die Zeitungen und beschloss, sie sofort verschwinden zu lassen. Deshalb kam er viel später ins Studio, als ich erwartet hatte. Und als ich gestern schließlich auf dem Weg zu Ihnen war, Sergej Iljitsch, da verließ er gerade Ihren Flur. Was konnte er hier zu tun haben, wo weder der Assistent noch der Sekretär an ihren Plätzen waren? Sie als Gouverneur würden normalerweise nie den Assistenten eines Ressortleiters empfangen, das wäre auch einfach lächerlich! Dennoch haben Sie Jura empfangen, denn andere Zimmer, zu denen er hätte gehen können, gab es nicht.»

«Was haben Sie doch für eine Beobachtungsgabe, Mylady», sagte Jura begeistert.

«Außerdem habe ich in Sachars Wohnung dies hier gefunden.» Sie zog einen feinen Flicken aus der Tasche, der aussah wie ein Spinnengewebe. «Das ist ein Haarnetz. Unser Jura liebt seine Frisur, er hegt und pflegt sie mit einem Haarnetz, das habe ich heute selbst gesehen. Ach ja, und dann das Zimmermädchen Natascha, das am Tag der Beerdigung mein Arbeitszimmer durchsuchte! Die wahrscheinlich schauen sollte, ob mir Muchin nicht vielleicht irgendetwas Kompromittierendes, irgendwelche Papiere oder dergleichen zugeschoben hatte. Ihre blaue Schürze sah ich heute. Sie hing an Juras Garderobe.»

«So einfach wie alles, was genial ist», sagte Jakuschew nachdenklich, trank das Wasser aus und stellte das Glas mit einer so endgültigen Geste wieder in den Schrank, dass Inna zusammenzuckte.

«Sagen Sie mir doch bitte nur noch, Jura, warum bei Ihrem Sachar die Nachnamen immer auf «G» enden, wo doch der Name Juschin lautet?»

«Mein Nachname ist Sachartschuk!», antwortete Jura fröhlich, «und mein Vorname lautet Georgij! Sergej Iljitsch hat sich mit den Dokumenten solche Mühe gegeben – damit es wirklich schön aussieht. Ich mag meinen Vornamen sehr. Deshalb bin ich ‹SG› – Georgij Sachartschuk.»

Er schaute Jakuschew an, der nickte. Jura holte weit

mit dem Arm aus, um Inna mit dem Kolben seiner Pistole an der Schläfe zu treffen. Er verfehlte sie jedoch und warf sie um, während sie sich wehrte wie verrückt, den Kopf hin und her drehte und die Beine anzog. Sie sah nichts mehr, plötzliches Türenknallen und Getrappel von Schritten betäubten sie so, als wäre ihr das Trommelfell gerissen, Jura verschwand irgendwohin, und sie fand sich schließlich verwirrt auf dem Teppich sitzend wieder.

Sie waren viele, acht Mann – und alle trugen dieselben billigen Anzüge und Schlipse. Die Köpfe waren geschoren, im Gesicht der gleichgültige Blick von Profis. Inna kam es so vor, als hätte sie noch nie so schöne Gesichter gesehen.

Jura lag mit dem Gesicht zum Teppich auf dem Boden ausgestreckt und wurde von einem starken Knie dort festgehalten. Jakuschew stand an der Wand mit ausgebreiteten Armen wie ein aufgespießter Falter. Er wurde gerade von zweien durchsucht.

Durch die weit geöffnete Tür trat noch einer, ein Älterer, dessen Haare ein bisschen länger waren als die der anderen.

Er schaute sich finster im Raum um und sagte schnell:

«Alle stillgestanden, FSB Russland.»

Dann sah er Inna, lächelte sie mit einem bärenhaften Lächeln an, hielt ihr die Hand hin und half ihr vom Teppich auf. Sie stand auf und gab zu verstehen, dass mit ihr alles in Ordnung war, dass sie keine Hilfe brauchte. Ein abgebrochener Absatz lag irgendwo abseits unter einem Stuhl herum.

Ihre Augen füllten sich mit Tränen.

«Was ist mit Ihnen, Inna Wassiljewna?», fragte der, der als Letzter hereingekommen war, erstaunt.

«Es tut mir so Leid um den Schuh», sagte sie und schluchzte laut los.

Er versuchte gar nicht erst, sie zu beruhigen, denn er wusste, dass es aussichtslos war.

Epilog

DER FRÜHLING ZOG in die vom Frost erstarrte Stadt ein. Er schaute sich eine Weile ungläubig um, dann freute er sich – anscheinend hatte ihn hier niemand erwartet, und schon gar nicht sehnsüchtig.

Von einem Tag auf den anderen wurde es warm – die Temperatur stieg von minus zwanzig auf plus zehn Grad. Innas Schwiegermutter klagte über Kopf- und Herzschmerzen und zum Bersten angeschwollene Venen und darüber, dass es, als sie klein gewesen sei, zu Ostern nie Schnee gegeben habe.

Am Vorabend des wichtigsten Sonntags im Jahr kam Inna aus Deutschland zurück, von wo sie ihr Förmchen für Ostergebäck, Schokoladenpfefferkuchen in Form eines dicken Osterhasen und eine weiße Weste mitgebracht hatte, die mit knallroter Seide besteppt war. Die Schwiegermutter bekam vor Glück ganz rote Wangen, betrachtete immer wieder ihre Geschenke, verstohlen wie ein kleines Mädchen, strich über die Weste, zog sie an und bewunderte sich lange im Spiegel. Der Pfefferkuchen, die Förmchen und die Weste erfüllten ihren Zweck. Die Schwiegermutter hörte auf, «langsam vor sich hin zu sterben», wie sie es nannte, und begann stattdessen Osterkuchen zu backen und Eier zu färben – was aufwändig und nicht leicht war, aber dafür Spaß machte.

Mit Inna hatte sie vereinbart, dass Ossip sie am Sonntagmorgen mit den Osterkuchen, der Keule, den Fleisch-

und Quarkpiroggen und all den anderen wunderbaren Osterleckereien abholen und zu Inna bringen würde. Dann würde Ossip Inna selbst von der Arbeit holen und sie würden zusammen feiern. «In der Freiheit», wie die Schwiegermutter es ausdrückte.

In der Freiheit, das bedeutete: ohne den Sohn, Innas Exmann, der Feiertage überhaupt nicht mochte, dann immer nörgelte, stöhnte, nach Aufmerksamkeit verlangte, irgendwie unterhalten werden wollte, und wenn er seinen Willen nicht bekam, in ein anderes Zimmer ging, sich dort auf das Sofa warf und liegen blieb. Dann musste man zu ihm gehen, ihn um Verzeihung bitten, Nachgiebigkeit erflehen und ihm irgendetwas schwören, wobei man schon im Vorhinein Angst hatte, es nie erfüllen zu können.

Vom Dach tropfte es, die Bürgersteige standen voller Pfützen, die nachts froren und tagsüber zu wahren Seen wurden. Die Autos schwammen in einem Gemisch aus dreckigem, tauendem Schnee und Wasser, die Fußgänger hüpften über die Bäche, aber alle waren fröhlich dabei – als hätten sie tatsächlich nicht mehr auf den Frühling gehofft, der nun trotz allem gekommen war.

Nachrichten aus Bjelojarsk versuchte Inna, so gut es ging, zu überhören und zu übersehen – aber obwohl sie nichts wissen wollte, bekam sie doch alles mit.

Jastrebow hatte sich wie immer ernsthaft an die Arbeit gemacht. Er hatte sofort einem zweifelhaften Geschäftemacher den Hahn abgedreht – was diesen nicht abgeschreckt, sondern dazu gebracht hatte, für Jastrebow zu arbeiten. Er hatte auch die gesetzgebende Versammlung an die Kandare genommen. Der lokalen Presse stopfte er das Maul nach dem Motto: Muchin ist nicht mehr, seine Frau auch nicht, aber das Leben geht weiter, ihr habt euch zur Genüge die Mäuler zerrissen, jetzt reicht's! Worauf die Presse natürlich das ganze Thema erst recht breittrat und Inna bloß dachte, dass er es immer noch nicht gelernt hatte, wie man mit Journalisten reden musste.

Die Mafiabosse eröffneten den Kampf gegen ihn, einen von ihnen brachte Jastrebow in der Hitze des Gefechts hinter Gitter, was sich als großer Fehler erwies, denn der Boss schwang sich sofort zum Märtyrer und Retter auf. Er musste wegen «Mangel an Beweisen» freigelassen werden und flog mit direkter Maschine nach Monaco, von wo aus er jetzt ausgedehnte, gramvolle Interviews gab: und zwar immer darüber, wie korrupt und habgierig der neue Gouverneur sei.

Jastrebow wahrte hochmütig Schweigen – davon verstand er etwas –, dafür redeten die Journalisten, denen er das Maul hatte stopfen wollen, umso mehr. Der Präsident drohte mit einem Besuch in der Region zum Ende des Sommers. Jastrebow antwortete ihm von dort: Kommen Sie, kommen Sie nur – und legte wieder alles auf Eis. Weder fuhr er selbst nach Moskau, noch lud er irgendwelche Moskauer Funktionäre zu sich ein. Das sah ihm ähnlich. Jastrebow war von seinem Temperament her unabhängig wie die verbrüderte Ukraine, direkt wie hunderttausend Esel, fleißig wie eine Ameise und schlau wie ein Marktweib.

Bislang war noch vollkommen unklar, was aus seiner Regierung werden würde, aber eines war offensichtlich: Seine Aufgabe war nicht leicht, und ihm stand eine Reihe von ernüchternden Erkenntnissen bevor. Die engsten

Verbündeten würden sich plötzlich als Gegner erweisen, sein Umfeld würde ihn mit Haut und Haar an den Feind ausliefern, Entscheidungen würden über seinen Kopf hinweg gefällt werden, aber er – wer auch sonst – würde dafür die Verantwortung zu tragen haben!

Alle würden unzufrieden sein – wenn die Herrschenden nicht mehr konnten und die Unterdrückten nicht mehr wollten, in völliger Übereinstimmung mit der bekannten Revolutionstheorie.

Die eine Hälfte des Landes würde ihn dank der Massenmedien für einen schwachköpfigen Dickschädel halten und die andere für einen gar nicht so üblen Burschen, der sich aber aus purer Dummheit eine Aufgabe aufgehalst hatte, die er nicht stemmen konnte.

Die langhaarige Moderatorin würde mit ihrer süßen Stimme zum hundertsten Mal auf seine ungewöhnliche sexuelle Orientierung hinweisen – da er schon so viele Jahre nicht verheiratet war, hieß das, er war schwul –, während er so tun würde, als wäre es ihm egal.

Es war so unvergleichlich hell auf der Straße, dass sich Inna, als sie auf die Vortreppe hinaustrat, die Sonnenbrille auf die Nase setzte, um die Ossip damals in Bjelojarsk so viel Aufhebens gemacht hatte.

Das Auto stand ziemlich weit weg – Ossip hatte sie nach dem Mittagessen zur Duma gefahren, als es weit und breit keine freien Parkplätze mehr gegeben hatte, sodass er nur noch beim Bolschoi-Theater ein kleines Plätzchen für den Volvo gefunden hatte.

Für den Abend hatte sie gleich mehrere Einladungen – von dem bekannten Modeschöpfer Judaschkin, von der

Neuen Oper und von noch irgendwem. Sie hatte Karten für das Theater Sowremennik – zwei Stück –, und Inna war so traurig, als sie die zwei Karten sah, dass sie beschloss, nicht hinzugehen. Mit wem denn auch? Vielleicht mit Arina, aber die hatte eine dringende Arbeitssitzung, und überhaupt mochte es ihr Mann nicht, wenn sie zu lange ausblieb.

Arina hatte einen Mann, Inna nicht.

Wie schnell und unwiederbringlich sich doch alles änderte. Fünf Monate waren vergangen, ihr kamen sie vor wie ein ganzes Leben. Selbst wenn es ihrem Mann einfallen sollte, direkt hier auf dem Parkplatz vor dem Bolschoi-Theater vor ihr auf die Knie zu fallen, sie um Verzeihung zu bitten und Asche auf sein Haupt zu streuen – Inna würde ihn freundlich lächelnd wieder zu seiner neuen Frau zurückschicken.

Der einzige Mensch, der sie wirklich anging, war der jetzige Gouverneur der Bjelojarsker Region. Der kein Angebot ein zweites Mal wiederholte. Der ihr das Leben und am Ende auch die Karriere gerettet hatte. Der vor nichts Angst hatte und bei dem sie sich wirklich beschützt gefühlt hatte.

Der in ihrem Leben nie wieder vorkommen würde.

Ossip winkte ihr von weitem mit der Hand – der wachsame, treue, großartige Ossip, den sie beinahe des Verrats verdächtigt hatte.

«Was schaust du so traurig drein, Inna? Sieh doch, was heute für ein wunderbarer Tag ist!»

«Wunderbar», stimmte Inna zu.

«Und wieso bist du traurig?»

«Ach Ossip, es ist nichts.»

«Ich habe dir die Zeitungen mitgebracht. Da, sie liegen hinten. Den ‹Kommersant›, den ‹Komsomoljez› und ‹Dengi›, ganz wie du wolltest.»

«Danke.»

«Deine Schwiegermutter hat angerufen.»

«Bei dir?»

«Ja, sicher», antwortete Ossip gelassen, während er aus der Parklücke fuhr, «sie sagte mir, um wie viel Uhr ich am Sonntag kommen soll.»

Inna schwieg.

«Ich bin so froh, dass wir wieder in Moskau sind», bekannte Ossip und schaute sie durch den Rückspiegel an. «So froh.»

Inna lächelte, während er begann, vor sich hin zu summen.

«Fahren wir nicht mehr nach Bjelojarsk?»

Er summte noch ein wenig vor sich hin.

«Na ja, wenn du fährst, komme ich natürlich mit, was soll ich denn ohne dich … Aber in Moskau ist es trotzdem besser.»

Die Geschmäcker sind verschieden, dachte Inna.

Natürlich war es dumm, es roch zu sehr nach Liebesroman oder nach Kleinmädchentraum, aber plötzlich wusste sie, dass, sollte Jastrebow plötzlich Gouverneur am Nordpol werden und sie zu sich rufen, sie sich unverzüglich auf den Weg zum Flughafen machen und zum Nordpol fliegen würde.

Wenn er sie riefe. Aber er würde sie niemals zu sich rufen. Dazu war er viel zu stolz und starrköpfig.

Oder er konnte sie einfach nicht gebrauchen. So was kam schließlich auch oft vor.

Der Wagen flog die Uferstraße entlang, bog ab, flatterte wie eine Schwalbe auf die Brücke und ordnete sich in den dichten Strom des Rings ein.

In der Tasche von Innas Pelzjacke vibrierte plötzlich das Handy. Sie zog es heraus und schaute auf das Display. Es wurde keine Nummer angezeigt, was ihr komisch vorkam.

«Hallo.»

Das Nokia piepte und gab das Besetztzeichen von sich.

Inna strich mit dem Finger über das warme Plastik. Vor ihnen lag der Tunnel. Ossip schaute sie schnell durch den Rückspiegel an.

Wieder vibrierte das Nokia. Inna sah auf das Display, wartete kurz und drückte auf den Knopf.

«Hallo.»

Stille. Der Tunnel war schon ganz nahe. Die Wagen verschwanden reihenweise in seinem Rachen wie in einem Höllenschlund.

«Hallo! Wer ist da?»

«Inna?»

Fast wäre ihr das Telefon heruntergefallen.

Es musste jemand anders sein. Er würde sie nicht einfach so anrufen. Wenn er sie bräuchte, würde sein Assistent sie anrufen.

«Inna, hörst du mich?»

Der Tunnel war schon ganz nah. Unter der Betondecke würde bestimmt die Verbindung abreißen, und er würde sie nicht mehr anrufen, Inna würde seine Stimme nie wieder hören und nicht erfahren, wieso er sie anrief. Sie würde denken, dass sie sich einfach verhört hatte, dass es ihr nur so vorgekommen war, weil sie Tag und Nacht an ihn dachte!

Wahrscheinlich spiegelte sich etwas auf ihrem Gesicht wider, denn Ossip bremste so abrupt, dass sie mit dem Gesicht gegen die Kopfstütze des Vordersitzes fiel. Er schaltete die Warnblinkanlage ein.

Hinter ihnen hupte es, aber Ossip achtete nicht darauf.

Der Tunnel lag jetzt direkt vor ihnen.

«Inna, hörst du mich?»

«Ja.»

«Erkennst du mich … nicht?»

«Doch, ich habe dich erkannt.»

Himmel, was dachte er bloß!

«Inna, was ist mit dir?», fragte Ossip leise. Sie schüttelte den Kopf und versuchte tief durchzuatmen. Ihre Hände waren plötzlich eiskalt in dem warmen Auto, das erfüllt war von stechender Frühlingssonne und von dem Geruch warmen Kunststoffs.

Am anderen Ende des riesigen Reiches schaltete Alexander Jastrebow, der allein die abendliche, leere Straße entlangfuhr, ebenfalls die Warnblinkanlage ein und hielt am Straßenrand, wo die Räder im Schnee versanken.

Er hatte nicht gedacht, dass es so schwierig würde.

«Inna, ich muss mit dir sprechen. Geht das jetzt?»

«Ja.»

Was sollte er ihr sagen? Dass er Sehnsucht nach ihr hatte? Dass er nicht mehr ohne sie sein konnte oder ähnlich idiotische Phrasen? Dass sein Leben nicht gelang? Dass er ohne sie nicht mehr klarkam, weder mit sich noch mit der Arbeit oder mit sonst irgendwas?

Er drückte auf den Fensterknopf, sodass die Scheibe leise surrend herunterging und ihm die Kälte von draußen ins erhitzte Gesicht blies.

«Inna, ich möchte, dass du zurückkommst nach Bjelojarsk.»

Das Schweigen über mehrere tausend Kilometer Entfernung hinweg kam ihm vor wie im Kino. Zwischen ihnen lag die Taiga, Taiga und Schnee, dann die Berge, dann Städte, Ebenen, Felder und Dörfer, Wälder, dann wieder Städte und Felder, aber jetzt ohne Schnee, dann die große Stadt voller Menschen und Autos, die tobende Chaussee, die donnernde Metro, die in Stein und Asphalt gegossene Stadt, und mittendrin sie, mit dem Telefon in der Hand.

Von diesem verdammten Telefon hing jetzt alles ab.

«Inna, hörst du mich?»

«Ja.»

«Komm zurück.»

«Warum?»

Es knackte und rauschte, als wäre die Leitung unterbrochen, und er erschrak und fürchtete, dass er nicht alles würde sagen können.

«Inna!»

«Ja!»

Auch sie erschrak, sprang aus dem Volvo und wäre fast unter ein vorbeifahrendes Auto geraten, das wütend hupte. Aufspritzendes Wasser schlug ihr an die Beine, während Ossip mit lauter Stimme aufschrie:

«Inna, komm zurück!»

«Inna, hörst du mich? Ich bitte dich, komm! Ohne dich kriege ich nichts hin!»

«Was kriegst du nicht hin?»

Die Autos hupten jetzt nicht mehr nur vereinzelt, sie hatten ein ganzes Konzert angestimmt, so laut, dass Jastrebow es am anderen Ende des Reichs hören konnte, aber sie achtete nicht auf die Autos.

Er sagte das Erste, was ihm in den Sinn kam:

«Die Arbeit. Du bist doch Spezialistin, du kennst dich in der Politik hundertmal besser aus als ich. Hilf mir bitte, ja?»

Sie atmete tief durch und schaute auf die dunklen Flecken, die ihr den hellen Rock hinunterliefen.

Das war es also. Die Arbeit.

«In welcher Funktion?»

«Was?»

«In welcher Funktion soll ich dir helfen?»

So etwas hatte er nicht erwartet. Was wollte sie? Einen Posten?

«Als … Erste Stellvertreterin», stotterte er verwirrt. «Meine. Als meine Erste Stellvertreterin.»

Wieder knackte es im Hörer, wie ein heiser spöttisches Lachen.

Nein. Sie hatte nichts begriffen – weder, was ihn anging, noch was sie selbst betraf. Noch am Morgen hätte sie es nie im Leben für möglich gehalten, dass ihr heute vor der Einfahrt in den Tunnel Jastrebow einen Posten als Erste Stellvertreterin des Gouverneurs anbieten würde. Und trotzdem zögerte sie jetzt.

«Inna?»

«Ja. Ich bin da.»

«Solche Angebote macht man nicht zweimal», sagte er, und sie konnte direkt sehen, wie er dabei lächelte, «und ich tue es trotzdem, schon zum zweiten Mal. Weißt du noch, ich habe dir schon einmal … mich und mein Lager angeboten.»

«Du hast nicht dich angeboten.»

«Wie?»

«Nichts», murmelte sie zwischen den Zähnen.

«Bitte sag ja», bat er, «bitte.»

«Warum schlägst du es mir noch einmal vor, wenn man solche Angebote nicht zweimal macht?»

Er schwieg. Nun zwang sie ihn doch dazu, es zu sagen, dieses Teufelsweib, ohne das er einfach nicht leben konnte!

«Weil ich dich liebe, verflixt nochmal», sagte er deutlich. «Muss ich das auch zweimal sagen?»

«Du … was tust du?»

«Ich liebe dich», sagte er sehr laut. «Verflixt nochmal.»

«Verflixt nochmal!», schrie sie verzweifelt zurück.

«Komm her. Bitte. Kommst du?»

«Ja, natürlich. Sobald … sobald ich das Flugticket habe.»

«Ich bestelle dir ein Flugticket», schrie er jetzt auch. «Heute noch! Verstanden?»

«Verstanden. Aber ich brauche drei.»

«Drei Tickets?»

«Die Schwiegermutter und der Fahrer müssen auch mit. Die kann ich hier nicht allein lassen!»

Er verstand nur Bahnhof. Was für eine Schwiegermutter? Was für ein Fahrer?

«Inna, kommst du … auch wirklich zurück?»

«Ganz sicher», sagte sie und wischte sich die Tränen

ab. «Ganz, ganz sicher. Bestell die Tickets. Wieso hast du so lange nicht angerufen?»

«Weil ich Angst hatte», bekannte er, «ich hätte sterben können vor Angst.»

«Ich liebe dich auch», sagte sie schnell, sie war mit ihrer Kraft am Ende. «Du … musst jetzt nicht mehr lange auf mich warten.»

Dann legte sie den Hörer auf.

Um sie herum lärmte, heulte und spritzte es. Sie stand mitten auf dem Ring, mitten im Strudel der Autos, vor der Einfahrt in den Tunnel. Über dem Tunnel schien gelb die Sonne und blendete in den Augen. Sie machte die Autotür auf und ließ sich auf den Vordersitz fallen.

Ossip war bleich.

«Was ist passiert, Inna?»

Sie sah ihn an, klammerte sich an ihn und küsste ihn herzhaft auf die Wange. Dann hielt sie sich mit beiden Händen am Armaturenbrett fest. Ihre Hände zitterten sachte.

«Nichts. Wir kehren zurück nach Bjelojarsk.»

«Was?», schrie Ossip erschrocken auf.

«Heute. Oder morgen. Am besten jetzt gleich.»

Ossip schwieg.

«War er das da am Telefon?»

«Ja.»

«Was hat er gesagt?»

«Er hat gesagt, dass er mich liebt.»

«Verstehe», sagte Ossip, «das vermerken wir. Lieben tut er dich also.»

Sie lachte und klammerte sich für alle Fälle noch fester an das Armaturenbrett.

«Er ist ein guter Mann», sagte Ossip leise, «ein sehr guter. Schwierig, wie alle normalen Männer, aber sehr gut …»

Er schaltete die Warnblinkanlage aus und trat aufs Gaspedal, sodass der Wagen langsam ins Rollen kam. Dabei murmelte er nachdenklich und ein wenig verstimmt vor sich hin:

«Wie konnte ich nur so blöd sein, vor dem Tunnel zu bremsen! Hätte ich nicht angehalten, wäre jetzt vielleicht nichts passiert, und wir könnten in Moskau bleiben … Und morgen ist Ostern, da gibt's Osterkuchen … Und da behauptest du, dass das Leben gerecht ist! Wo bleibt hier die Gerechtigkeit?»

B 13/2

Foto: Lukas Beck

Wolf Haas

«Wolf Haas schreibt die komischsten und geistreichsten Kriminalromane.» Die Welt

Brenners erste Fälle
Auferstehung der Toten
Der Knochenmann
3-499-23705-9

Auferstehung der Toten
Roman
«Ein erstaunliches Debüt. Vielleicht der beste deutschsprachige Kriminalroman des Jahres.» (FAZ)
Ausgezeichnet mit dem Deutschen Krimi-Preis 1997.
3-499-22831-9

Der Knochenmann
Roman. 3-499-22832-7

Komm, süßer Tod
Roman
Ausgezeichnet mit dem Deutschen Krimi-Preis 1999. 3-499-22814-9

Silentium!
Roman
Ausgezeichnet mit dem Deutschen Krimi-Preis 2000. 3-499-22830-0

Ausgebremst
Der Roman zur Formel 1
3-499-22868-8

Wie die Tiere
Roman
Der beste Freund des Hundes ist der Pensionist – und das Kleinkind sein natürlicher Feind … «So wunderbar, dass wir beim Finale weinen müssten, hätten wir nicht schon alle Tränen vorher beim Lachen verbraucht.» (Die Zeit)

3-499-23331-2

Weitere Informationen in der Rowohlt Revue oder unter www.rororo.de